…weil nicht nur Glas zerbrechen kann…

In einer Foto-Schule im Berlin von 1959

Roman

© 2024 Doris Bühler
Verlag: BoD • Books on Demand GmbH, In de Tarpen 42, 22848 Norderstedt
Druck: Libri Plureos GmbH, Friedensallee 273, 22763 Hamburg
ISBN: 978-3-7597-7844-4

1.

April 1959 - Nun war sie also in Berlin.

Leonie Herrmann setzte sich auf das von der Sonne verblichene Plüschsofa, schaute sich im Zimmer um, das für die nächsten zwei Jahre ihr Zuhause sein sollte und seufzte tief. Es war kein schönes Zimmer, wahrhaftig nicht. Die hohe Stuckdecke wirkte fremd auf sie, die sie nur die niedrigen Zimmerdecken der kleinen Wohnung in Oldenburg gewohnt war. Auch die Möbel waren ihr fremd. Da gab es einen verschnörkelten altmodischen Schrank für Kleidung und Wäsche und einen ähnlichen, etwas kleineren für andere Dinge, die untergebracht werden mussten. Dazu passend, genauso verschnörkelt und altmodisch, eine Kommode mit übergroßem aufgesetztem Spiegel, den schon dunkle und trübe Flecken verunzierten. Das Sofa, auf dem sie saß, sollte ihr auch als Nachtlager dienen, das Bettzeug dafür war tagsüber in einer Truhe neben der Tür versteckt.

Sie lehnte sich an die Wand zurück und ließ den

Blick noch einmal durch den Raum schweifen. Ihr Onkel Ferdi fiel ihr ein, ganz sicher würde ihm das Herz aufgehen, könnte er diese Einrichtung sehen. Als Antiquitätenhändler mit eigener Werkstatt liebte er es, aus alten Möbeln wieder wahre Prunkstücke zu zaubern. Sie mußte ihm unbedingt ein Foto von ihrem neuen Zuhause schicken.

Sie stand auf und lief zum Fenster. Von dort aus konnte man auf die Grunewaldstraße hinuntersehen, auf der ununterbrochen die Straßenbahnen so laut in beide Richtungen ratterten, dass man glaubte, sie führen mitten durchs Zimmer. Zwischen den Nachbarhäusern hindurch war die U-Bahnstation *Bayerischer Platz* zu erkennen, und rechter Hand über den Dächern hatte sie den oberen Teil des Schöneberger Rathauses entdeckt.

Gut, sagte sie sich, sie würde sich daran gewöhnen. Nicht nur an die lauten Geräusche, vor allem aber auch an das fremdartige Zimmer. Sah es nicht bei Oma Hilde in Varel ähnlich aus? Und trotzdem war sie in den Ferien immer gern bei ihr gewesen. Zudem hatte sie für ein günstiges Zimmer in der Nähe der Schule eh' kein Luxusappartement erwartet. Allerdings…, die riesengroßen Blumen auf den Gardinen wirkten nun wirklich alles andere als luxuriös, die hätten durchaus ein wenig dezenter ausfallen dürfen. Sie passten weder zu den altmodischen Möbeln oder der vergilbten Tapete an der Wand, noch zu dem alten abgelaufenen Teppich, der fast den ganzen Fußboden einnahm.

Dass sie hier, in diesem Zimmer, gelandet war, hatte sie Martin Niemeier zu verdanken, er hatte sie am Bahnhof Zoo abgeholt. Dafür, dass sie ihn nicht mochte, gab es viele Gründe, und an diesem Tag waren noch einige mehr dazugekommen.

Im letzten Sommer hatte Jutta Niemeier, seine Mutter, Leonies Familie gebeten, ihm während seiner Fahrradtour quer durch Deutschland für drei Tage in Oldenburg Quartier zu gewähren. Keiner von ihnen hatte ihn vorher gekannt, und eigentlich hatten sie ihn sich ganz anders vorgestellt: Nett und höflich und dankbar dafür, dass sie sich ein paar Tage lang um ihn kümmern würden. Doch er war weder nett noch höflich, oder gar dankbar. Er schien der Meinung zu sein, dass jemand, der aus Berlin kam, etwas ganz Besonderes war und selbstverständlich überall willkommen. Und dass die Leute im Norden stolz darauf sein mussten, ihn beherbergen zu dürfen. Was war denn schon Oldenburg in seinen Augen gegen Berlin? Nur eine Stadt, von der er anscheinend vorher nicht einmal gewußt hatte, dass es sie gab. Was seine Gastgeber jedoch als besonders ärgerlich empfunden hatten, war, dass er während dieser drei Tage in Oldenburg in einer Reihe von Büchern und Zeitschriften dicke unschöne Leberwurstflecken hinterlassen hatte, weil er es nicht gewohnt war, beim Essen ruhig am Tisch zu sitzen. Und das, was er sich an Leonies Ankunftstag in Berlin in der U-Bahn geleistet hatte, trug auch nicht gerade dazu bei, dass sie ihre Meinung über ihn änderte.

Natürlich war ihr klar, dass er sich nicht freiwillig gemeldet hatte, um sie abzuholen, nur..., er war eben der einzige der Familie Niemeier, der sie kannte. Er war ein großer starker Kerl, zwei Jahre älter als sie, und... zugegeben, ihr Koffer, den sie an der Gepäckausgabe abgeholt hatten, war ziemlich schwer gewesen. Wahrscheinlich hätte es ihm am besten gefallen, sie hätte ihn selbst getragen, doch um in einigermaßen gutem Licht dazustehen, mußte *er* sich damit abplagen. Wohl oder übel. Demzufolge war auch seine Laune von Anfang an nicht die beste. In einer der U-Bahnstationen hatte er Schwierigkeiten beim Einsteigen in die Bahn. Er stolperte, kam ins Straucheln, zwirbelte den Koffer herum und schlug ihn einem farbigen jungen Mann gegen das Schienbein. Der gab einen Schmerzenslaut von sich und biss die Zähne zusammen. „Oh, entschuldigen Sie", sagte Leonie zu ihm, weil es ihr peinlich war, dass Martin stumm blieb und den Fremden sogar noch wütend anfunkelte, als sei *er* an dem Zusammenstoß schuld gewesen.

Der junge Mann versuchte, zu lächeln. „Schon gut", meinte er, obwohl man ihm ansah, dass eben doch nicht alles gut war, denn ein Stück unterhalb des Knies bildete sich ein kleiner roter Fleck auf seinen Jeans.

„Mein Gott, das blutet ja." Leonie war bestürzt. „Kann ich Ihnen irgendwie helfen?" Sie stellte ihre Tasche ab, öffnete sie und suchte darin nach einem Pflaster, weil sie eigentlich immer eines parat hatte. Für alle Fälle.

Der junge Mann aber winkte ab und lächelte. „Danke, nein, das ist halb so schlimm. Bis nach Hause werde ich's schaffen. Ich hab's nicht mehr weit."

Er hatte ein hübsches Gesicht. Keine breite Nase oder wulstige Lippen. Seine Hautfarbe erinnerte eher an Schokolade als an schwarzen Kaffee. Sein krauses Haar war kurzgeschnitten.

Sie war wütend auf Martin, der noch immer kein Wort der Entschuldigung herausbrachte, sondern sich demonstrativ abgewandt hatte, als sei er der Geschädigte.

„Typisch", murmelte sie, „der kann nicht nur Leberwurstflecken auf Büchern hinterlassen, der hat auch keine Ahnung von gutem Benehmen."

Der junge Mann war der einzige, der sie gehört hatte. Er grinste. „Ihr Bruder?", fragte er ebenso leise zurück.

„Um Himmelswillen, nein!", war ihre Antwort. „Zum Glück sind wir nicht mal miteinander verwandt."

An der nächsten Haltestelle rutschte Martin mitsamt Koffer etwas zur Seite, um vor dem Ausstieg Platz zu machen. Hier mußte auch der Fremde aussteigen. Er kam dicht an Leonie vorbei und raunte ihr mit einem Zwinkern zu: „Halten Sie in Zukunft die Leberwurst unter Verschluss."

Vom Bahnsteig aus schaute er sich noch einmal um und hob lächelnd die Hand. Sie lachte und winkte zurück. Doch Martin hatte, wie es schien, sein Quantum an Unfreundlichkeit noch immer nicht ganz aufgebraucht, denn er sagte laut und deutlich: „Der soll nach Afrika gehen, wo er hingehört."

Sie fuhren mit der U-Bahn zum Büro der Johannes-Lichter-Schulen am Marie-Louise-Platz. Die Sekretärin dort wollte Leonie drei Adressen von Zimmervermietern in die Hand drücken, doch Martin war schneller. Bevor sie ihre Tasche abgestellt hatte, hatte er schon danach gegriffen. „Ich kümmere mich drum", sagte er, „du weißt ja eh' nicht, wo das ist."

Es schien, als wollte er seine Aufgabe so schnell wie möglich erledigen, sonst hätte er ihr wahrscheinlich nicht gleich das erste Zimmer aufgeschwatzt, ohne, dass sie die beiden anderen überhaupt zu Gesicht bekommen hatte. „Die anderen sind garantiert auch nicht besser", erklärte er ihr. „Die sind in etwa alle gleich, das weiß man doch." Und ehe sie sich versah, hatte er dem ältlichen Fräulein von Fischbeck, das ihnen geöffnet hatte, schon freundlich lächelnd zugesagt und ihr versichert, dass sie mit Leonie als neuer Mieterin einen Glücksgriff getan hatte.

Fräulein von Fischbeck war eigentlich nicht die Inhaberin dieser großen Stadtwohnung in der Bamberger Straße, sie war nur eine Art Verwalterin, weil der tatsächliche Mieter, ein alleinstehender Theaterdirektor, viel in Westdeutschland unterwegs war. Dadurch verhalf er der einstmaligen Ballerina zu einer noblen und verantwortungsvollen Aufgabe. Martin verstand es sogar, sie dazu zu bewegen, ihm von ihrer glanzvollen Theaterzeit zu erzählen, und mit einem strahlenden Lächeln und grandios gespielter Bewunderung gewann er ihr Herz im Sturm. Und als sie ihrer neuen Mieterin mit erhobenem Zeigefinger nahelegte: „Keine Herrenbesuche, das duldet der Herr Theaterdirektor nicht", zwinkerte sie Martin lächelnd zu und raunte: „Das gilt natürlich nicht für Sie als ihr Cousin. Da machen wir selbstverständlich eine Ausnahme."

‚Für Sie als ihr Cousin‘? - Wie gesagt, sie waren nicht miteinander verwandt, er war der einzige der Familie Niemeier, den sie durch seinen Besuch in Oldenburg überhaupt kannte, und er wäre der Letzte gewesen, den sie ein zweites Mal in diesem Zimmer hätte sehen wollen.

Leonies Eltern hatten sich in Bezug auf ihre Ausbildung in einer Fotoschule nur aus dem einen Grund für Berlin entschieden, weil es dort die Niemeiers gab. Anderenfalls wäre sie vielleicht in Hamburg oder München gelandet, denn diese beiden Städte waren außer Berlin die einzigen in Deutschland, in denen es eine staatlich anerkannte Schule für Fotografie gab, an der man bereits nach zwei Jahren seine Gesellenprüfung ablegen konnte.

Ja, die Fotografie! Schon als kleines Mädchen hatte Leonie davon geträumt, einmal eine berühmte Fotografin zu werden. Mit einer kleinen billigen *Boy Box Camera* hatte sie schon alles aufgenommen, was ihr vor die Linse gekommen war, und als sie zum Schulabschluß, sie war gerade sechzehn geworden, eine *Rolleicord* von ihren Eltern geschenkt bekommen hatte, war sie wahnsinnig stolz und konnte es kaum erwarten, mit der Ausbildung anzufangen.

Für ihren Vater kam für das einzige Kind in Sachen Fotografie nur eine Schule in Betracht, da er der Meinung war, dass man dort mehr und intensiver lernte, als in einem üblichen fotografischen Betrieb, in dem, wie er erfahren hatte, viel zuviel der Ausbildungszeit durch Handlangerarbeiten, Putzen und Aufräumen vergeudet wurde. Allerdings mußte man für die Aufnahme auf einer solchen Schule schon achtzehn Jahre alt sein, deshalb wurde Leonie nach der Schulzeit zu Herrn Enno DeVries, einem alten Freund ihres Vaters, geschickt, um sich in dessen Fotolabor schon einmal vorab einige fotografischen Grundkenntnisse anzueignen. Der Lohn, den sie dafür bekam, wurde auf ein Sparbuch eingezahlt und sollte später als Schulgeld für die Ausbildung an der Berliner Johannes-Stifter-Schule verwendet werden.

„In Berlin wirst du gut aufgehoben sein", hatte

ihre Mutter ihr versichert, „denn wenn du Hilfe oder Unterstützung brauchst, wenn du dich allein fühlst oder einfach mal mit jemandem reden möchtest, dann kannst du dich immer und zu jeder Zeit an Jutta wenden. Sie wird stets für dich da sein, das hat sie mir versprochen."

Damit meinte sie Jutta Niemeier, Martins Mutter. Die Frauen hatten sich in früheren Jahren während eines Klinikaufenthalts in Hannover kennengelernt und standen seither in regem Briefwechsel.

Nachdem Leonie ihr Gepäck im Zimmer in der Bamberger Straße abgestellt hatte, fuhr Martin mit ihr zu seinen Eltern nach Steglitz. Auf der Fahrt sprachen sie kaum ein Wort miteinander, doch das war ihr recht, - sie hätte gar nicht gewußt, was sie mit ihm hätte reden sollen.

Es war Jutta, die ihnen an der Tür der Niemeiers entgegenkam. „Hallo, Leonie", begrüßte sie sie und nahm sie in den Arm. Sie schien tatsächlich so nett zu sein, wie ihre Mutter sie ihr beschrieben hatte. „Schön, dass du da bist. Berlin ist eine so wunderbare Stadt, du wirst dich sicher sehr wohlfühlen hier."

Im Wohnzimmer saß der Herr des Hauses in einem Sessel und blickte von seiner Zeitung auf, als hätte man ihn bei etwas Wichtigem gestört:

Ein großer, breitschultriger Mann mit schütterem Haar, der ihr kurz zunickte.

Jutta erkundigte sich nach ihrer Familie in Oldenburg. „Wie geht es deiner Mutter?", fragte sie. „Hat sie noch immer Beschwerden mit zu hohem Blutdruck?"

„Im Allgemeinen geht es ihr recht gut", antwortete Leonie, „aber sie ist noch laufend in ärztlicher Behandlung und muß regelmäßig Medikamente einnehmen."

„Das wird schon wieder. Sie ist eine vernünftige Frau und hat schon damals in der Klinik die Anordnungen der Ärzte immer sehr genau befolgt."

Bevor sie ihren Gast ins Esszimmer führte, wo sie den Kaffeetisch gedeckt hatte, schlug sie vor: „Du solltest vielleicht gleich mal zu Hause anrufen, deine Mutter wird sicher erst beruhigt sein, wenn sie weiß, dass du gut hier angekommen bist."

Leonie nickte. „Ja, bestimmt wird sie schon auf meinen Anruf warten."

„Dann komm, das Telefon steht im Flur."

In Oldenburg wurde der Hörer abgenommen, kaum, dass es recht geklingelt haben konnte.

„Hallo Mama! Ich bin gut angekommen", sagte Leonie. „Alles ist gutgegangen."

„Gott sei Dank! Oh mein Mädchen, ich mach mir solche Sorgen um dich, jetzt, wo du so weit fort von uns bist."

„Nein, Mama, du brauchst dir keine Sorgen zu machen. Wirklich nicht. Die Fahrt war ein bisschen langwierig und ermüdend, aber jetzt bin ich froh, dass ich hier bin. Ich…"

„Der Martin hat dich sicher abgeholt, und die Jutta…"

„Ja, Mama, Jutta ist sehr nett. Und ich habe auch ein schönes Zimmer…", sie schaute sich vorsichtig um, - Martin sollte das nicht unbedingt hören. „Und jetzt freu ich mich auf die Schule. Morgen früh um zehn Uhr geht's los, dann könnt ihr an mich denken."

„Das werden wir ganz sicher tun. - Ich hoffe, du hast alles, was du brauchst, Kind? Gibt es Läden in deiner Nähe, wo du alles einkaufen kannst, was notwendig ist, damit du nicht so weit fahren mußt? Vor allem Obst und Gemüse? Vergiß nicht, jeden Tag anständig zu essen, hörst du? Du bist mir jetzt schon viel zu dünn. Nicht, dass du durch den Stress in der Schule noch mehr abnimmst. Ich werde Jutta sagen, dass sie ein bisschen darauf achten soll."

„Du brauchst dir wirklich keine Sorgen zu machen, Mama", versicherte ihr Leonie noch einmal.

„Na gut, ich verlass mich auf dich." Ihre Mutter seufzte. „Dann machen wir jetzt Schluß. Aber kannst du mir vorher noch mal kurz die Jutta geben?"

Da Leonie das Gespräch nicht unnötig in die Länge ziehen wollte, senkte sie die Stimme ein wenig und sagte: „Das ist im Augenblick gerade schlecht, Mama. Sie ist in der Küche. Ich ruf dich morgen oder übermorgen wieder an, wenn ich endgültig weiß, wie in der Schule alles läuft."

„Ja, das ist gut. Und grüß die Jutta und ihre Familie ganz herzlich von mir."

„Das mach ich. Gruß und Kuss, auch für Papa."

Sie hatte gerade aufgelegt, als Jutta in den Flur kam. „Was, du bist schon fertig? Das ging aber schnell." Es schien, als wäre sie enttäuscht darüber, dass sie nicht auch mit der Freundin aus Oldenburg hatte reden können.

„Ich wollte ihr nur schnell sagen, dass ich gut angekommen bin. Heute kann ich ihr ja eh' noch nichts erzählen, in einigen Tagen weiß ich mehr."

„Sie wird dich ja sicher ein- oder zweimal hier in Berlin besuchen kommen während der nächsten zwei Jahre", meinte sie. „Ich freue mich schon sehr darauf, wenn wir uns dann nach so langer Zeit endlich wiedersehen."

Es gab Kaffee, und Jutta hatte sogar einen großen Blechkuchen gebacken, - wenn auch nicht speziell für ihren Gast, denn ihre Kinder langten zu, als hätten sie seit Tagen nichts mehr zu essen bekommen. Ihre Kinder, das waren außer Martin noch drei Mädchen. Zwei davon waren etwas älter als er. Nicht gerade hässlich, aber, wie Leonie fand, viel zu sehr geschminkt und zurechtgemacht. Da sie selbst kein Make-up verwendet hatte, behandelten sie sie ein wenig von oben herab und schauten sie an, als käme sie aus tiefster Provinz. - Sie schienen nicht zu wissen, dass Oldenburg mit über 100.000 Einwohnern auch längst eine Großstadt war. Doch sie hatte keine Lust, sie darüber aufzuklären.

Das jüngste der Niemeier-Kinder war auch das netteste, das war die Susi, ein stilles zehnjähriges Mädchen, das die Besucherin freundlich anlächelte und ihr am liebsten gleich ihr Zimmer mit ihrer umfangreichen Stofftiersammlung gezeigt hätte.

„Das hat ein anderes Mal noch Zeit", meinte Jutta. „Leonie wird uns ja sicher noch oft besuchen kommen, - nicht wahr, Leonie? - Dann kannst du ihr alles zeigen."

Nach dem Kaffee gingen die Schwestern aus, sie

halfen nicht einmal, den Tisch abzuräumen. Der Vater saß schweigend vor dem Fernseher, und Martin und die Kleine zogen sich in ihre Zimmer zurück. So saß Leonie mit Jutta allein an der verlassenen Kaffeetafel, bis es Zeit für die Hausfrau war, das Abendbrot zu richten.

Alles in allem hatte Leonie den Besuch bei den Niemeiers als ziemlich langweilig empfunden, und sie war sich gar nicht mehr so sicher, ob sie sie in nächster Zeit wirklich so oft besuchen würde, wie es von ihr erwartet wurde.

Inzwischen war sie müde geworden. Sie war in aller Herrgottsfrühe aufgestanden, und die aufregende Zugfahrt sowie all das Neue hier in Berlin forderte nun seinen Tribut. Nach langem Hin und Her erklärte sich Martin schließlich bereit, sie zurück in die Bamberger Straße zu begleiten. Sie wünschte, sie hätte seine Hilfe nicht gebraucht, doch wahrscheinlich hätte sie an diesem Abend nicht mehr alleine zurückgefunden.

In ihrem neuen Zuhause richtete sie sich das Bett auf dem alten Sofa, schaute sich noch einmal im Zimmer um und beschloss, am nächsten Tag die größten Flecken auf der Tapete hinter besonders hübschen Bravo-Seiten zu verstecken. Elvis Presley, Harry Belafonte, Pat Boone und viele andere warteten schon darauf, das altmodische Zimmer ein wenig freundlicher zu gestalten.

Am nächsten Morgen war Leonie fast eine Stunde wach, bevor der Wecker klingelte, obwohl sie nach dem aufregenden Anreisetag tief und fest geschlafen hatte. Das erste, was sie hörte, war das Rattern der Straßenbahnen, und im ersten Augenblick konnte sie sich nicht erklären, woher dieses schreckliche Geräusch kommen mochte.

Sie setzte sich in ihrem Bett auf, gähnte und räkelte sich. Sie war bereit für ihr neues Leben, war neugierig auf das, was ihr der erste Tag bringen würde.

Das Bad war frei, sie vermutete, dass das Fräulein von Fischbeck im hinteren Teil der Wohnung, wo sich wahrscheinlich auch ihr privates Zimmer befand, ihr eigenes kleines Bad hatte. Nach der Morgentoilette schaltete sie das kleine Radio ein, das sie von zu Hause mitgebracht hatte und überlegte sich, was sie zum Frühstück essen könnte. Viel Auswahl hatte sie nicht. Außer einem inzwischen harten Brötchen, das noch aus Oldenburg stammte, gab es nur noch eine angebrochene Packung Kekse, die von der Fahrt übriggeblieben war. Sie nahm sich vor, gleich nach der Schule einkaufen zu gehen und sich einen kleinen Vorrat anzulegen.

Plötzlich klopfte es, und sie erschrak. Fühlte sich das Fräulein von Fischbeck etwa von der leisen Radiomusik gestört? Sie konnte nicht einmal „Herein!" rufen, weil sie das Zimmer von innen wieder abgeschlossen hatte, nachdem sie aus dem Bad gekommen war. Sie machte drei Schritte in Richtung Tür, als es erneut klopfte. Gerade wollte sie fragen: „Wer ist denn da?", als sie ein leises „Hallo!" hörte. Sie öffnete die Tür, - doch niemand stand davor. Sie schaute in Richtung des riesigen Wohnzimmers am Ende des Korridors, wo man durch eine weit geöffnete Tür eine schwere braune Ledergarnitur und einen Flügel erkennen konnte, aber auch dort war niemand zu sehen.

Und da war es wieder: „Hallo! Guten Morgen." Es war nicht genau auszumachen, woher es kam, deshalb baute sich Leonie inmitten ihres Zimmers auf und fragte in die Runde: „Hallo, wer ist denn da?"

„Ich bin Hanna, deine Zimmernachbarin", kam die Antwort zurück. Doch woher kam sie? Leonie drehte sich um sich selbst. „Wo bist du denn, Nachbarin?"

„Schau mal über den kleinen Schrank, dort siehst du eine Tür."

Tatsächlich, über dem Schrank war der obere Teil einer Tür zu sehen, die in einen Nebenraum führte, das war ihr bisher noch gar nicht aufgefallen. Nun klopfte sie ihrerseits. „Ist es hier? Bist du dahinter?" fragte sie.

Ein Lachen war die Antwort. „Ja, ich bin im Nebenzimmer. Wenn du Lust hast, komm doch rüber, dann können wir zusammen frühstücken."

„Danke für die Einladung. Aber wie finde ich zu dir? Muß ich etwa den Schrank zur Seite rücken?"

Wieder ein Lachen. „Nein, nein. Lauf einfach ein paar Schritte in das pompöse Wohnzimmer hinein. Gleich auf der rechten Seite gibt es eine Tür, die führt zu mir."

Normalerweise verzichtete Leonie gern auf ein Frühstück, sie holte sich lieber im Laufe des Morgens etwas vom Bäcker. Den dauernden Vorwurf ihrer Mutter, sie sei viel zu dünn, ließ sie nicht gelten, da war sie ganz anderer Meinung. Aber gut, sie hatte ihr versprochen, hier in Berlin in Zukunft regelmäßig zu essen, und zwar morgens, mittags und abends, daher kam ihr Hannas Einladung zum Frühstück sehr gelegen.

Bevor sie das fremde Wohnzimmer betreten konnte, sah sie die Zimmernachbarin schon auf sich zukommen: Ein großes blondes Mädchen mit Sommersprossen und mit strahlendem Lächeln. „Du bist also die Hanna von nebenan?", begrüßte Leonie sie und streckte ihr die Hand entgegen. „Ich bin die Leonie aus Oldenburg."

„Hallo Leonie. Ich freue mich, dass endlich wieder eine nette Nachbarin eingezogen ist, seit die letzte vor kurzem mit der Schule fertig war und Berlin verlassen hat."

In ihrem Zimmer hatte Hanna den Tisch hübsch gedeckt, obwohl sie noch gar nicht gewußt hatte, ob ihre Einladung angenommen werden würde oder nicht. In einem Körbchen gab es Brötchen, und die Kaffeekanne strömte einen so wunderbaren Duft aus, dass Leonies Magen sogleich anfing, sich zu melden.

„Setz dich", sagte Hanna und schenkte ihr einen Becher Kaffee ein. „Milch habe ich leider keine, ich trinke ihn immer schwarz. Aber Zucker kannst du haben, soviel du magst."

„Danke, den Kaffee trinke ich auch schwarz."

„Die Brötchen sind aufgetaut, und du mußt mit Margarine statt mit Butter vorliebnehmen. Aber die Marmelade ist Klasse, die ist nämlich von meiner Oma."

„Ich muß heute unbedingt einkaufen gehen, gestern hat mir die Zeit dazu nicht mehr gereicht", erklärte ihr Leonie, und sie bekam zur Antwort: „Da unten ist ein Bolle-Laden, da kriegst du alles, was du brauchst."

„Das ist gut, dann werde ich mich gelegentlich mit einer Einladung revanchieren."

„Wer weiß, wann es morgens mal wieder klappt. Unser Unterricht beginnt wahrscheinlich sehr unterschiedlich. Du gehst doch auch in die Johannes-Lichter-Schule, oder?"

Leonie nickte. „Ja. Du auch?"

„Ja, ich auch. Für welchen Berufszweig hast du dich denn entschieden?"

„Fotografie, und du?"

„Chemie."

„Ach, ich wußte gar nicht, dass es das dort auch gibt."

„Oh ja, da gibt es sogar noch einiges mehr: Mode, Hauswirtschaft, Technik..."

„In unserem Beruf geht es auch ein bisschen um Chemie", erklärte Leonie, „aber ob es mir als Hauptfach gefallen würde? Ich weiß nicht..." Sie hob die Schultern. „Aber dir macht es doch sicher Spaß, sonst hättest du dich nicht dafür entschieden, oder?"

Hanna nickte. „Oh ja, sehr. Aber trotzdem freue ich mich auf's Berufsleben. Noch ein Jahr, dann bin ich fertig, dann möchte ich gern in einem der großen Konzerne arbeiten, wie Bayer, BASF oder Henkel." Sie lachte. „Am liebsten würde ich jetzt schon anfangen, Bewerbungen zu schreiben."

Leonies Unterricht begann am ersten Tag erst um zehn Uhr, Hanna mußte dagegen schon halb neun Uhr dort sein, deshalb beendeten sie das Frühstück bald wieder, und Leonie ging zurück in ihr Zimmer und bereitete sich auf ihren Start ins Schulleben vor. Anhand eines Stadtplanes hatte sie sich den kürzesten Schulweg herausgesucht, und als sie das Haus verließ, schaute sie auf die Uhr, um herauszufinden, wie lange sie brauchen würde. Einmal verlief sie sich kurz, aber Minuten später war sie schon wieder auf dem richtigen Weg. Letztendlich waren es zwanzig Minuten gewesen, die der Schulweg gedauert hatte, allerdings ging sie davon aus, dass sie in Zukunft etwas weniger brauchen würde, wenn sie keinen Umweg machte und etwas schneller lief.

Vom Marie-Luise-Platz aus war von den Johannes-Lichter-Schulen nur eine imposante weißgetünchten Fassade zu sehen. Man ahnte nicht, dass sich, wenn man durch das große Tor ging, eine ganze Anzahl von miteinander verbundenen Gebäudetrakten und Innenhöfen auftat. Die Foto-Schule war im vierten Stock, vom ersten Innenhof aus erreichte man sie durch einen Nebenaufgang, der direkt zu den Räumlichkeiten der Fotoklasse führte.

Leonie war nicht die erste, die dort oben ankam, ein paar andere warteten schon, und immer wieder kam jemand dazu. Neugierig beobachtete man sich. Obwohl für die Schüler dieses Ausbildungzweiges das achtzehnte Lebensjahr als Eintrittsalter galt, war auch die eine oder andere dabei, die schon etwas älter war. Eine hübsche Frau mit hochgestecktem Haar zum Beispiel. Sie stand etwas abseits, und ganz sicher hatte sie die Mitte der Dreißig längst überschritten. Dadurch hätte man sie im ersten Augenblick für eine Lehrerin halten können. Eine andere, die besonders auffiel, sah sehr elegant aus. Sie war aufwändig geschminkt, und ihre Kleidung ließ darauf schließen, dass sie hier in Berlin nicht darauf aus war, günstige Schnäppchen zu ergattern, dass sie viel eher gewohnt war, in teuren Mode-Boutiquen einzukaufen. Und dann war da noch eine andere junge Frau, die gerade jemandem erzählte, dass sie verheiratet sei und einen kleinen Sohn habe.

Gerade, als sich ein Mädchen mit wirrem Lockenkopf zu Leonie gesellte und ansetzte, sie etwas zu fragen, hielt der Fahrstuhl, und eine ältere Dame betrat den Flur. Sie überblickte die zukünftigen Foto-Schüler interessiert und baute sich mit einem Lächeln vor ihnen auf.

„Guten Morgen, meine Herrschaften", sagte sie freundlich. „Mein Name ist Rehberg. Renate Rehberg. Ich bin diejenige, die Sie als ihre Lehrerin durch die ersten beiden Semester, - und das heißt, durch das erste Lehrjahr, führen und begleiten wird."

Leonie nickte dem Lockenkopf zu, und der zwinkerte zurück, - miteinander reden konnten sie später noch.

Die Lehrerin führte nun alle in einen Klassenraum, in dem sich jeder einen Platz suchen konnte. Der Lockenkopf setzte sich neben Leonie und raunte: „Wie heißt denn du? Und wo kommst du her?"

„Ich heiße Leonie und komme aus Oldenburg. Und du?"

„Ich bin die Jenny aus Lemgo."

Frau Rehberg zählte nach, ob alle da waren, die sie auf ihrer Liste stehen hatte. „Wir müssten eigentlich zwölf sein", meinte sie, „ da fehlt noch jemand. Aber egal, jetzt fangen wir einfach mal an." Sie setzte sich ans Pult.

„Ist es in Ordnung, wenn Sie alle so sitzen bleiben, wie Sie jetzt sitzen?" fragte sie in die Runde. „Oder möchte jemand den Platz wechseln?" Sie machte eine Pause und wartete. Ein Raunen ging durch den Raum, doch niemand war aufgestanden, um sich einen anderen Platz zu suchen. Kein Wunder, man kannte sich ja noch gar nicht.

„Also? - Wenn es in Ordnung ist, dann werde ich Sie jetzt einzeln aufrufen und jeden Namen in meinen Sitzplan eintragen. So lerne ich Sie am besten kennen."

Sie überschaute die Runde noch einmal. „Gut", meinte sie, „dann beginne ich mal. Wer ist denn die Isabell Becker?" Sie blickte über ihre Lesebrille hinweg, schaute sich die junge Dame, die den Finger gehoben hatte, genau an und trug ihren Namen in ihren Plan ein.

„Und die Rosemarie Christ?"

Das war die Mittdreißigerin. Man hatte den Eindruck, als gefiele es ihr gar nicht, wieder die Schulbank drücken zu müssen und wie eine Schülerin behandelt zu werden. Doch Frau Rehberg lächelte sie freundlich an. „Es gibt doch sicher einen bestimmten Grund, warum Sie hier sind", sagte sie zu ihr. „Ich könnte mir vorstellen, dass Sie schon ein gewisses Maß an Erfahrungen in diesem Beruf mitbringen?"

Die Gefragte nickte. „Ich habe mich entschlossen, den Fotobetrieb meines Vaters zu übernehmen."

„Oh, das ist schön." Frau Rehberg nickte ihr zu. „Es wird Ihnen Spaß machen, bei uns nun von der Pieke auf alles zu lernen, was notwendig ist."

Dann las sie den nächsten Namen vor: „Vera Dahlmeier?"

Ein kleines zierliches Persönchen hob den Finger.

„Jenny Fischer?"

Der Lockenkopf neben Leonie sprang in die Höhe. „Das bin ich."

Die Lehrerin nickte lächelnd. „Der Nächste ist dann der Gunther Gerweck."

„Hier!"

„Sie kommen aus Ostberlin, ist das richtig?"

„Ja, aus Pankow."

„Schön, dass es Ihnen erlaubt ist, unsere Schule hier in Westberlin zu besuchen."

„Ja, Gott sei Dank. Das liegt daran, dass es sowas ähnliches bei uns drüben nicht gibt."

Ein paar der Schüler lachten, aber Frau Rehberg ging nicht darauf ein. „Nun ist Kim Gruber dran."

Nachdem sich Kim bei ihr gemeldet hatte, las sie weiter. „Leonie Herrmann? - Oh, sind Sie mit der Stefanie Hermann verwandt?"

Leonie schüttelte den Kopf. „Nein."

„Sie sind also nicht aus Karlsruhe?"

„Nein, ich komme aus Oldenburg."

„Aha. Vor zwei Jahren war nämlich eine Stefanie Hermann bei uns. - Aber richtig, sie schrieb sich mit nur einem ‚r'."

Sie nickte ihr zu und lächelte, dann ging es weiter: „Sabine Jochum?"

Das war diejenige, die schon Mutter eines kleinen Jungens war. Sie war sehr hübsch. Und noch sehr jung dafür, dass sie schon eine Familie hatte.

„Rolf Lutz?" Er war ein großer hübscher Kerl mit braunen Locken, der Leonie auf Anhieb gefiel.

„Sie kommen aus Hamburg", sagte Frau Rehberg zu ihm, „hätten Sie nicht lieber die dortige Fotoschule besuchen wollen? Auch sie hat einen sehr guten Ruf."

Er lachte. „Mich hat's schon immer nach Berlin gezogen", antwortete er.

„Nun gut, dann hoffen wir mal, dass es Ihnen bei uns hier gefällt. - Dann wäre da noch der Michael Müller?"

Ein kleiner Blonder stand auf. Sein Allerweltsname passte zu seinem Äußeren. Er sah nicht aus, als ob er irgendwem Ärger machen würde. Doch wer weiß, - manchmal konnte das auch täuschen.

Bevor sie überhaupt aufgerufen wurde, stand

gleich danach die extravagante Dame auf. „Ich bin die Elfie Oltmanns", sagte sie, während sie sich vergewisserte, dass sich auch alle nach ihr umschauten.

„Elfriede Oltmanns?"

„Sie können mich ruhig Elfie nennen, - alle nennen mich Elfie."

Und wieder lachten alle, doch damit schien sie nicht gerechnet zu haben. Wahrscheinlich war es nicht das gewesen, was sie sich eigentlich erhofft hatte.

„So", meinte die Lehrerin schließlich und schaute auf ihre Armbanduhr, „jetzt fehlt nur noch einer." Sie ließ den Blick noch einmal über ihre neuen Schüler gleiten, als plötzlich die Tür aufgerissen wurde und ein großgewachsener dunkelhäutiger junger Mann hereingestürmt kam. „Entschuldigung." Er war atemlos, es sah aus, als wäre er wie ein Wilder die Treppen heraufgerannt gekommen, anstatt den Aufzug zu benutzen. „Meine Bahn hatte Verspätung."

Leonie traute ihren Augen nicht. Das war doch... Ja, natürlich, das war der junge Mann, den Martin in der Bahn mit ihrem Koffer verletzt hatte. Sie schüttelte den Kopf, - mein Gott, wie klein doch die Welt war....

„Sie sind der Ricky Walther, nicht wahr?",

fragte Frau Rehberg, und als er nickte, fügte sie hinzu: „Jetzt atmen Sie erst einmal ruhig durch, Herr Walther. Geht es Ihnen gut?"

„Danke, ja. Es ist alles in Ordnung."

„Dann setzen Sie sich auf den freien Platz in der letzten Reihe." Sie wartete, aber er blieb zunächst unschlüssig vor dem freien Platz stehen.

„Eine Frage noch", wandte sie sich noch einmal an ihn. „'Ricky', steht das für Richard? Oder für ‚Ricardo'?"

„Nein, ich heiße Ricky. Einfach nur Ricky."

„Sie sind also auch so getauft?"

„Ich bin nicht getauft. Aber so steht es in meiner Geburtsurkunde."

Wieder lachten einige, obwohl das eigentlich kein Grund war, darüber zu lachen.

„Also gut." Frau Rehberg lächelte ihn freundlich an und sagte: „Dann setzen Sie sich jetzt, Ricky."

Nun begann sie, Listen auszuteilen. Auf einer davon war das Werkzeug aufgeführt, das die Schüler im Laufe der nächsten Wochen zum Arbeiten brauchten, mit dem Hinweis, dass sie alles im Johannes-Lichter-Laden unten neben dem Tor bekommen konnten. Auf einer anderen Liste wurden die Aufgaben aufgeführt, die bis zur Zwischenprüfung Ende März des kommenden Jahres erledigt sein mussten. Vieles davon verstanden die Schüler noch gar nicht, konnten sich auch nichts Konkretes darunter vorstellen, deshalb machten sie sich Luft, indem sie alle aufgeregt durcheinanderredeten. Frau Rehberg aber hob beschwichtigend die Hände. „Keine Sorge, bis es soweit ist, werden wir alles durchgenommen haben. Schritt für Schritt! Und jeder von Ihnen wird in der Lage sein, all das zu bewältigen, was von ihm verlangt wird. Und nun...", sie klatschte in die Hände, „nun werde ich Ihnen Ihre Arbeitsräume zeigen. Bitte folgen Sie mir."

Sie stand auf, und alle Schüler drängten sich hinter sie, als sie das Klassenzimmer verließ. Vor einer Tür am Ende des Flures blieb sie stehen und wartete, bis man sie eingeholt hatte.

Leonie blieb ein bisschen zurück und schaute sich nach Ricky Walther um, der wieder das Schlusslicht bildete. „Was mach das Schienbein?" fragte sie ihn. Im ersten Augenblick hatte sie das Gefühl, als würde er sie nicht erkennen, weil er kaum den Kopf hob und auch nicht lächelte, obwohl sie ihn freundlich angesprochen hatte.

„Alles in Ordnung, ist ja nichts Schlimmes passiert", meinte er dann.

„Es hat immerhin geblutet."

Er winkte ab und grinste nun doch ein bisschen.

„Halb so schlimm, vergiß es."

„Es tut mir leid, dass das passieren mußte. Er war so ungeschickt." Sie ging davon aus, dass er wußte, wen sie meinte.

„Muß dir nicht leidtun. Ich bin es gewöhnt, dass ich ab und zu einen Tritt abbekomme."

Sie wollte ihn fragen, wie er das meinte, doch in diesem Augenblick kam Jenny an ihre Seite und stöhnte: „Ganz schön viel, was da auf uns zukommt, findest du nicht auch? Hoffentlich schaffe ich das alles. Wenn nicht, krieg ich nämlich ganz schön Ärger zu Hause."

„Warum solltest du es denn nicht schaffen?" fragte Leonie, während sie sich nach Ricky umschaute, doch er war schon wieder vorausgelaufen und stand nun irgendwo abseits der Gruppe, als gehöre er nicht dazu.

„Ich hab's nicht so mit dem Lernen", erklärte Jenny und verzog das Gesicht.

„Laß dich nicht unter Druck setzen, wir werden es alle schaffen."

Frau Rehberg hatte die Gruppe inzwischen in einen Arbeitsraum geführt, wo verschiedene ziemlich große Tische standen. Auf einem etwas kleineren am Fenster gab es, in unterschiedlichen Größen, Maschinen, mit denen Kartons und Fotos zugeschnitten werden konnten.

Von diesem Raum aus konnte man einen Blick in die Dunkelkammern werfen, von denen es eine große und eine etwas kleinere gab. Sie waren nur sehr spartanisch und einfach ausgestattet, Vergrößerungsgeräte gab es in jeder Kammer nur ein Exemplar.

Leonie wußte, wie es war, in einer Dunkelkammer zu arbeiten, doch für einen Anfänger mochte es bei normaler elektrischer Beleuchtung, also ohne das Rotlicht, das bei der Bearbeitung des Fotomaterials notwendig war, schwierig sein, sich vorzustellen, wie es dort zuging.

Anschließend führte Frau Rehberg ihre kleine Gruppe in die übrigen Räume, die noch zur Foto-Abteilung gehörten, und sie zeigte ihnen den Aufnahmeraum, den Aufziehraum und den Retuscheraum. Staunend fiel der Blick der Schüler auf die Cameras im Aufnahmeraum, die so ganz anders aussahen, als die, die sie bisher gewohnt waren. - Und man fragte sich: Welchem Zweck diente der Aufziehraum? Wer oder was sollte dort aufgezogen werden? Im Augenblick konnte sich niemand etwas Konkretes darunter vorstellen, auch Leonie nicht, und zunächst blieb ihnen auch Frau Rehberg die Erklärung schuldig. „Ich werde ihnen alles zeigen, was Sie wissen müssen, wenn es soweit ist, dass wir hier arbeiten werden", meinte sie.

Schließlich waren alle froh, als die Lehrerin verkündete: „So, für heute ist's genug, Sie dürfen jetzt nach Hause gehen. Aber morgen früh um acht Uhr sehen wir uns wieder." Und lachend fügte sie hinzu: „Dann beginnt für Sie der Ernst des Lebens."

Gleich am nächsten Morgen sollten die neuen Schüler in Arbeitsgruppen eingeteilt werden. Eigentlich hätten es drei gleiche Gruppen mit je vier Schülern sein sollen, doch inzwischen war eine neue Schülerin dazugekommen, und die Gesamtzahl hatte sich auf dreizehn erhöht.

„Ich möchte Ihnen Eva Haupert vorstellen", sagte Frau Rehberg und wies auf die junge Frau an ihrer Seite. „Eigentlich hätte sie schon im letzten Jahr mit der Ausbildung beginnen sollen, doch aufgrund eines tragischen Unglücksfalles in der Familie war das leider nicht möglich." Sie schaute die Neue lächelnd an. „Ich freue mich, dass es jetzt endlich geklappt hat, Eva."

Sie nahm sich einen der Stühle, die als Reserve entlang der Wand standen und stellte ihn an die Schmalseite des letzten Tisches. „Nehmen Sie zunächst einmal hier Platz. Ich werde sehen, in welche Gruppe Sie am besten hineinpassen."

Eva war ein hübsches Mädchen mit langem dunklem Haar und braunen Augen. Leonie mochte sie vom ersten Augenblick an, und das nicht nur, weil der Hinweis auf familiäre Schwierigkeiten Mitleid in ihr geweckt hatte. Instinktiv nahm sie sich vor, sich ein wenig um sie zu kümmern.

Frau Rehberg setzte sich an ihr Pult und überblickte ihre Schutzbefohlenen noch einmal lächelnd. „In der ersten Zeit ist es notwendig, dass Sie sich um einige der Aufgaben, vor allem um die sogenannten ‚Vergleiche', *gemeinsam* kümmern, deshalb werde ich sie jetzt in drei Gruppen einteilen", begann sie. „Später kann dann jeder selbst entscheiden, an welcher der geforderten Aufgaben er arbeiten möchte, - ob allein, oder mit anderen zusammen."

Jenny aus Lemgo wäre gern mit Leonie in einer Gruppe gewesen, wahrscheinlich hatten auch einige der anderen schon einen Favoriten ins Auge gefaßt, doch Frau Rehberg entschied sich dafür, bei der Aufteilung nach dem Alphabet vorzugehen. Somit gehört Leonie zusammen mit Gunther, Kim und Sabine in die Gruppe II. Es hätte sie schlimmer erwischen können, dachte sie sich, zum Beispiel wenn sie mit der eingebildeten Elfie hätte zusammenarbeiten müssen. Von ihr war erzählt worden, dass sie im eigenen Mercedes-Cabrio angereist war, und wie es aussah, schien sie zu glauben, dass sie dadurch bei den Mitschülern wie auch bei den Lehrern an Ansehen gewonnen hatte. Dann war da noch die unnahbare ‚Frau Christ', für die die jüngeren Mitschülerinnen nur alberne Gänse zu sein schienen und die sich deshalb von allen zurückhielt.

Leonie war mit ihrer Gruppe zufrieden: Gunther aus Ostberlin war in Ordnung, genauso wie Kim und Sabine, die beide einen netten und umgänglichen Eindruck machten. Und Leonie freute sich, als dann auch Eva, die Neue, aufgrund ihres Nachnamens ihrer Gruppe zugeteilt wurde. Obwohl sie gern gewußt hätte, um welchen familiären Unglücksfall es sich gehandelt haben mochte, dass Eva ein halbes Jahr hatte warten müssen, bevor sie die Ausbildung beginnen konnte, fragte sie sie natürlich nicht danach. Vielleicht würde sie ihr eines Tages vertrauen und ihr von sich aus ihre Geschichte erzählen.

Als erstes mussten sich die neuen Schülerinnen und Schüler an die Kameras im Aufnahmeraum gewöhnen, die mit den Fotoapparaten, die sie bisher kannten, nichts gemein hatten. Es waren große Monstren auf stabilen Holzstativen. Sie wurden ‚Balg-Camera' genannt, weil es einen ziehharmonikaähnlichen Lederbalg zwischen zwei hölzernen Vorrichtungen gab, wo an der einen ein auswechselbares Objektiv angebracht war, an der anderen, - parallel dazu, - die Mattscheibe aus einer Art Milchglas, auf der man das zu fotografierenden Objekt betrachten und einstellen konnte. Dazu mussten beide Vorrichtungen im richtigen Winkel zueinander gekippt werden..., sofern man unter ein schwarzes Tuch kroch, das das Tageslicht von außen abhielt.

All das kam ihnen ziemlich altmodisch vor, allerdings auch sehr lustig, und es gab viel zu lachen. Doch um den Beruf von der Pieke auf zu erlernen und um alles zu verstehen, mussten sie genauso beginnen, wie einst die ersten Pioniere der Fotografie angefangen hatten.

Die ‚Vergleiche', von denen Frau Rehberg gesprochen hatte, sollten ihnen zeigen, welche verschiedenen Möglichkeiten ihnen beim Fotografieren zur Verfügung standen, um genau das Ergebnis zu erzielen, das sie sich vorgestellt hatten. Zum Beispiel mussten sie lernen, wie wichtig es war, die richtige Perspektive für das Objekt zu wählen, das fotografiert werden sollte.

War es sinnvoller, die Vogel-Perspektive anzuwenden, oder eher die Frosch-Perspektive? War es günstiger, sich für eine kurze oder für eine lange Brennweite zu entscheiden? War eine offene oder eher eine fast geschlossene Blende und somit eine lange oder kurze Belichtungszeit angebracht? Es gab so vieles, wodurch man das Ergebnis einer Aufnahme beeinflussen konnte. Ganz besonders interessant fanden die neuen Schüler den ‚Gesichtshälftenvergleich‘, obwohl er eigentlich erst für die Portrait-Fotografie im nächsten Jahr von Bedeutung war. Er sollte ihnen aber schon jetzt zeigen, dass das Gesicht eines jeden Menschen immer aus zwei vollkommen unterschiedlichen Gesichtshälften bestand, und wie fremd ein Foto wirkte, wenn man einmal die beiden rechten und einmal die beiden linken Hälften zusammensetzte. Das war nicht nur sehr lehrreich, - auch das sorgte für manchen Lacher.

Diese ‚Vergleiche‘ waren sehr wichtig für die angehenden Fotografen, und letztendlich machte ihnen jeder einzelne davon sehr viel Spaß.

2.

Als Eva Haupert nach dem ersten Schultag nach Hause gekommen war, hatte sie sich in ihr Zimmer zurückgezogen und sich angezogen auf ihr Bett gelegt. Tief durchatmend und zufrieden lächelnd starrte sie an die Decke. Sie war glücklich. Endlich hatte es geklappt, endlich durfte sie die Johannes-Lichter-Schule besuchen und ihre Ausbildung zur Fotografin beginnen. Fast wäre es wieder schiefgegangen, hätte nicht ihre Tante Karla ein Machtwort mit ihrem Vater gesprochen.

„Du kannst deiner Tochter nicht im Weg stehen", hatte sie zu ihm gesagt. „Sie ist nicht dein Dienstmädchen, sondern hat ein Recht auf ein eigenes Leben. Und sie hat auch das Recht, ihre Zukunft zu planen und sich für einen Beruf zu entscheiden, der ihr Freude macht."

Daraufhin hatte sich der Vater abgewandt und wortlos das Zimmer verlassen. Dennoch schien er sich die Worte seiner Schwester zu Herzen genommen zu haben, denn schließlich hatte er seine Zustimmung zu Evas Ausbildungsstart gegeben. Seit ihre Mutter im vergangenen Jahr nach einem Herzinfarkt plötzlich gestorben war, hatte sich das Leben von Vater und Tochter vollkommen verändert. Nichts war mehr so, wie es einmal gewesen war, denn weder Eva noch ihr Vater waren bislang über den Verlust wirklich hinweggekommen. Doch Eva war es, die am meisten darunter zu leiden hatte, weil ihr Vater seither zu einem Sonderling geworden war, der es seiner Tochter schwer machte, fortan ein einigermaßen normales Leben zu führen. Die Angst, auch sie eines Tages zu verlieren, raubte ihm fast den Verstand und machte ihn zu einem Despoten, der sie überwachte und ihr kaum eine Möglichkeit ließ, sich frei zu bewegen.

Eva wußte, dass ihr Vater kein schlechter Mensch war, dass er ihr im Grunde nicht wehtun wollte. Er machte sich nur einfach viel zu viele Sorgen um sie. Dabei vergaß er, dass sie inzwischen neunzehn Jahre alt war, - ein Alter, in dem manches Mädchen schon verheiratet und Mutter war. Wie beispielsweise die Mitschülerin Sabine Jochum, die bereits einen kleinen Sohn hatte. Eva seufzte. Natürlich fühlte sie sich keinesfalls jetzt schon bereit dafür, eine eigene Familie oder gar Kinder zu haben, - das hatte noch ein paar Jahre Zeit, wie sie fand. Doch im vergangenen Jahr hatte sie nicht einmal die Möglichkeit gehabt, Freunde zu finden, oder überhaupt jemanden kennenzulernen, - geschweige denn einen jungen Mann. Das lag nicht nur daran, dass ihr Vater immer wieder verhinderte, dass sie ausging, und dass er, wenn es einmal unumgänglich war, genau wissen wollte, wo sie sich aufhielt und wann sie zurück war, es lag auch daran, dass sie einfach keine Zeit dazu hatte, etwas zu unternehmen. Er erwartete von ihr, dass der Haushalt, den sie von ihrer Mutter in vorbildlichem Zustand übernommen hatte, weiterhin so tadellos und perfekt funktionierte, wie er es gewohnt war. Anfangs war er nicht einmal bereit gewesen, einer Hilfe zuzustimmen, die Eva den größten Teil der Arbeit im Haushalt abnahm. Auch dazu gab er erst seine Zustimmung, nachdem ihm Karla noch einmal ins Gewissen geredet hatte.

Nun, da Eva die Schule besuchen durfte, hatte sich glücklicherweise einiges für sie geändert, denn inzwischen kam Frau Grohmann vom Sozialdienst an drei Tagen in der Woche, um die gröbsten Hausarbeiten zu übernehmen. Dass jedoch trotz dieser Hilfe noch immer manchmal das eine oder andere liegenblieb, war etwas, was ihr Vater nur schwer akzeptieren konnte.

Eva aber genoss die Stunden in der Schule. Die meisten der Klassenkameraden waren in ihrem Alter, sie konnte sich mit ihnen austauschen und sich zusammen mit ihnen endlich einer Aufgabe widmen, die ihr wirklich Spaß machte: Der Fotografie.

Als Nachzüglerin und dreizehnte Schülerin der Klasse war sie, ihres Namens wegen, von Frau Rehberg in die Gruppe II gesteckt worden, und schon nach den ersten Unterrichtstagen mußte sie feststellen, dass sie damit großes Glück gehabt hatte. Sie war freundlich aufgenommen worden, kam mit allen gut zurecht, und vor allem fühlte sie sich zu Leonie Herrmann hingezogen, die sich ganz besonders nett um sie kümmerte. Da sie nicht wußte, ob Leonie etwas über ihren Schicksalsschlag im letzten Jahr erfahren hatte, oder ob es einfach nur ihrer Natur entsprach, ihren Mitmenschen nett und freundlich zu begegnen, sah sie noch keine Notwendigkeit, mit ihr über ihre Familienprobleme zu reden oder das schwierige Verhältnis zu ihrem Vater zu erwähnen.

In den ersten beiden Wochen waren die Foto-Schüler, wie angekündigt, täglich mit den ‚Vergleichen' beschäftigt. Das war interessant und machte allen mehr Spaß, als sie es je für möglich gehalten hätten. Bisher hatten sie immer nur ‚geknipst', nun lernten sie, was Fotografie wirklich bedeutete und welches Wissen dafür notwendig war. Da sie bei diesen ersten Aufgaben meistens im großen Aufnahmeraum zusammenkamen, lernten sie sich auch untereinander ein bisschen besser kennen. Leonie mochte Eva vom ersten Tag an, doch auch die kleine Vera Dahlmeier, die aus dem Schwarzwald kam und mit einem lustigen Akzent sprach, gefiel ihr. Oder aber auch Rolf und Michael, die Clowns, die immer wieder alle zum Lachen brachten. Es gab natürlich auch andere, von denen sie glaubte, dass sie eigentlich gar nicht in die Klasse passten. Von denen zog sie sich zurück und versuchte, sie zu ignorieren.

Neben dem praktischen Unterricht standen nun auch zweimal in der Woche Theoriestunden auf dem Plan, in denen es sowohl um physikalische als auch um chemische Vorgänge bei der Be- und Verarbeitung des Fotomaterials ging. Der Lehrer Ulrich Krüger war, obwohl schon um die vierzig, noch immer ein überaus gutaussehender Mann, der sich seiner Wirkung auf die Schülerinnen durchaus bewußt war. Leonie fand ihn einfach nur nett, doch bei manch einer ihrer Klassenkameradinnen schien er weit besser anzukommen. Jenny zum Beispiel schwärmte geradezu für ihn wie für einen Filmstar. Vor allem die Geschichte, die über ihn im Umlauf war, derzufolge seine Frau eine ehemalige Schülerin von ihm gewesen sein sollte, die er hier, auf der Johannes-Lichter-Schule beim Theorieunterricht kennengelernt hatte, sorgte für Gerede. Obwohl sich diese Geschichte später als Falschmeldung herausstellte, glaubten noch immer einige der Mädchen, so etwas könnte ihnen mit ihm auch passieren. Besonders Elfie legte sich ins Zeug und schien davon überzeugt zu sein, dass sie ihn mit ihrer Kriegsbemalung, ihrem zweideutigen Lächeln und ihrem Zuzwinkern eines Tages für sich gewinnen könnte. Ohne zu merken, dass er sich nur grenzenlos über sie amüsierte.

Auch Eva gefiel er. Leonie hatte bemerkt, dass sie ihm mehr Aufmerksamkeit entgegenbrachte, als das normalerweise für einen Lehrer üblich war. Sie begnügte sich allerdings damit, ihn die ganze Schulstunde über nicht aus den Augen zu lassen und jeder seiner Bewegungen zu folgen.

‚Frau Christ' dagegen schien ihn ganz offensichtlich nicht für voll zu nehmen, weil sie durch die jahrelange Arbeit im Fotoatelier ihres Vaters glaubte, schon alles zu wissen, - wenn nicht gar besser, als er.

Für die Jungs in der Klasse war er eher eine Art Kumpel, vor allem für den wissensdurstigen Gunther, der ihn auch nach Ablauf der Unterrichtsstunde noch mit jeder Menge fachlicher Fragen überschüttete. Zwar lachten die Mitschüler ein bisschen über ihn und seinen Eifer, - im Allgemeinen aber mochten sie ihn. Nicht nur, weil er ein netter Kerl war, sondern auch, weil sie gern seine Botendienste in Anspruch nahmen, wenn er ihnen Fotomaterial aus Ostberlin mitbrachte, da es dort einen großen Teil billiger war, als im Johannes-Lichter-Laden unten neben dem Eingangstor.

Es war Zufall gewesen, dass Leonie gleich am zweiten Morgen auf dem Weg zur Schule an einer bestimmten Ecke auf Kim gestoßen war. Sie wohnte ganz in der Nähe, und so ergab es sich, dass sie an den meisten Tagen den Schulweg gemeinsam fortsetzen und später sogar manchmal aufeinander warteten, wenn sich eine von ihnen ein wenig verspätet hatte. Kim war nicht gerade das Mädchen, das als Freundin zu Leonie gepasst hätte, sie war ein bisschen steif und redete nicht viel. Trotzdem gefiel es beiden, dass sie nicht jeden Morgen allein zur Schule marschieren mussten.

Auch Ricky Walther redete nicht viel und zog sich stets ein wenig von den Klassenkameraden zurück, - auch von den Jungs, obwohl sie ihm eigentlich keinen Grund dafür gaben. Darüber wunderte sich Leonie, denn damals an ihrem Ankunftstag in Berlin, als sie ihm in der U-Bahn begegnet war, hatte er doch, trotz des Missgeschicks, das ihm durch Martin widerfahren war, so lustig reagiert. Nun fragte sie sich manchmal, ob der junge Mann in ihrer Klasse wirklich derselbe war. In ihrer netten Art versuchte sie, ihn mit einzubeziehen, wenn sie sich zusammen mit den anderen etwas vornahm, doch daran schien er nicht interessiert zu sein. Das fand sie schade, denn sie mochte ihn, und sie nahm sich vor, irgendwann einmal mit ihm darüber zu reden.

Am Ende der ersten Woche rief Leonie endlich einmal wieder zu Hause an. Sie wußte, ihre Eltern hatten sich extra ihretwegen ein Telefon zugelegt, - bisher hatte ihr Vater wichtige

Angelegenheiten über das Telefon in seinem Büro in der Firma erledigt. Doch vor allem war es ihre Mutter gewesen, die darauf bestanden hatte, dass sie einen eigenen Apparat bekamen, um regelmäßig mit Berlin telefonieren zu können und zu erfahren, wie es ihrer Tochter ging, und wie es in der Schule lief.

„Wie geht es dir, Leonie, Liebling?", fragt sie nun. „Du hast dich so lange nicht gemeldet." Sie war außer sich vor Freude, Leonies Stimme zu hören. „Hast du dich inzwischen schon eingelebt? Isst du auch genug? Du hast es mir versprochen..."

„Ja, ja, es ist alles in Ordnung, Mama. Hier in der Schule gibt es auch eine hauswirtschaftliche Abteilung, und alles, was die Schülerinnen am Vormittag dort kochen, gibt es mittags in der Mensa. Das ist so eine Art Speisesaal oder Kantine für die Schüler. Und das Essen ist wirklich sehr gut."

„Das wird recht teuer sein."

„Aber nein, es ist doch kein Restaurant, das darauf aus ist, viel zu verdienen. Sie wollen mit dem, was sie einnehmen, nur ihre Unkosten abdecken."

„Könnt ihr dort auch frühstücken und zu Abend essen?"

„Nein, das nicht, sie kochen nur vormittags während der Schulzeit. Aber ganz in meiner Nähe ist ein Bolle-Laden, da kann ich alles kaufen, was ich brauche."

„Auch Obst und Gemüse?"

Leonie lachte. „Ja, auch Obst und Gemüse."

„Und Jutta wird dir vielleicht auch mal das eine oder andere mitgeben, oder? Wie geht es ihr denn? Mit ihr möchte ich nachher auch noch kurz reden."

„Mama…, das geht nicht."

„Warum denn nicht? Ist sie nicht zu Hause?"

„Nein, Mama, es ist so… Ich rufe gar nicht von den Niemeiers aus an…"

„Nicht? Aber warum denn nicht? Wo bist du dann?"

„In einer Telefonzelle auf dem Marie-Louise-Platz, das ist der Platz vor unserer Schule. Da ist…"

„Aber Leonie, was ist denn los? Warum bist du nicht bei den Niemeiers?"

„Weil ich sie nicht mag, Mama." So, nun war es raus! Sie wußte, dass ihre Mutter an dieser Aussage schwer zu knabbern haben würde.

„Aber Leo! Jutta ist doch eine so herzensgute Frau…"

„Ja, das stimmt schon, Jutta ist wirklich nett.

Aber die anderen… An Martin kannst du dich sicher noch erinnern, er hat sich doch auch damals bei uns recht ungezogen benommen. Und kennst du eigentlich Juttas Mann?"

„Flüchtig, er hat sie ein paarmal in der Klinik besucht..., damals."

„Die Atmosphäre bei ihnen zu Hause ist einfach unerträglich. Als Kind habe ich mir immer einen Bruder oder eine Schwester gewünscht, aber nein…, solche wie die Niemeier-Kinder hätte ich niemals als Geschwister haben wollen. Und wenn ich einen solchen Papa hätte, würde ich verzweifeln." Am anderen Ende der Leitung war es einen Augenblick lang still. „Mama, bist du noch da?"

„Ja, ich bin noch da. Aber ich bin völlig perplex. Wir haben dich doch extra nach Berlin geschickt, weil es dort die Niemeiers gibt, die sich im Notfall um dich kümmern können."

„Im Notfall würde ich vielleicht auch hingehen, Mama. Aber jetzt liegt kein Notfall vor, da telefoniere ich viel lieber von unterwegs mit dir."

„Das ist doch aber viel zu teuer. Mit Jutta hatte ich einen festen Betrag ausgemacht für die Telefonate, aber..."

„Mach dir keine Sorgen, das spare ich schon irgendwie wieder ein. Ich gebe nicht halb so viel

Geld aus, wie manch andere der Mädchen in meiner Klasse. Hier gibt es so vieles zu sehen und zu erleben, was kaum Geld kostet. Wirklich..."

„Ich weiß nicht, was ich dazu sagen soll, Leonie. Ich kann dich nur bitten, dich wenigstens ab und zu bei den Niemeiers zu melden, Jutta könnte sich sonst wundern, - oder gar beleidigt sein."

„In Ordnung, ich werde sie ab und zu besuchen, das verspreche ich. Aber du mußt verstehen, dass ich mit dieser Familie einfach nicht warmwerden kann."

Ihre Mutter seufzte. „Ich werde mit dem Papa darüber reden. Aber komm, dann werden wir jetzt Schluss machen, sonst wird es doch viel zu teuer für dich."

„Ja, machen wir Schluss. Ich melde mich bald wieder. Und über das, was wir hier machen und lernen, werde ich dir einen ganz langen und ausführlichen Brief schreiben, in Ordnung?"

„Ja, das würde mich sehr freuen. - Ach Mädchen, es ist so schwer für mich, dich so weit fort von uns zu wissen." An ihrer Stimme war zu hören, dass sie versuchte, nicht zu weinen, dadurch traten nun auch Leonie die Tränen in die Augen. Doch nicht, weil sie sich in Berlin einsam und allein fühlte und Heimweh hatte, - dazu gefiel es ihr viel zu gut, - aber, weil sie ihre Mama jetzt am liebsten in den Arm genommen und getröstet hätte.

*

Hannas Zimmer war ein wenig größer, als Leonies, aber obwohl auch ihre Einrichtung schon alt war, war sie doch nicht alt genug, um Onkel Ferdis Herz höher schlagen zu lassen. Die Möbel waren schmucklos, weiß lackiert, die Farbe teilweise schon abgegriffen. Da gefielen Leonie die Schnörkel an ihren Möbeln doch wesentlich besser. Was die Tapete betraf, - naja, Hanna hatte noch keine Bravo-Poster nötig, um die Altersspuren zu verdecken, aber schön war sie trotzdem nicht. Und das Muster ihrer Vorhänge stand dem auf Leonies Gardinen in nichts nach.

Es passte für die beiden Nachbarinnen selten, das Frühstück zusammen einzunehmen, deshalb hatte Leonie diesmal zum Abendbrot eingeladen. Lachend schaute sich Hanna noch einmal in Leonies Zimmer um. „Du lieber Himmel, da starrt einem ja wirklich halb Hollywood von den Wänden entgegen. Hat das unser Fräulein von Fischbeck schon gesehen?"

Besorgt schüttelte Leonie den Kopf. „Nein, - glaubst du, sie könnte etwas dagegen haben?"

Hanna lachte wieder. „Bei der Tapete blieb dir

ja gar nichts anderes übrig, als was Interessantes drüberzukleben. Ich denke aber, der nackte Oberkörper von Harry Belafonte wird sie ganz schön durcheinanderbringen, wenn sie ihn das erste Mal sieht." Sie senkte die Stimme. „Wer weiß, wann sie das letzte Mal eine so attraktive Männerbrust gesehen hat."

Leonie nickte. „Wenn überhaupt", rutschte ihr heraus, dann sahen sie einander an und prusteten los.

Ja, dachte Leonie oft, da konnte sie wirklich froh sein, eine so nette und unkomplizierte Zimmernachbarin zu haben. In der Schule hatten sie allerdings nichts miteinander zu tun, aber es war gut zu wissen, dass es im Zimmer nebenan jemanden gab, mit dem man reden konnte, wenn einem danach zumute war.

„Wie läuft's denn so in der Schule?" fragte Hanna später, als sie das Geschirr zusammengestellt und den Tisch abgeräumt hatten. „Kann da jeder von euch fotografieren, was er will? Nur eben unter dem strengen Blick eines Lehrers?"

„Oh nein, ich glaube, du stellst dir das ganz falsch vor. Wir müssen doch zuerst einmal alles lernen."

„Ich dachte immer, fotografieren kann jeder.

Das heißt, ich wollte auch schon mal an einem Kurs an der Volkshochschule teilnehmen, um ein paar zusätzliche Tricks kennenzulernen."

„Sicher gibt es auch einige Tricks", war Leonies Antwort, „aber allein damit ist nicht viel zu machen, wenn es einem an echtem Fachwissen fehlt. Außerdem gibt es ja so viele verschiedene Richtungen in der Fotografie. Du kannst dir sicher vorstellen, dass für eine Architekturaufnahme ganz andere Voraussetzungen zu erfüllen sind, als beispielsweise für ein Landschaftsfoto. Und dass das Bild eines Stilllebens oder eines Gegenstandes etwas ganz anderes ist, als das Portrait eines Menschen, also einer lebenden Person. Das ist doch logisch, oder? Zusätzlich kommt dann ja auch noch die Laborarbeit dazu. Und all das werden wir hier nun von der Pieke auf lernen."

Sie hatte sich wieder in Begeisterung geredet, und Hanna schaut sie lächelnd von der Seite an. „Du scheinst wirklich Spaß daran zu haben. Aber klar, du hast recht, schließlich wollt ihr das ja alle mal professionell machen und euer Geld damit verdienen. Da muß man schon Fachmann sein."

Leonie stand auf, öffnete die Schublade in der Kommode, in der sie ihre Schreibsachen aufbewahrte und nahm das kleine Kunstwerk heraus, das sie einige Tage zuvor in der Schule geschaffen hatte. Auf den ersten Blick wirkte es wie ein Scherenschnitt, nur umgekehrt: Ein weißes Kastanienblatt und eine weiße Blüte auf schwarzem Untergrund. Doch auf dem Weiß des Blattes und auf dem weißen Blütenkelch schimmerten ganz leicht, kaum sichtbar, die Äderungen als ganz feine schwarze Linien hindurch. Dadurch wirkte beides unendlich zart und filigran. „Kannst du dir vorstellen, wie das entstanden ist?", fragte Leonie.

Hanna schüttelte den Kopf. „Nein. Aber es ist wunderschön."

„Dabei war es ganz einfach. Ich habe das Blatt und die Blüte einfach nur auf fotoempfindliches Papier gelegt und eine Weile belichtet. Und überall dort, wo das Licht hinkam, ist es schwarz geworden, - mal stärker, mal schwächer. Und als es so war, wie ich es haben wollte, habe ich es fixiert und dadurch den Vorgang des Schwarzwerdens abgebrochen. Es ist ein richtiges kleines Kunstwerk geworden, findest du nicht auch? Und das ganz ohne Camera."

Hanna nickte und lachte. „Komm, darauf trinken wir!" Sie hatte eine Flasche Rotwein zum Abendbrot mitgebracht und für beide ein Glas gefüllt. Leonie mochte zwar keinen Wein, - bei ihnen zu Hause gab es ihn nur ganz selten und nur zu ganz bestimmten Anlässen oder Festtagen, doch sie wollte die Nachbarin nicht vor den Kopf stoßen, deshalb nippte sie doch ab und zu an ihrem Glas, - während Hanna das ihre genüsslich leerte und sich bereits ein zweites einschenkte. „Wie bist du eigentlich mit deinen Mitschülern zufrieden?", fragte Hanna. „Wahrscheinlich gibt es bei euch auch die eine oder andere Nervensäge, oder? Bei uns sind es zwei, über die wir uns immer wieder ärgern müssen. Da werde ich froh sein, wenn ich die mal nicht mehr jeden Tag sehen muß."

Leonie nickte. „Ja, ja, sowas gibt's bei uns auch. Wir haben eine, die fühlt sich als großer Star, dabei ist sie nicht halb so hübsch, wie sie glaubt. Im Theorieunterricht flirtet sie auf Teufel komm raus mit unserem Lehrer, und die Jungs in der Klasse versucht sie mit ihrem Mercedes-Cabrio zu beeindrucken."

„Dann scheint sie aus reichem Hause zu kommen."

„Wahrscheinlich, - arm scheint sie wohl nicht zu sein." Dann dachte sie an Rosie Christ, die nach der Ausbildung den Betrieb ihres Vaters übernehmen sollte. „Eine andere müssen wir mit ‚Sie' anreden, weil sie schon über dreißig ist. Und wieder eine andere ist schon verheiratet und hat ein Kind. Aber die ist eigentlich sehr nett."

„Ja, so eine haben wir auch, die hat sogar schon zwei Kinder."

„Ist sicher nicht einfach, in dem Alter noch einmal mit einem ganz neuen Beruf anzufangen, oder nicht? Dazu gehört sicher eine Menge Mut."

„Und eure Jungs? Sind da wenigstens ein paar nette und attraktive Mannsleute drunter?" Hanna zwinkerte ihr zu, sie hatte sich inzwischen bereits ein drittes Glas eingeschenkt, während Leonie ihres noch nicht einmal bis zur Hälfte geleert hatte. Sie warf einen Blick auf die Uhr, der Schluck Wein hatte sie müde gemacht, wie mußte es dann erst Hanna gehen? „Sei mir nicht böse", sagte sie zu ihr, „aber ich glaube, wir sollten für heute Abend Schluss machen. Ich bin todmüde." Auch Hanna schaute nun zur Uhr. „Ja, du hast recht, ich muß morgen auch früh raus."

Leonie stand auf. „Und was die Mannsleute betrifft..." Sie hob die Schultern. „Na ja, die scheinen ganz in Ordnung zu sein." Sie sah Rolf und Michael vor sich, die immer lustig waren und ihre Späße machten, aber vor allem dachte sie an Ricky, der nun wirklich nicht gerade der Netteste war. Und trotzdem..., warum mußte sie nur immer an ihn denken...?

3.

Das Wetter war schön und sonnig, und Leonie überlegte, ob sie nicht an einem Tag wie diesem ihre Landschaftsaufnahme machen sollte.

Sie mußte an Frau Rehbergs Worte denken. ‚Diese Aufnahme sollte immer der jeweiligen Jahreszeit entsprechen‘, hatte sie ihnen erklärt. ‚Die meisten von Ihnen werden dafür auf schönes Wetter warten, was aber nicht bedeuten muß, dass Sie nicht auch die Stimmung eines regnerischen Frühlings- oder Sommertages einfangen dürfen.‘

Ehrlich gesagt, ein warmer sonniger Tag war Leonie wesentlich lieber, als ein wolkiger Himmel und Regen. Im Augenblick grünte und blühte es überall in der Natur, da würde man nicht lange nach einem geeigneten Motiv suchen müssen. Dennoch dachte sie sich, dass es etwas ganz Besonderes sein sollte, und dass von einer Landschaftsaufnahme wahrscheinlich weit mehr erwartet wurde, als nur ein blühendes Beet voller Blumen. Bisher kannte sie sich in der Stadt noch nicht gut genug aus, um allein eine geeignete Anlage oder einen passenden Park zu finden, daher war es ihr gerade recht, als ihr Eva auf dem Flur über den Weg lief. „Hast du im Augenblick gerade etwas Bestimmtes vor?", fragte sie sie.

Eva blieb stehen. „Ja, - nein, - eigentlich wollte ich anfangen, einen Teil der Vergleiche aufzuziehen und zu beschriften."

Leonie nickte. „Das steht mir auch noch bevor. Aber heute, bei dem schönen Wetter..."

„Du denkst an die Frühlingsaufnahme?"

„Ja. Ich habe halt lieber Sonnenschein, und wer weiß, ob das Wetter in den nächsten Tagen so bleibt. Du als Berlinerin kennst dich doch sicher gut aus in der Stadt und weißt, wo man eine hübsche Gegend findet, die sich für eine schöne Aufnahme eignen würde."

„Ja, ich..." Doch bevor Eva richtig antworten konnte, stand Rolf hinter ihnen und meldete sich zu Wort. „Ich kenne mich auch sehr gut aus in der Stadt", rief er Leonie zu und lachte, „und ich verspreche dir, dass ich den schönsten und romantischsten Platz in ganz Berlin für dich und deine Landschaftsaufnahmen finden würde. Du mußt mir nur vertrauen..."

Die Mädchen lachten und Eva meinte: „Wir sind doch gar nicht in deiner Gruppe, für dich würde sich da doch eine ganz andere Begleitung anbieten.“

Er zog ein langes Gesicht, er wußte genau, wen sie meinten. „Oh, darauf kann ich verzichten.“

„Sag nicht, dass du nicht auch ganz gern mal ein paar Runden in einem Cabrio durch die Stadt drehen würdest.“

„Ja klar, das muß sehr schön sein. Und das habe ich auch ganz fest vor“, antwortete er, „aber…, dann in meinem eigenen Cabrio, versteht ihr?“

„He, he, hast du im Lotto gewonnen?“ fragte Eva lachend.

„Dazu muß man nicht unbedingt im Lotto gewinnen. Es muß ja nicht immer ein Mercedes sein. Und auch nichts Nagelneues.“

Die beiden waren neugierig geworden. „Erzähl, was hast du vor?“, forderten sie ihn auf, doch er schüttelte lachend den Kopf und zwinkerte ihnen zu. Und während er sich Michael anschloss, der gerade aus der Dunkelkammer gekommen war, meinte er: „Wartet's ab, ihr werdet schon sehen!“ Und dann warf er ihnen noch ein „Und staunen!“ über die Schulter zu.

Eva war immer noch unschlüssig und überlegte. „Kommst du nun mit?“, fragte Leonie erneut. „Um die Beschriftung kannst du dich doch auch morgen noch kümmern.“

„Ja, du hast recht. Aber dann muß ich mir zuerst eine Camera besorgen. Hoffentlich sind noch genügend da, - bei dem schönen Wetter."

Für die Außenaufnahmen durften die Schüler zwar ihre eigene Camera benutzen, wenn sie den Ansprüchen, die an die Fotos gestellt wurden, gerecht wurde, man konnte sich aber auch von Frau Rehberg eine aus dem Camera-Bestand der Schule geben lassen. Da waren hochwertige Marken vertreten wie *Hasselblad*, *Voigtländer* oder *Rollei*, also solche, wie sie nur die wenigsten der Schüler zu Hause hatten.

Dass Leonie bereits eine eigene *Rolleicord* besaß, hatte sie ihrem Vater zu verdanken. Das war das günstigere Modell der Rollei-Serie, er hatte sie ihr spendiert, weil er der Meinung war, dass sie auch schon während der Ausbildung unbedingt eine gute Camera brauchte. „Wenn du erst deinen Gesellenbrief in der Tasche hast, bekommst du eine *Rolleiflex*", hatte er ihr versprochen.

Sie nahm also ihre *Rolleicord* aus dem Spind und wartete auf Eva. Es war bereits kurz nach zwei Uhr, als sie loszogen. Sie wussten, wenn sie jetzt irgendwohin fuhren, um die Aufnahmen zu machen, konnten sie bis zum offiziellen Schulschluss um vier Uhr nicht mehr zurück sein.

Das war jedoch nicht unbedingt notwendig, denn bei Außenaufnahmen waren sie an keine bestimmte Zeit gebunden. Es reichte, wenn sie sich bei Frau Rehberg vorher abmeldeten und ihr sagten, was sie vorhatten. Die machte sich dann Notizen, damit sie immer genau wußte, wo und womit der einzelne Schüler beschäftigt war. Das bedeutete aber auch, dass man sich nicht einfach nur einen schönen Nachmittag machen konnte, sondern dass man ihr die Ergebnisse dann auch vorlegen musste.

Eva und Leonie entschieden sich für die kleine Parkanlage hinter dem Innsbrucker Platz. Das war nicht weit zu laufen, und dort fanden sie auch wunderschöne Motive. Bäume und Sträucher standen in vollster Blüte und zeigten sich in den buntesten Farben. Sie machten gleich mehrere Aufnahmen, damit sie sich später das schönste der Fotos aussuchen konnten. Und als sie ihre Aufnahmen im Kasten hatten, setzten sie sich noch einen Augenblick auf eine Bank.

„Der Rolf ist ein netter Kerl", sagte Eva und sah Leonie lächelnd von der Seite an. „Ich glaube, er mag dich."

„Ich mag ihn auch. Er ist so locker und lustig, das gefällt mir."

Eva malte Kreise mit der Schuhspitze in den

Sand. „Was denkst du eigentlich über den Krüger?", fragte sie, ohne Leonie anzusehen.

„Krüger? - Ach, du meinst den Lehrer?"

„Ja."

„Er ist in Ordnung, finde ich."

„Die Elfie legt sich ja schwer ins Zeug, wenn es um ihn geht."

Leonie lachte. „Dabei merkt sie gar nicht, wie lächerlich sie sich macht. Schließlich ist er doch verheiratet."

„Ich habe gehört, er sei schon seit einiger Zeit geschieden", wußte Eva zu berichten.

„Geschieden? Von der Frau, die er angeblich hier auf der Schule kennengelernt haben soll?"

„Ich weiß nicht, ob es stimmt, dass sie tatsächlich einmal seine Schülerin gewesen ist. Aber egal, jedenfalls ist er jetzt geschieden."

„Woher weißt du denn das?"

Eva zuckte die Schultern. „Irgendjemand hat das mal erzählt", meinte sie. „Und er trägt auch tatsächlich keinen Ring mehr." Sie war ein wenig verlegen geworden und vermied es noch immer, ihr Gegenüber direkt anzusehen.

Leonie mußte lächeln. „Er scheint dir zu gefallen. Aber ja, er sieht wirklich gut aus. Trotz seines Alters."

Eva hob den Kopf. „Wieso seines Alters? Du tust

ja, als sei er schon uralt."

Nun mußte Leonie lachen. „Naja, er ist bestimmt schon über vierzig." Sie stupste Eva in die Seite. „Aber sag, du bist doch nicht etwa auch eine von denen, die für ihn schwärmen?"

„Ich mag ihn einfach," meinte Eva, und das klang so ernsthaft, dass Leonie ihr forschend ins Gesicht sah. „Du magst ihn? Oder magst du ihn mehr noch als… nur einfach…?"

Eva wandt sich ein wenig. „Wahrscheinlich so, wie du Rolf magst", lächelte sie. Aber Leonie schüttelte energisch den Kopf. „Das siehst du falsch, Eva. Wahrscheinlich seht ihr das alle falsch, einschließlich Rolf selbst." Sie richtete sich auf und atmete tief durch. „Klar, wie ich schon sagte, Rolf ist ein netter Kerl. Aber er ist nicht derjenige in der Klasse, den ich…" Den Rest verschluckte sie.

Nun war es Eva, die aufhorchte und sie fragend anschaute. „An wen denkst du denn jetzt?", wollte sie wissen. In Gedanken ging sie die Jungs in der Klasse durch. Wer außer Rolf käme denn da noch in Frage? Michael, Gunther, Ricky…? Sollte es wirklich einer von denen sein?

Leonie lachte wieder und erhob sich von der Bank. „Komm, wir sollten gehen. Vielleicht treffen wir noch jemanden in der Schule an."

„Warum willst du es mir nicht sagen?"

„Vielleicht fällt es dir ja von selbst auf, ohne dass ich es verrate."

Auch Eva erhob sich. „Na, da bin ich ja wirklich gespannt."

„Und wie war das jetzt mit dem Krüger?" Leonie zwinkerte ihr zu. „Wenn du ihn mehr magst, als ich den Rolf, dann…"

Sie lachten beide, nahmen ihre Sachen auf und machten sich auf den Weg zurück zur Schule.

Als sie dort ankamen, waren die meisten schon gegangen, und Leonie wunderte sich, dass sich Ricky immer noch im Aufziehraum zu schaffen machte.

Der Aufziehraum war die letzte Station für ein Foto, bevor es zur Zwischenprüfung vorgelegt werden konnte. Dort wurden die Aufnahmen auf weißen Karton ‚aufgezogen', also aufgeklebt. Dabei war es genau vorgeschrieben, wie sie präsentiert werden mussten: Mit genau eingehaltenen Randmaßen und mit einem Hinweis auf alle technischen Daten wie Objektiv, Brennweite und Belichtungszeit, - fein säuberlich mit Ausziehtusche in Druckbuchstaben geschrieben. Das war gar nicht so einfach, vor allem für diejenigen nicht, die weder die Sauberkeit noch die Genauigkeit besonders ernst nahmen. Eselsohren waren tödlich, das Weiß des Kartons durfte nicht durch das kleinste Fleckchen getrübt sein, und inzwischen war bekannt, dass die Ränder rund um ein Foto millimetergenau dem vorgeschriebenen Maß entsprechen mussten und auch nachgemessen werden konnten.

Ricky war der einzige und letzte, der noch da war. Allerdings war er nicht mit Aufzieharbeiten beschäftigt, sondern er war dabei, seinen Karton mit einer der großen Schneidemaschinen zu bearbeiten. Er sah nicht gerade glücklich dabei aus, und immer wieder kam ein leiser Fluch über seine Lippen, weil etwas nicht so funktionierte, wie er sich das vorgestellt hatte. Leonie blieb eine Weile an der Tür stehen und sah ihm zu. „Klappt's nicht?", fragte sie ihn. „Vielleicht solltest du für heute Schluß machen. Morgen früh sieht dann alles ganz anders aus." Er schaute nur kurz auf, aber sein Blick sprach Bände. Der sagte ihr nämlich deutlich, dass das *sein* Problem sei, und dass sie das gar nichts anging. Und vor allem, dass er nicht darauf angewiesen war, Ratschläge von ihr oder irgendjemandem sonst anzunehmen. Sie hob beschwichtigend die Hände. „Schon gut, schon gut", sagte sie, „ich gehe ja schon. Wir sehen uns morgen."

Am nächsten Morgen hatten sich Leonie und Eva beizeiten einen Platz in einer der Dunkelkammern gesichert, damit sie ihre Filme mit den Fotos vom Vortag entwickeln konnten. Sie waren ihnen recht gut gelungen, und wie es aussah, konnten sie schon bald damit beginnen, die besten Negative weiterzuverarbeiten und Papier-Fotos daraus zu machen.

Die Dunkelkammern waren recht gefragte Räumlichkeiten. Tatsächlich hätten sie oft effektiver genutzt werden können, wären sie nicht immer wieder zweckentfremdet worden. Aber wo sonst war man so ungestört, wenn man sich etwas zu erzählen hatte? Manch einer gönnte sich dort auch mal ein ruhiges halbes Stündchen, wie zum Beispiel Jenny, wenn sie am Abend zuvor spät nach Hause und dementsprechend spät ins Bett gekommen war und noch nicht ganz ausgeschlafen hatte.

Ricky schien zwar besserer Laune zu sein, als am Vortag, das bedeutete aber nicht, dass er gesprächiger oder lebhafter gewesen wäre, sondern nur, dass er nicht mehr fluchte und sein Gesichtsausdruck ein wenig entspannter wirkte.

Diesmal hielt er sich im Aufnahmeraum auf und machte sich an einer der großen Cameras zu schaffen, um eine kleine bunte Spielzeugfigur, die auf einem der niedrigen Tische vor ihm stand, auf die Fotoplatte zu bannen. Nachdem die Aufnahme geklappt zu hatte, wechselte er das Objektiv und begann, die Camera neu einzustellen.

Aha, der Brennweiten-Vergleich, dachte sich Leonie. Doch warum machte er das wieder nur alleine? An diesen Vergleichen sollte doch jede Gruppe gemeinsam arbeiten. Wo waren denn die anderen? Sie wollte ihn fragen, doch dann hielt sie sich zurück. Gewiss würde er wieder wissen wollen, was sie das überhaupt anginge, denn schließlich gehörte sie nicht in seine Gruppe. Und eigentlich hatte er ja recht, fand sie. Sollte er doch machen, was er wollte, - alleine, oder zusammen mit den anderen. Oder gar nicht. Das ging sie nun wirklich nichts an. Und überhaupt…, was kümmerte es sie, was er machte, und *wie* er es machte? Fühlte sie sich tatsächlich noch immer verantwortlich für das verletzte Schienbein, das ihm durch ihren Koffer zugefügt worden war? Sie hatte sich doch bei ihm entschuldigt, oder nicht? Dabei war sie doch nicht einmal wirklich schuld gewesen.

Sie seufzte. Eigentlich hätte es ihr gefallen, wenn sie mit ihm genauso locker und lustig hätte umgehen können, wie mit Rolf und Michael.

Doch er war nun einmal ganz anders.

Sie wandte sich ab. Genaugenommen hatte sie nicht einmal einen Grund, am Türrahmen zu stehen und ihn zu beobachten, sagte sie sich. Tat sie das wirklich nur, weil er ihr leidtat? Weil sie bemerkt hatte, dass er keine Freunde hatte? Aber…, wollte er überhaupt welche? Oder lag es daran, dass *ihn* niemand wollte? - Oder aber…, gab es vielleicht einen ganz anderen Grund?

Langsam ging sie dann doch auf ihn zu. „Kann ich dir irgendwie helfen?"

Er hob den Blick. „Wieso?" fragte er.

„Bei den Vergleichen sollten wir doch als Gruppe zusammenarbeiten", antwortete sie.

„Ich mach das lieber alleine."

„Das ist aber nicht der Sinn der Sache. Wir sollen doch gemeinsam dahinterkommen, welche Veränderungen wir wodurch erreichen können…"

„Dann mach du das mit deiner Gruppe, ich mach das alleine", meinte er ärgerlich.

„Rolf und Michael sind nette Kerle, sie würden das sicher gern mit dir zusammen machen. Und was Elfie betrifft…"

Er griff nach der kleinen Figur und drehte sie ein wenig nach links. „Ich brauche weder Rolf noch Michael. Und diese Nervensäge gleich gar nicht."

Und schon verschwand er wieder unter dem schwarzen Tuch, um seine Aufnahme einzustellen. Und da sie nicht damit rechnete, dass er wieder darunter hervorkam, solange sie neben ihm stand, beschloss sie, zu gehen.

Als sie sich umwandte, lehnte Eva am Türrahmen. „Was ist los?", fragte sie. „Hast du dich geärgert?"

Leonie wußte nicht, wie lange sie schon dort gestanden und inwieweit sie mitbekommen hatte, wie abweisend Ricky ihr begegnet war.

„Nein, überhaupt nicht", antwortete sie in einem Ton, der das Gegenteil ausdrückte. „Der ist so stur!", meinte sie dann. „Ich will ihm doch nur helfen. Aber er tut, als wollte ihm jeder nur Böses."

„Und das willst *du* ja nun wirklich nicht."

„Nein, ich…" Jetzt erst merkte sie, dass Eva lächelte.

„Du brauchst gar nicht so zu grinsen. „Von mir aus kann er machen, was er will. Wer sich nicht helfen lassen *will*, der soll mir den Buckel runterrutschen." Sie wollte sich an Eva vorbeidrängen, doch die hielt sie am Arm fest. „Ist *er* das?", fragte sie.

Leonie machte sich los. „Ich verstehe nicht, was du meinst."

„Ist *er* derjenige, an den du gestern gedacht hast, als wir von denen gesprochen haben, die uns gefallen und die wir mögen…?"

Leonie wußte nicht, was sie sagen sollte. „Wie kommst du denn darauf?", fragte sie.

„Du hast dir solche Mühe gegeben, nett zu ihm zu sein. Und jetzt bist du traurig, dass er deine Hilfe abgelehnt hat."

„Nicht traurig, einfach nur wütend."

„Das ist manchmal fast dasselbe." Eva legte den Arm um ihre Schultern. „Wer weiß, warum er so ist. Aber ganz sicher weiß er es zu schätzen, dass du ihm deine Hilfe angeboten hast."

„Na, ich weiß ja nicht, da bin ich mir gar nicht so sicher. In Zukunft werde ich ihn wohl lieber in Ruhe lassen. Soll er doch machen, was er will."

Eva lächelte wieder. „Ganz genau! Soll er doch machen, was er will!"

4.

Eva war froh, als die Unterrichtsstunde vorbei war. „Was hat er bloß gegen mich?" wandte sie sich unglücklich an Leonie, als sie zusammen den Klassenraum verließen. „Was hat die Schnepfe, was ich nicht habe? Warum gibt er ihr überhaupt Antwort, wenn sie so dumme Fragen stellt?"

Leonie hängte sich bei ihr ein. „Sie hat ihn doch gar nicht interessiert, Eva. Hast du denn nicht bemerkt, dass er nur *dich* dabei angeschaut hat, während er ihr geantwortet hat?"

„Du willst mich trösten…"

„Nein, überhaupt nicht. Aber vielleicht solltest du ihn auch mal was fragen. Irgendetwas ganz Kompliziertes, Gescheites, - nicht eine so banale Frage wie die Elfie."

„Das bringe ich nicht fertig."

„Komm heute Abend zu mir, dann denken wir uns zusammen was aus, was du ihn fragen könntest. Und zwar etwas, was er nicht in einem einzigen Satz beantworten kann. Dann wird er dich nach der Stunde zu sich rufen, um es dir genau und ausführlich zu erklären."

Eva lachte. „Du bist verrückt, das macht er nie." Dann wurde sie wieder ernst und fügte hinzu: „Und als er behauptet hat, ich hätte Michaels Aussage übernommen, ohne weiter darüber nachzudenken, das war ziemlich gemein und unfair von ihm."

Sie waren die Treppe hinuntergegangen die in

Richtung Mensa führte.

„Wahrscheinlich macht er das mit Absicht", meinte Leonie.

„Wieso denn? Das verstehe ich nicht."

„Er will deine Aufmerksamkeit erwecken."

„Und wozu?"

„Sei doch nicht so schwer von Begriff. Er will dir damit zeigen, dass er dich interessant findet."

„Nie im Leben. - Was gibt es eigentlich heute zu Mittag? Ach, ich habe überhaupt keinen Hunger mehr vor lauter Ärger."

„Aber du mußt was essen…", meinte Leonie, und lachend fügte sie hinzu: „Damit du groß und stark wirst, wenn du es mit dieser Schnepfe aufnehmen willst."

*

Inzwischen hatten sie auch ihre ersten Retuschestunden. Dafür brauchten sie neben Farbe, Pinsel und Spezialmesserchen vor allem eine ruhige Hand. Leonie stellte fest, dass einige der Klassenkameraden dieses Fach nicht besonders ernst nahmen, weil sie keine Ahnung hatten, wie wichtig Retusche eines Tages für sie sein könnte. Sie klecksten mit der Farbe herum, schälten sich mit dem Messerchen eine Orange und brachten damit Frau Moosbacher, die

Lehrerin, zur Weißglut. Leonie selbst hatte schon einiges über Retusche bei Herrn DeVries gelernt und wußte deshalb, dass man mit Hilfe von Farbe und Pinsel auf Papierfotos kleine Unebenheiten und Fehler beseitigen konnte. Das Arbeiten mit dem Messerchen war allerdings auch für sie neu, weil Herr DeVries weder mit beschichteten Glasplatten noch mit Planfilmen gearbeitet hatte. Für die neue Aufgabe händigte Frau Moosbacher nun jedem der Schülerinnen und Schüler eine überbelichtete, also tiefschwarze Fotoplatte aus, die sie in vier Quadrate aufteilen mussten. Mit dem Messerchen sollten sie dann in jedem Quadrat gegen die schwarze Schicht angehen und so viel davon abtragen, dass zum Schluß in jedem der Felder eine unterschiedlich starke Schicht übrigblieb, dass also am Ende jede von ihnen unterschiedlich stark lichtdurchlässig war. Das war gar nicht so einfach, - allerdings hatten sie genügend Zeit dafür, sodass sie immer wieder mal ein bisschen daran arbeiten konnten.

Inzwischen hatte Leonie auch schon mit den Aufnahmen für die ‚Serie' begonnen. Serie bedeutete in diesem Fall: Die Schüler sollten mindestens sechs Gegenstände fotografieren, die vom Aussehen her in einem gewissen Zusammenhang zueinander standen. Sechs kleine Figuren zum Beispiel, oder sechs verschiedene Becher, sechs unterschiedlich verzierte Blechdosen… Und von jedem dieser Gegenstände sollte es zum Schluß ein Foto geben, das so viel wie möglich über ihn aussagte, und das doch auch gleichzeitig zeigte, dass eine Gemeinsamkeit mit allen anderen bestand.

Leonie hatte sich für sechs kleine Vasen entschieden, - wunderschöne Väschen, die sie von überall her zusammengesucht hatte. Nur die letzte hatte sie sich dann doch noch im KaDeWe ausleihen müssen. Sie war sehr zufrieden mit der Auswahl ihrer Objekte, und auch die Aufnahmen waren ihr sehr gut gelungen. Nun ging es darum, die Negative in schöne und brillante Fotos zu verwandeln, sodass darauf jede einzelne Vase wie ein kleines Meisterstück wirkte.

Von den Landschaftsaufnahmen zog sie zwei in die engere Wahl, vergrößerte zunächst erst einmal beide und kam mit den noch nassen Fotos aus der Dunkelkammer heraus, um sie bei Tageslicht zu begutachten. Eva schaute ihr über die Schulter. „Sind beide nicht schlecht, welche nimmst du?"

„Ich weiß noch nicht. Wie sieht's denn mit deinen aus?"

„Sind vom Motiv her ähnlich wie deine."

Sie lachten. „Kein Wunder, war ja fast dieselbe Stelle."

„Aber deine Camera war besser."

Leonie schüttelte den Kopf. „Nein, nein, das kann ich mir nicht vorstellen."

„Gute Ausrede", meinte jemand hinter ihnen, und als sie sich umsahen, war es Rolf, der ihnen über die Schultern schaute. „Damit kannst du dich immer rausreden: Es war die Camera! Das sag ich auch jedesmal, wenn ich mit meinen Fotos nicht zufrieden bin."

„Jetzt wart's mal ab", meinte Leonie, „Evas Aufnahmen sind sicher super, sie muß nur immer erst mal ein bisschen untertreiben."

Eva grinste, weil sie zugeben mußte, dass es tatsächlich so war.

Rolf nahm Leonies Arm und zog sie ein wenig zur Seite. „Hast du ein paar Minuten Zeit?", raunte er ihr zu.

„Kommt drauf an", war ihre Antwort, kann ich dir was helfen?"

„Nein, danke, eigentlich nicht. Aber ich habe eine Überraschung für dich, die ich dir gern zeigen würde."

„In Ordnung, zehn Minuten kann ich abzwacken."

„Schön." Er hatte ihren Arm nicht losgelassen

und zog sie in Richtung Fahrstuhl, aber sie hielt ihm die nassen Fotos vor die Nase. „He, die sollte ich vorher aber noch schnell versorgen."

„Gut, häng sie zum Trocknen auf, ich warte. Fertigmachen kannst du sie auch später noch."

„Meine Sachen stehen auch noch in der Dunkelkammer." Sie sah sich nach Eva um. „Kannst du sie ins Wasser legen, bitte?"

Sie nahm sie ihr ab. „Klar. Wo willst du denn hin?"

„Keine Ahnung. Rolf sagt, er habe eine Überraschung für mich, die will ich mir doch nicht entgehen lassen."

„Bleibst du lange weg? Für den Fall, dass jemand nach dir fragt…?"

Rolf antwortete an ihrer Stelle. „In höchstens einer halben Stunde ist sie wieder da."

Inzwischen war Leonie wirklich neugierig geworden. Gespannt folgte sie Rolf in den Hof hinunter, durch das Eingangstor bis auf den Marie-Luise-Platz. Dort ging es dann noch ein paar Meter weiter bis zu einem Grundstück, auf dem vor Kurzem ein altes Haus abgerissen worden war und das nun als Parkplatz diente. Dort blieb er vor einem uralten grauen Cabriolet stehen. Die Sitze waren schwarz, wie auch das heruntergeklappte Verdeck.

„Darf ich vorstellen? Das ist *Eberhard*."

Sie mußte lachen. „*Eberhard*? Wo hast du denn den her?"

Rolf zog ein Gesicht. „Gefällt er dir nicht?"

„Oh doch", sie nickte schnell. „Aber er ist nicht mehr der Jüngste. Hoffentlich lässt er dich nicht irgendwo und irgendwann mal im Stich."

„Garantiert nicht, ich habe ihn auf Herz und Nieren prüfen lassen. Und er sieht doch wirklich noch recht flott aus, oder?"

„Das schon." Sie fuhr mit der Hand über den grauen Lack, auf dem allerdings an manchen Stellen doch schon ein paar matte Flecken zu sehen waren. „Das Wichtigste ist natürlich, dass er fährt..."

Er schloss die Tür auf und öffnete sie für Leonie. „Das werde ich dir beweisen. Komm, wir fahren eine Runde."

Sie stieg ein. „Und wie kommt er zu dem Namen *Eberhard*?"

Da lachte er wieder. „Mein Opa hieß so, der war auch alt und grau und kam trotz allem immer noch flott daher." Er startete den Motor.

„Hieß? Und war? - Scheinbar ist er letztendlich dann aber doch gestorben."

Langsam fuhr er rückwärts aus der Parklücke heraus. „Naja, mit neunundneunzig Jahren!"

„Ganz so alt ist dieser hier aber noch nicht, oder?"

Rolf fuhr weiträumig um den Marie-Luise-Platz herum, es schien ihm sichtlich Spaß zu machen. Irgendwann bog er dann in die Martin-Luther-Straße ein und fuhr in Richtung Tauentzien, das Zentrum von Westberlin. Leonie wunderte sich, dass es ihm nichts ausmachte, in einem alten Auto, das er noch gar nicht so gut kennen konnte, in einer Stadt wie Berlin herumzufahren. Doch natürlich, er kam ja aus Hamburg, und dort war in den Straßen mindestens genauso viel los wie hier in Westberlin. Eigentlich vertraute sie ihm, und nach einer Weile ließ sie sich auch ganz bequem und entspannt in den Sitz zurücksinken und genoss die Fahrt.

Leonie hatte ihr kleines Radio aus Oldenburg eigentlich nur mitgenommen, um sich täglich mit Musik zu versorgen. Selten achtete sie auf die aktuellen Nachrichten dazwischen, sie verstand viel zu wenig davon, um sich darüber ihre Gedanken zu machen. Doch manchmal blieb ihr dann doch das eine oder andere, von dem, was sie gehört hatte, im Gedächtnis hängen. So wußte sie zum Beispiel, dass sich die Außenminister der vier Alliierten, also die der

Amerikaner, Engländer, Franzosen und Russen in Genf zu einer Deutschlandkonferenz getroffen hatten. Dazu war es gekommen, weil die Sowjetunion heimlich atomar bestückte Raketen in Deutschland stationiert hatte. Das klang beängstigend, fand Leonie. Ihr Vater war schon immer sehr an Politik interessiert gewesen und hatte auch stets versucht, seiner Familie zu erklären, was das eine oder andere bedeutete, doch hier in Berlin gab es niemanden, mit dem sie darüber hätte reden können. Durch das viele Neue in der Schule hatte sie auch nur wenig Zeit, sich über alles, was in der Welt geschah, ausreichend zu informieren. Ähnlich ging es wohl auch den meisten ihrer Klassenkameraden, denn das ‚Politische Geschehen' oder Politik generell war bisher nie ein Diskussionsthema für sie gewesen. Ihre Sorgen galten in erster Linie der Schule und ihren Aufgaben im Hinblick auf die Prüfungen. Und doch..., Leonie hatte manchmal Angst, wenn sie sich vorstellte, was alles passieren könnte.

*

Für einige der Schülerinnen der Johannes-Lichter-Schulen schienen die Verlockungen der

Weltstadt Westberlin tatsächlich ein größeres Problem darzustellen, als die politische Situation, und Leonie fragte sich manchmal, wie es möglich war, dass Jenny schon nach der ersten Hälfte des Monats knapp bei Kasse war. Sie selbst war es von klein auf gewohnt gewesen, mit dem Geld, das ihr zur Verfügung stand, gut umzugehen und zu haushalten. Sie hatte immer gewußt, dass man nicht alles haben konnte, und dass man deshalb Prioritäten setzen mußte. Dass man abwägen mußte, was wichtig war und was nicht, - auch, wenn es manchmal wehtat, auf etwas zu verzichten.

Doch was war mit Jenny? War sie zu Hause von ihren Eltern so knapp gehalten worden, dass sie nun, da sie allein in einer fremden Stadt lebte, die Übersicht verlor? Hatten ihre Eltern ihr so wenig Freiheiten gelassen, dass sie nun glaubte, alles nachholen zu müssen, was ihr zu Hause verwehrt worden war? Sie kannte Gegenden in Berlin, von denen Leonie nur gehört hatte, dass es sie gab, - was nicht bedeutete, dass sie sie unbedingt einmal kennenlernen wollte. Im Gegenteil!

Sie hatte bemerkt, dass sich Jenny ganz besonders zu Elfie hingezogen fühlte. Warum gerade zu Elfie?, fragte sie sich. War es das Mercedes-Cabrio, das sie reizte? Oder die

Tatsache, dass sie ihr Geld unbesehen ausgab für alles, was ihr Spaß machte? Hoffte sie, von ihr als Freundin zu profitieren, oder durch sie jemanden kennenzulernen, bei dem der Geldbeutel genauso locker saß, wie bei ihr?

Leonie mochte Jenny trotzdem, weil sie im Grunde ein lieber Kerl war, nur viel zu naiv, und weil sie ihr deshalb leidtat. Sie bemühte sich, sie in die Clique zu holen, die sich im Laufe der Zeit um Isabell gebildet hatte. Isabell war Berlinerin, ihr Vater einer der Senatoren, und sie wohnten in einer dieser wunderschönen großen Villen in Dahlem. Isabell und ihre Geschwister waren weitgehendst sich selbst überlassen, und wahrscheinlich war sie die einzige aus der Foto-Klasse, die die Möglichkeit hatte, all ihre Freunde auf einmal einzuladen. Daher trafen sich einige der Klassenkameraden nun seit kurzem regelmäßig bei ihr zu Hause, und da sie sich inzwischen eine Reihe von Spielen zugelegt hatten, - von Canasta bis Rommee, von Halma bis Mensch-ärgere-dich-nicht, - hatten sie an diesen Abenden bei ihren Zusammenkünften immer sehr viel Spaß. Nebenher hörten sie die Musik von AFN und BFN, dem amerikanischem und dem britischen Soldatensender, und manchmal saßen sie auch bis in die Nacht hinein zusammen, um über Gott und die Welt zu diskutieren.

Leonie hatte Jenny eingeladen, mitzumachen, weil sie sich gedacht hatte, dass das für sie eine Alternative zu den Ausflügen mit Elfie sein könnte, und dass sie sich bei ihnen vielleicht sogar wohlfühlen würde.

Außer den Abenden bei Isabell hatte die Clique auch noch etwas ganz Neues für sich entdeckt: In den Wechselstuben, die es jetzt überall gab, erhielt man für eine Westmark ungefähr vier Ostmark, und für dieses Geld konnten man sich einen schönen unterhaltsamen Nachmittag in Ostberlin leisten. Meistens legten sie das Geld zusammen, damit ihnen eine größere Summe zur Verfügung stand, und einer von ihnen verwaltete das Geld und bezahlte für alle, sodass jeder auf seine Kosten kam. Auf diese Weise konnten sie im Ostteil der Stadt in einem der Parks im Café sitzen und Eis essen, konnten ins Kino gehen, wo vor allem französische und italienische Spielfilme gezeigt wurden, oder sie konnten sich auf einem Rummelplatz vergnügen. Dadurch lernten sie auch Ostberlin recht gut kennen und auch diesen Teil der Stadt schätzen und lieben.

Ein paarmal war auch Jenny mit dabei gewesen, doch sie schien sich etwas ganz anderes unter interessanter Freizeitgestaltung vorzustellen.

„Hat es dir denn nicht gefallen auf der Kirmes am letzten Sonntag?", fragte Leonie, als sie sie in der Dunkelkammer antraf, wo sie ihre letzte Landschaftsaufnahme entwickelte.

„Doch, schon…"

„Aber?"

„War das nicht eher was für Kinder?", antwortete sie und machte ein gelangweiltes Gesicht. „Karussell fahren, auf einen Plüschhasen schießen, dazu gebrannte Mandeln knabbern…"

„Findest du? Es war doch aber recht lustig, und wir hatten alle unseren Spaß dabei."

„Ja, schon."

„Was mach ihr denn so, wenn du mit Elfie und den Mädchen aus der Modeklasse unterwegs bist?"

Sie lachte, wollte aber nicht so recht raus mit der Sprache.

„Erzähl doch mal. Vielleicht kannst du uns noch ein paar interessante Anregungen geben."

Sie lachte wieder. „Das kann ich mir nicht vorstellen."

„Nicht? Warum denn nicht?"

„Ihr seid viel zu…", sie suchte nach dem passenden Wort. Leonie wußte genau, was sie meinte, sie hatte schon durch andere erfahren, wie Jenny und die Gruppe, der sie sich zugehörig fühlte, ihre Freizeit verbrachten. Doch sie wollte es von ihr selbst hören. „Viel zu langweilig, meinst du?"

„Ja, zu brav. Zu spießig."

„Spießig? Was muß ich darunter verstehen? Erzähl doch mal, wie bei euch so ein Nachmittag abläuft."

„Bei uns geht es meistens erst so gegen Abend los. Es gibt einige interessante Lokale und Bars auf dem Ku'damm oder in der Nähe, wo wir uns treffen."

Aha, kein Wunder, dass sie am nächsten Morgen oft noch nicht ausgeschlafen hatte und in einer der Dunkelkammern ein ruhiges Plätzchen suchte. Leonie wollte sie fragen: ,Und dann?', - doch sie sollte von sich aus reden, deshalb wartete sie geduldig und schaute sie nur neugierig an, bis sie nicht mehr ausweichen konnte. „Man lernt jede Menge interessanter Leute kennen", kam dann die Antwort.

„Du meinst Männer?"

„Ja, vor allem Männer."

„Und was ist so interessant an ihnen?"

„Das sind Leute mit bekannten Namen, die man in der Stadt kennt. Sie haben Geld. Sie müssen nicht erst zur Wechselstube gehen, um mit ein paar Ostmark wieder herauszukommen, verstehst du? Wenn sie die Brieftasche öffnen, gehen dir die Augen über, weil sie bündelweise Geldscheine mit sich herumtragen. Sie fahren dicke Autos, und manchmal nehmen sie uns auch mit in ihre Luxus-Appartements."

„Und das imponiert dir?"

„Irgendwie schon, ja. Sie können sich alles leisten, und meistens sind sie sehr großzügig, wenn es darum geht, Einladungen zu vergeben oder Geschenke zu machen."

„Das machen sie doch aber nicht umsonst."

„Warum denn nicht? Es macht ihnen Spaß, junge Leute um sich zu haben."

Leonie ließ nicht locker. „Aber irgendetwas erwarten sie doch sicher von euch."

„Nein, nichts. Wir tanzen miteinander, trinken ein bisschen was und unterhalten uns mit ihnen. Meistens sind sie schon etwas älter, ihnen gefällt es, wenn sie junge Leute im sich herum haben. Dann fühlen sie sich selbst auch wieder jung..."

Leonie seufzte, den Rest konnte sie sich denken. So etwas gab es schließlich nicht nur in Berlin. Sie fragte sie nicht, ob sie manchmal auch ein bisschen mehr taten, als nur mit ihnen zu tanzen..., doch sie wollte sie keinesfalls in Verlegenheit bringen.

5.

Eva hatte sich in der Mittagspause bei Frau Rehberg abgemeldet, weil sie noch verschiedene Besorgungen zu erledigen hatte. Ursprünglich hatte sie Leonie fragen wollen, ob sie Lust hätte, sie zu begleiten, doch die steckte mitten in der Arbeit, deshalb beschloß sie, allein zu gehen und sich zu beeilen, um so schnell wie möglich wieder zurück zu sein.

In Gedanken war sie noch immer in der Theoriestunde am Morgen, und noch immer ärgerte sie sich über den Lehrer, den sie in Augenblicken wie diesem abwertend nur ,den Krüger' nannte, - obwohl er an anderen Tagen eher ,der Uli' für sie war, wenn sie an ihn dachte. Nicht allein, dass er sich heute wieder viel zu freundlich der ,Schnepfe Elfie' zugewandt hatte, während er sie, Eva, streng zurechtgewiesen hatte, als sie Kim flüsternd davon erzählt hatte, wie der gestrige Kino-Abend mit ihrer Tante Klara verlaufen war. Und als er ihnen die Testarbeit vom letzten Mal zurückgegeben hatte, hatte er sie wieder beschuldigt, abgeschrieben zu haben. Vor der ganzen Klasse. Und das war schon das zweite Mal. Zornig presste sie die Lippen aufeinander. Sollte sie vor Leonie jemals andeutungsweise zugegeben haben, dass sie ihn mochte oder gar mehr, dass er etwas Besonderes für sie war, so bereute sie das an diesem Morgen zutiefst. Sie war mehr als nur zornig auf ihn. Selbst dann noch, als er sie am Ende der Stunde mit einer Kopfbewegung zu sich herüberzitiert hatte und meinte: „Wir sollten mal miteinander reden." Sie hatte ihm keine Antwort gegeben. Was gab es denn da noch zu reden? Oder hatte er etwa eingesehen, dass er sich geirrt hatte und wollte sich nun entschuldigen? Pah, der doch nicht, dachte sie und lief, ohne ihm zu antworten, einfach weiter. Oder…, und das hätte sie fast als noch schlimmer empfunden, hatte er bemerkt, dass sie etwas Besonderes in ihm sah? Oder vielleicht sogar noch ein bisschen mehr? - Aber nein, Männer begriffen das nicht so schnell. Viel eher schien sie einfach nicht sein Typ zu sein, sonst hätte er nicht immer wieder etwas an ihr auszusetzen. Sie seufzte tief. Wenn es auch wehtat, da blieb ihr wohl nichts anderes übrig, als das endlich zu akzeptieren.

Als sie hinter sich seinen alten klapperigen Ford mit den orangefarben lackierten Heckflossen um die Ecke kommen sah, schalteten alle Relais in ihr auf Abwehr. Sie machte ein paar schnelle Schritte vorwärts, und ihrem ersten Impuls folgend wäre sie am liebsten in die nächste Einfahrt gelaufen. Doch dann hob sie den Kopf ein wenig höher und wurde langsamer. Sehr viel langsamer. Warum denn weglaufen?, dachte sie. Nur weil *er* es war, der vorbeifuhr? Oh nein, wegen *dem* ganz sicher nicht. Sie würde nicht einmal hinsehen.

Die Heckflossen glitten langsam an ihr vorüber und hielten an, - ihre Augen wussten nicht, wohin sie blicken sollten. In die Schaufenster oder die Gärten entlang der Straße? Oder geradeaus auf den Boden? In den Himmel, um nachzusehen, ob es bald regnete?

Er hupte. Nur ganz kurz. Sie beschlosss, ihn keines Blickes zu würdigen. Aber eigentlich… Vielleicht sollte sie doch? Schließlich war er ihr Lehrer, sie wußte ja nicht, was er wollte. Worte wie ‚Respektsperson‘ und ‚Autorität‘ fielen ihr ein. - Dann aber auch gleich wieder recht bissige Sachen.

Ganz vorsichtig blinzelte sie hinüber.

Er hatte sich zum Fenster herübergebeugt und winkte sie mit einer Kopfbewegung zu sich heran.

Mit dieser typischen Kopfbewegung. Das ärgerte sie schon wieder. Was glaubte er eigentlich? - Trotzdem blieb sie stehen. Das heißt, ‚es' blieb stehen, obwohl sie das gar nicht wollte. Langsam und in leichtem Bogen ging sie auf den Wagen zu. Er öffnete die Tür.

„Ja?", fragte sie und bemühte sich, recht kühl zu wirken. - Wieder diese Kopfbewegung. Er wollte also, dass sie einstieg, weil er mit ihr reden wollte. Na gut. Sie war gespannt, was da aufs Tapet kommen würde. Hatte er einen ernsthaften Grund dafür, dass er sie manchmal so gemein behandelte? Er sollte nur nicht glauben, dass sie mit ihrer Meinung hinterm Berg halten würde, dafür war sie viel zu wütend.

Sie zögerte einen Augenblick, dann stieg sie kurz ein und wartete. Sie saß wie auf dem Sprung, nur auf der vordersten Kante des Sitzes, ein Bein noch auf der Straße.

„Was ist?" fragte sie.

Er sah sie nicht an, langte um sie herum und wollte die Tür auf ihrer Seite schließen. Notgedrungen mußte sie ihr Bein einziehen. Die Tür fiel zu, und er startete den Wagen.

„Was ist denn los?", fragte sie noch einmal, doch er hielt es nicht für nötig, ihr zu antworten. Sie wußte nicht, wie sie sich verhalten sollte.

Hinter ihrer Stirn arbeitete es fieberhaft, während er den breiten Wagen durch den dichten Stadtverkehr lenkte. Es schien fast, als hätte er sie vergessen.

Sie saß ganz still, - noch immer so, als wollte sie in der nächsten Sekunde aussteigen. Ihr Blick lief unruhig hin und her und sie nahm tausend Kleinigkeiten wahr, ohne dass es ihr bewußt wurde: Die ausgeblichenen, ehemals blauen, Schonbezüge, die Auto-Apotheke vor der Heckscheibe, die blau-schwarz-karierte Decke auf dem Rücksitz, den kleinen Schornsteinfeger als Glücksbringer am Innenspiegel… Sie sah flüchtig zu ihm hinüber, sein Blick war starr auf die Fahrbahn gerichtet.

Sie atmete tief. Was soll's! Sie gab sich einen Ruck, setzte sich im Sitz zurecht und lehnte sich zurück. Darüber lächelte er. Dieses verhexte Lächeln und die Augen mit den tausend Fältchen. Schnell schaute sie auf ihrer Seite aus dem Fenster. Dann dachte sie für einige Minuten gar nichts mehr. Sie fragte sich auch nicht, warum sie eigentlich hier war. Sie saß einfach nur da, hörte das Surren der Reifen, das Brummen des Motors und das Zischen überholender Autos.

Nach einer Weile drosselte er das Tempo ein wenig, bog in einen Parkplatz ein und hielt an.

„Wir müssen miteinander reden", sagte er noch einmal, ohne sie anzusehen. Seine Hände lagen noch immer auf dem Lenkrad.

„Wenn Sie meinen."

„Ja, das meine ich."

Sie gab keine Antwort. ‚Na los', dachte sie nur, rührte sich aber nicht. Sie sah aus dem Fenster, wußte aber nicht, in welcher Gegend sie waren.

„Eva..."

Sie sah sich nach ihm um.

„Zuerst möchte ich mich entschuldigen."

Sie holte tief Luft und setzte zu einer Antwort an, doch er fiel ihr ins Wort, bevor es eines hatte werden können. „Sagen Sie nichts, Eva. Ich weiß, ich hab mich nicht korrekt verhalten. Ich hätte nicht schon wieder behaupten dürfen, Sie hätten abgeschrieben. Und das vor der ganzen Klasse. Es tut mir leid, es wird nie wieder vorkommen. Mein Wort darauf."

Sie sah, dass er ihr die Hand entgegenstreckte, zögerte aber, einzuschlagen. Sie mochte seine Hände, sie waren so schmal. Seine Handgelenke waren knochig, mit kleinen dunklen Härchen übersät. Die schwarzen Bündchen seines Pullovers schauten aus dem Jackenärmel heraus.

Sie starrte noch immer auf seine Hand. Eine innere Stimme riet ihr davon ab, einzuschlagen, doch bevor sie herausgefunden hatte, ob sie es gut mit ihr meinte, oder nicht, war es schon zu spät. Der Druck seiner Hand war sanft und fest zugleich. Etwas ging davon aus, was sie klein und hilflos machte. Aber gleichzeitig auch groß und mächtig. Seine Augen waren ihr plötzlich so erschreckend nah. Das helle Blau und die tausend kleinen Fältchen drum herum. Das schwärzlich schimmernde Kinn, die angedeuteten Grübchen in den Wangen, der lächelnde Mund...

Sie wollte ihre Hand wegziehen, aber es ging nicht. Und auf einmal war sie sich nicht einmal mehr sicher, ob sie das überhaupt wollte.

Obwohl sie die Absicht hatte, sich gegen ihn zu wehren, hielt sie in Wirklichkeit doch ganz still. Und als seine Lippen ihren Mund berührten, fühlte sie sie tausendfach. Von den Fingerspitzen bis tief in ihr Innerstes. Sie schloss die Augen. Mein Gott, dachte sie, nie zuvor hatte ein Mann sie so geküsst.

„Hattest du Angst?", fragte er sie danach leise und fuhr ihr mit dem Zeigefinger flüchtig über den Nasenrücken.

Sie war noch immer ganz benommen. „N-nein, warum?"

„Weil ich einfach losgefahren bin."

Sie schüttelte den Kopf. „Nein."

„Aber ich", sagte er.

„Sie?"

„Sag ‚du' zu mir."

„Es ist komisch für mich, wenn ich das sagen soll."

„Das verstehe ich. Aber du mußt dich daran gewöhnen." Er sah sie an, wie man ein Bild ansieht, das einem ganz besonders gut gefällt, sie aber fühlte sich unsicher unter diesem Blick. Sie fühlte, dass sie rot wurde und wollte den Kopf zur Seite drehen, damit er es nicht sah. Doch er hob ihr Kinn an und zwang sie, ihn anzusehen.

„Ich hatte tatsächlich Angst", sagte er. „Zuerst, weil ich dachte, ich könnte dich verfehlen, dann weil ich fürchtete, du würdest nicht einsteigen oder Theater machen, wenn ich einfach losfuhr. Und vorhin hatte ich Angst, du könntest weglaufen."

„Vielleicht hätte ich weglaufen sollen."

„Warum?" Seine Stimme war so sanft, so ganz anders, als wenn er in der Klasse vor der Tafel stand und chemische Formeln erklärte.

„Wieso gerade ich? Die Hälfte aller Mädchen in unserer Klasse…"

„Du auch?" fragte er lächelnd.

Sie wurde wieder rot. „Ich weiß nicht… Ich verstehe das alles nicht…"

„Was verstehst du nicht? Dass ich mich in dich verliebt habe?"

Sie senkte den Kopf.

„Ich verstehe es ja selbst nicht, Eva.", sagte er leise. „Aber eines Tages war's passiert, und ich konnte nichts dagegen tun. Ich weiß, es spricht so vieles gegen uns. Du bist noch so jung. Ich weiß nicht, ob ich überhaupt das Recht habe, mich in dein Leben einzumischen. Es ist mir nämlich ernst, Eva."

Vor Verlegenheit zog und zerrte sie an ihrem Armband. „Ich meine, die halbe Klasse schwärmt für Sie...", wiederholte sie.

„Für dich", verbesserte er sie.

„Ja, und ich dachte immer, die Elfie..."

„Aber nein! Sie ist ja nun wirklich nicht mein Typ. Ganz und gar nicht."

„...das hat mich aber geärgert."

Er lachte. „Demnach hab ich wohl von Anfang an alles richtig gemacht." Dann seufzte er. „Eigentlich wollte ich warten. Wenigstens bis kurz vor deine Prüfung. Aber da gibt es einige nette Jungs in der Klasse, ich hatte Angst, mir könnte einer zuvorkommen."

„Aber nein, ich..." Sie schwieg. Sollte sie ihm sagen, dass es keinen anderen gab? Dass es nie einen anderen geben würde? Er lächelte, beugte

sich zu ihr hinüber und küsste sie auf die Wange.
„Komm", schlug er vor, „wir suchen uns jetzt am besten ein Café, wo wir einen Kaffee trinken und ein bisschen miteinander reden können. Einverstanden?"

Sie nickte.

*

Bei ihrem nächsten Telefonat bemühte sich Leonie, ihrer Mutter so gut und ausführlich wie möglich zu erklären, womit sie sich im Augenblick in der Schule beschäftigten.

„Du kannst dir nicht vorstellen, wie schwierig es ist, Holz zu fotografieren, Mama?", erzählte sie ihr.

„Holz? Wieso schwierig? - Was aus Holz willst du denn fotografieren?"

„Bei uns geht es zurzeit um Aufnahmen verschiedener Materialien." Sie zählte auf: „Holz, Leder, Metall, Wolle, Stoff, Glas… Das muß auf unseren Fotos ganz echt aussehen und ganz plastisch herauskommen. Man muß das Gefühl haben, es anfassen und fühlen zu können, verstehst du? Bei mir ist jetzt das Holz dran."

„Du hast doch gesagt, du hast so schöne alte Möbel in deinem Zimmer…"

Leonie mußte lachen. „Nein, Mama, das ist

damit nicht gemeint. Die werde ich vielleicht mal für den Onkel Ferdi aufnehmen, ich denke, da wird ihm das Herz lachen, wenn er sie sieht. Vielleicht kommt er dann sogar mal her, um dem Fräulein von Fischbeck einige von ihren Prunkstücken abzuschwatzen. - Nein, bei uns geht es vor allem um das reine Material Holz. Das pure Holz, Mama, auf dem man die Maserung erkennen kann."

„Hast du sowas?"

„Nein, bis jetzt noch nicht. Aber ich werde ins KaDeWe gehen und mir was holen?"

„Das wird dann aber ganz schön teuer werden, wenn du zu jedem Material erst etwas kaufen mußt. Was war das noch außer Holz? Ich kann ja zu Hause mal nachsehen, ob wir was Passendes haben, was ich dir schicken könnte."

„Nein, Mama, das würde viel zu lange dauern, vom KaDeWe habe ich es schneller. Da können wir uns zu jeder Zeit etwas ausleihen. An der Kasse legen wir dann einfach unseren Schulausweis vor, und schon können wir es mitnehmen."

„Ohne dafür zu bezahlen?"

„Ja, ohne zu bezahlen. Und wenn wir mit der Aufnahme fertig sind, bringen wir es wieder zurück."

„Das geht?"

„Ja, das geht, weil die Schule eine Art Vertrag mit dem KaDaWe geschlossen hat."

„Das ist ja praktisch."

„Ja, das ist wirklich sehr praktisch. Heute Nachmittag werde ich mal hingehen und mir was Hübsches aus Holz aussuchen."

„Hast du schon was Bestimmtes im Kopf?"

„Nein, ich werde sehen, was da ist."

„Ja gut, mach das, wenn das geht."

Inzwischen hatte Leonie bemerkt, dass Mama mit den Gedanken schon ganz woanders war. Wollte sie etwa wieder nach den Niemeiers fragen? - Doch dann merkte sie, dass es im Augenblick nicht die Niemeiers waren, über die sie nachdachte.

„Liebes, ich mach mir Sorgen wegen der politischen Lage", sagte sie, „hoffentlich müssen wir dich nicht aus Berlin nach Hause holen, bevor deine Ausbildung abgeschlossen ist."

Leonie war erschrocken. „Wieso denn das? Meint ihr, dass es Krieg geben könnte?"

„Das hoffen wir nicht. Aber zurzeit weiß man nicht so genau, wie es weitergeht. Die Russen wollen Berlin zu einer selbständigen politischen Einheit machen, zu einer ‚freien Stadt', die aber entmilitarisiert sein soll. Du kannst dir sicher vorstellen, was das bedeutet."

„Nein, nicht genau."

„Sie wollen dann, dass alle Truppen der Westalliierten aus West-Berlin abgezogen werden."

„Wäre das so schlimm? Was sagt denn der Papa dazu?"

„Natürlich wäre das schlimm. Dann hätten die Russen leichtes Spiel mit der Stadt, sie liegt schließlich mitten in der von ihnen besetzten Zone. Sie könnten praktisch machen, was sie wollten, und Berlin hätte nicht mal die Chance, sich dagegen zu wehren."

„Oh mein Gott, glaubst du, dass es dazu kommen kann?" Bisher hatte Leonie nie ernsthaft über die politische Situation nachgedacht, doch wenn das zutreffen sollte, was Mama befürchtete…

„Ich hoffe, dass nichts Schlimmes passiert", sagte ihre Mutter wieder. „Der Willy Brandt wird sich zu helfen wissen. Ich les' dir mal aus der Zeitung vor, was er dazu gesagt hat."

„Ja."

Man hörte, wie sie mit der Zeitung raschelte.

„Also, er hat die vier Grundsätze der deutschen Berlin-Politik verkündet. Erstens: Berlin-West gehört zum freien Teil Deutschlands. Zweitens: Das Selbstbestimmungsrecht der Berliner darf nicht geschmälert werden."

„Ja, das ist gut."

Mama las weiter: „Drittens: Es gilt die Vier-Mächte-Verantwortung in und für Berlin. Und viertens: Er besteht auf den freien Zugang nach Berlin."

„Hoffentlich halten sich die Russen daran." Leonie hatte plötzlich Angst.

„Ich denke, die Russen können nicht einfach machen, was sie wollen", sagte ihre Mama. „Schließlich haben die Amis, die Engländer und die Franzosen auch noch ein Wörtchen mitzureden. Papa ist auch zuversichtlich..."

Während ihr das eben Gehörte noch im Kopf herumging, wechselte ihre Mutter schon wieder das Thema. Jetzt war es soweit: Die Niemeiers kamen aufs Tapet. „Warst du in letzter Zeit eigentlich mal wieder bei...?" Leonie ließ sie nicht ausreden, sie wußte, was kommen würde und atmete tief aus. „Nein, schon lange nicht mehr, ich..."

„Leonie! Wir haben doch darüber geredet."

„Ja, ja, ich weiß. Aber es geht ja nicht nur darum, dass ich nicht gern hingehe, ich habe auch wenig Zeit dafür. Wenn du mich eh' bald besuchen kommst, dann kannst du das ja mal persönlich mit Jutta besprechen und ihr meine Situation schildern."

„Ich hoffe, sie versteht das. - Übrigens, das war lieb von dir, dass du mir einen so langen Brief geschrieben und mir so ausführlich erzählt hast, wie es bei euch in der Schule zugeht und was ihr macht. Und was du schon erlebt hast. Dadurch kann ich mir nun alles sehr gut vorstellen."

„Wenn du erst hier bist, werde ich dir alles zeigen."

„Hoffentlich macht uns die Politik keinen Strich durch die Rechnung. Und es ist auch so…, der Papa hat schon überlegt, ob ich dich nicht lieber erst im nächsten Jahr besuchen sollte…"

„Warum denn das?"

„Er sagte neulich, es sei noch zu früh, nächstes Jahr wäre auch noch Zeit. Die Reise ist nämlich nicht gerade billig, weißt du?"

„Sag ihm, dass ich mich so sehr auf deinen Besuch freue." Leonie war enttäuscht. „Und sag ihm, dass es grausam wäre, wenn ich jetzt auf einmal bis zum nächsten Jahr auf dich warten müsste."

„Ich werde noch mal mit ihm reden. Ich vertraue darauf, dass es ihm, - wie immer, - unmöglich ist, dir irgendetwas abzuschlagen."

Sie lachte, wurde aber gleich wieder ernst. „Und drücken wir die Daumen, dass Berlin bleibt, was es ist: Eine schöne westdeutsche Stadt."

Das Telefonat hatte Leonie wieder aus der Telefonzelle auf dem Marie-Luise-Platz geführt. Da sie das Mittagessen verpasst hatte, holte sie sich danach eine Currywurst vom Wurststand neben dem Torbogen. Schön scharf, - inzwischen vergaß sie nicht mehr zu atmen, wenn sie hineinbiss, wie beim ersten Mal. Sie wünschte, ihre Freunde in Oldenburg könnten ein einziges Mal eine solche Currywurst probieren, doch im Norden kannte man sie noch gar nicht. Sie erinnerte sich an die, die sie an einem ihrer ersten Schultage versucht hatte. „Ein, zwei oder drei?", hatte Frau Becker, die nette rundliche Dame hinter dem Tresen, gefragt. Aber da sie vom Norden kam, hatte sie keine Ahnung, was damit gemeint war. Sie hatte vermutet, es ginge um die Größe der Wurst und starrte Frau Becker nur verständnislos an. Die aber hatte gelacht und gefragt: „Scharf, schärfer oder ganz scharf?"

Da hatte auch Leonie gelacht. „Ganz scharf natürlich."

Doch schon nach dem ersten Bissen war ihr das Lachen vergangen, sie hatte das Gefühl gehabt, als stünde ihr ganzes Innerstes in Flammen. Zwar mochte sie es, scharf zu essen und war es auch gewohnt, doch *damit* hatte sie nicht gerechnet. Inzwischen gehörte sie längst zu Frau Beckers Stammkundschaft und vertrug auch die Schärfe Nummer drei.

Durch die Currywurst gestärkt, ging Leonie noch einmal rauf in die Foto-Abteilung, um ihre Tasche zu holen.

Ricky hatte im Aufziehraum gearbeitet und war gerade dabei, seine Sachen zusammenzuräumen. „Gehst du mit?" fragte sie ihn spontan, obwohl ihr nicht klar war, ob sie das wirklich wollte. Eigentlich wäre es ihr in diesem Augenblick lieber gewesen, er hätte Nein gesagt. Er aber stutzte und sah sie verwundert an. „Wohin?", fragte er.

„Ins KaDeWe."

„Wozu denn das?"

„Ich will mir was ausleihen."

„Ausleihen?"

„Du weißt doch, dass wir uns dort Sachen zum Fotografieren ausleihen können, oder?"

„Hab schon davon gehört."

„Kommst du nun mit oder nicht?" Sie dachte, auf dem Weg dorthin könnte sie vielleicht einmal sein seltsames Verhalten ansprechen.

Er hob die Schultern, rührte sich aber nicht vom

Fleck. Während er noch überlegte, schloss sie ihren Spint auf und nahm ihre Tasche heraus. „Du mußt dich schon entscheiden", drängte sie ihn, „ich will so schnell wie möglich wieder hier sein." Er drehte sich auf dem Absatz herum, tat einen Schritt in Richtung Fahrstuhl und meinte: „Ja, in Ordnung, ich komme mit."

„Dann müssen wir das bei Frau Rehberg melden."

„Achso."

Die Lehrerin saß an ihrem Schreibtisch und begutachtete gerade eines von Jennys Fotos. Sie gab ihr ein paar Tipps für den Fall, dass sie noch weitere Aufnahmen dieser Art machen wollte.

„Frau Rehberg, ich gehe mit Ricky ins KaDeWe", sagte Leonie von der Tür her. „Wir wollen sehen, ob wir was Passendes für die Materialaufnahmen finden."

Sie hob den Kopf. „Der Ricky? Geht er mit Ihnen?"

„Ja."

„Das ist gut. Er sollte viel mehr mit den anderen zusammen machen und nicht dauernd nur allein herumwursteln", sagte sie. Sie lachten beide, dann setzte die Lehrerin ihre Namen auf die Abwesenheitsliste und machte Leonie ein Zeichen, dass sie gehen konnten.

Als sie auf den Flur zurückkam, stand Ricky vor einem der Fester und starrte in den Hof hinunter. „Hast du deinen Ausweis?", fragte sie ihn.

„Ausweis?"

„Ja, den Schulausweis, sonst kriegen wir nichts im KaDeWe."

„Achso, ja." Er kam einen Schritt auf sie zu, blieb dann aber noch einmal stehen und meinte: „Ich sollte vielleicht doch nicht mitgehen."

„Warum denn nicht?"

Er hob die Schultern. „Wahrscheinlich gehe ich dir nur auf die Nerven."

„Wie kommst du denn darauf? Ich glaube, da gehe wohl eher ich dir auf die Nerven."

Der Anflug eines Lächelns huschte über sein Gesicht, aber er schwieg.

„Jetzt komm schon. Ich habe der Frau Rehberg schon gesagt, dass wir beide zusammen losgehen. Und sie fand das in Ordnung."

„Na gut." Er lief zum Fahrstuhl und drückte schon auf den Knopf, bevor auch sie drin war. Von da an sprach er kein Wort mehr mit ihr. Auch nicht, als sie miteinander durch den unteren Hof liefen, durch das Eingangstor auf den Platz hinaus und von dort aus in Richtung Martin-Luther-Straße. Er lief immer ein paar Schritte voraus. Für Außenstehende mußte es so aussehen, als ob sie sich gar nicht kennen würden. Vielleicht wollte er, dass es so aussah, dachte sie. Aber warum?

Nach ein paar hundert Metern blieb sie stehen. „Ricky, warte mal."

„Ja?"

„Was hast du eigentlich gegen mich?"

Er sah sie erstaunt an. „Nichts, wieso?"

„Warum rennst du dann dauernd voraus, dass ich kaum nachkomme?"

Er lief ganz langsam weiter. „Tut mir leid."

Sie aber blieb weiterhin stehen, bis er gezwungen war, sich nach ihr umzusehen. „Noch was?"

„Ja."

„Was denn?"

Sie atmete tief ein. „Schön, es war *mein* Koffer, der dein Schienbein verletzt hat, aber dafür konnte ich nichts."

„Das habe ich doch auch gar nicht behauptet."

„Aber du tust, als wäre es meine Schuld gewesen."

„Das ist nicht wahr."

„Doch, das ist wahr!"

„Ich behandle dich nicht anders, als alle anderen auch."

„Aber auch keiner der anderen hat dir etwas getan, oder?"

„Nein, das nicht, aber…"

„Aber?"

„Nichts aber." Er schickte sich an, weiterzulaufen, doch Leonie hielt ihn am Ärmel zurück. „Vielleicht kannst du dich mal dazu durchringen, ein kleines bisschen netter zu uns zu sein. Zu uns allen. Keiner hat dir was getan, und keiner will dir was Böses. - Naja, fast keiner." Sie dachte an Elfie, und sicher dachte er auch an sie.

„Ach, hast du deshalb gewollt, dass ich mitgehe? Damit du mir das sagen kannst?"

Sie hatte ihm eigentlich nicht direkt in die Augen sehen wollen, aber es hatte sich so ergeben. Er hatte schöne braune Augen. Nicht zu dunkel, eher mit etwas Grau.

„Ja", gab sie zu, „einer mußte es dir ja mal sagen."

„Gut, jetzt hast du's gesagt. Und nun?"

„Nun ist alles ok. Vielleicht können wir jetzt anfangen, sowas wie Freunde zu sein. Wenigstens ein bisschen." Sie streckte ihm die Hand hin, doch es dauerte eine Weile, bis er einschlug. „Von mir aus."

„Dann könntest du zur Feier des Tages tatsächlich mal ein bisschen lächeln."

Ganz ernst hielt er ihrem Blick stand, - aber plötzlich mußte er doch lachen. Er sah so nett aus, wenn er lachte, fand sie, und sie war froh, dass das Eis nun gebrochen schien. - Aber war es das wirklich?

Im KaDeWe ging zunächst jeder seinen eigenen Weg. Er verriet ihr nicht, wonach er Ausschau hielt, sie dagegen fand ziemlich schnell ihr Holzobjekt für die Aufnahme: Eine gedrechselte Holzschüssel. Dadurch, dass die Oberfläche unbehandelt war, kam die Maserung wunderschön zur Geltung. Sie überlegte, ob sie nicht auch gleich nach einigen der anderen Materialien suchen sollte, die sie demnächst brauchen würde: Etwas aus Metall, etwas aus Leder... Doch schließlich hielt sie es für besser, wenn sie sich erst einmal Zeit für die Holzaufnahme ließ und Erfahrungen für diese Art der Aufnahmen sammelte.

Als sie an der Kasse stand, sah sie Ricky auf sich zukommen, und sie war neugierig, was er sich ausgesucht hatte. „Holz oder Metall?", fragte sie ihn.

Statt einer Antwort lachte er schief, öffnete seine Tragtasche und zog eine Schallplatte heraus. Auf dem Cover prangte das Foto eines farbigen Saxophonisten.

„Da wird sich die Frau Rehberg aber freuen", sagte sie.

„Würde ihr vielleicht sogar gefallen."

„Hast du die auch ausgeliehen?"

Nun mußte er wieder lachen. „Nein, die habe ich mit meinem sauer ersparten Geld bezahlt."

Sie warf einen Blick in seine Tragtasche. „Und sonst hast du nichts? Nichts Ausgeliehenes für ein Foto?"

„Doch, ein Metall-Kästchen."

Es war ein Döschen aus Silber mit hübschen eingravierten Motiven. „Ich hoffe, es wird was."

„Warum denn nicht? Das wird schon klappen."

Der Vorschlag, noch eine Cola in der Cafeteria zu trinken, bevor sie zurück zur Schule gingen, kam natürlich von Leonie, sie wunderte sich nur, dass er da mitmachte. Er bot sich sogar an, die Getränke an der Theke zu holen und bezahlte dann alles zusammen an der Kasse. Auch ihre Cola. Das Geld dafür hatte sie ihm abgezählt auf seinen Platz gelegt, doch wortlos schob er es wieder zu ihr zurück. „Danke", sagte sie, aber er nickte nur.

„Was für Musik ist das?", fragte sie ihn, als er die Schallplatte aus der Tragtasche nahm und sie von allen Seiten betrachtete.

„Jedenfalls keine Schlager", antwortete er.

„Sondern?"

„Das ist Swing. Rhythm and Blues…"

„Darf ich mal sehen?"

Zaghaft reichte er ihr die Platte herüber, als würde er sie nicht gern aus der Hand geben. Der Saxophonist auf dem Cover war Earl Bostic, auch ein Farbiger. Das Musikstück hieß ‚Flamingo', - der Titel kam ihr bekannt vor. Wahrscheinlich hatte sie ihn schon mehrmals auf AFN gehört. Sie mochte diese Art von Musik.

„Mußt du mir mal vorspielen, irgendwann", sagte sie, aber darauf ging er nicht ein. Sie nahm sich jedoch vor, ihn daran zu erinnern, sollte er es je vergessen.

„Hast du dein Holz-Foto schon fertig?", fragte sie ihn, „was hast du dafür genommen?"

„Pfeffer- und Salzstreuer."

„Oh, das war eine tolle Idee. Ist es gut geworden?"

Er nickte. „Frau Rehberg war zufrieden."

6.

Eva wickelte den Zucker aus dem Papier und ließ ihn in den Kaffee plumpsen. Ein paarmal setzte sie zu der Frage an, die sie am meisten beschäftigte. Schließlich überwand sie sich und fragte: „Ist es wahr, dass Sie…, dass du nicht verheiratet bist?"

„Nicht mehr. Ich war verheiratet."

Sie wartete darauf, dass er noch mehr dazu sagte, und um ihn nicht ansehen zu müssen, rührte sie länger in ihrem Kaffee als notwendig.

„Seit drei Jahren bin ich geschieden", fügte er erklärend hinzu, „seither wohne ich wieder bei meiner Mutter."

„Warum habt ihr euch damals scheiden lassen?"

Er hob die Schultern. „Wir passten wohl doch nicht so gut zusammen, wie wir anfangs dachten."

„Warum nicht?"

„Barbara ist eine sehr emanzipierte Frau. Ich habe sie während des Studiums kennengelernt, wir haben beide Journalismus studiert. Sie war immer schon politisch engagiert. Es fiel ihr schwer, nur noch Hausfrau und Mutter zu sein. Genau gesagt, jeder von uns hatte seine eigenen Interessen, und wir fanden keine gemeinsame Basis dafür."

„Ihr habt also auch Kinder?"

„Ja, zwei. Einen Jungen und ein Mädchen. Peter ist jetzt vierzehn, Isa ist zehn."

„Siehst du sie oft?"

„Seit einem Jahr leben sie mit ihrer Mutter in England." Er zog noch einmal kräftig an seiner Zigarette und drückte sie dann gedankenverloren im Aschenbecher aus.

„Ich wollte gar nicht so viel fragen", sagte Eva. „Es tut mir leid."

Er hatte die Kaffeetasse an die Lippen gesetzt, und nun lächelten ihr seine Augen über dem Tassenrand zu. „Frag nur", meinte er, „du hast das Recht, alles über mich zu erfahren."

Sie überlegte eine Weile. „Und deine Eltern? Was haben sie zu eurer Scheidung gesagt?"

„Meine Mutter hat damals alles versucht, um unsere Ehe zu retten. Sie versteht sich sehr gut mit Barbara. Heute noch. Sie ist eine resolute alte Dame, und ihr gefällt Barbaras Art. Sie mag es, wenn Frauen ihren Mann stehen, in gewisser Weise ähneln sie einander, verstehst du?"

„Und dein Vater?"

„Er ist im letzten Krieg gefallen. Ich kann mich kaum an ihn erinnern."

„Das tut mir leid."

Er lächelte und legte flüchtig seine Hand auf die ihre. Diese unverhoffte Berührung erschreckte sie wieder. Noch immer fragte sie sich manchmal, ob sie wachte oder träumte, wenn sie mit ihm zusammen war. Der Mann, der ihr gegenübersaß, das war doch der Krüger, sagte ihr Verstand, - ihr Lehrer. Wie war es nur möglich gewesen, dass sie sich so sehr in ihn verliebt hatte? Und er sich auch in sie? Das war doch nicht bloß ein Traum, oder?

„Vermissen Sie die Kinder nicht manchmal?" fragte sie ihn.

„Du", erinnerte er sie lächelnd, „hast du das vergessen?" Dann beantwortete er ihre Frage: „Ja, ich vermisse sie sehr. Aber es geht ihnen ja gut. Außerdem sind sie jetzt in dem Alter, in dem sie eh' bald ihre eigenen Wege gehen. Vor allem Peter." Er seufzte, dann sagte er: „Übrigens, da gibt es noch etwas anderes, worüber wir reden sollten."

„Ja?"

„Du darfst nicht denken, dass ich mich nicht zu dir und dazu, dass ich mich in dich verliebt habe, bekennen will. Aber in unser beider Interesse ist es, glaube ich, das Beste, wenn wir vorerst noch niemandem von uns erzählen."

Sie nickte. „Ja, mein Vater darf es auf gar keinen Fall erfahren."

„Trotzdem müssen wir natürlich versuchen, uns so oft wie möglich zu treffen, ich werde mir etwas einfallen lassen. Nach deiner Prüfung wird dann alles anders, dann sind keine Heimlichkeiten mehr notwendig."

„Und wenn es nun doch jemand herausfindet? Wäre das sehr schlimm? Für dich, meine ich?"

Er schüttelte den Kopf. „Schlimm? Nein, aber es wäre nicht gut für dich und die Klasse. Und ja, schlimmstenfalls könnte ich vielleicht meinen Job verlieren..."

Sie war erschrocken, doch er lächelte und hob beschwichtigend die Hand. „Mir selbst wäre es eigentlich egal, ich würde ganz sicher einen neuen Job finden. Aber wie gesagt..., obwohl ich dazu stehe, dass ich dich liebe... Mir geht es jetzt in erster Linie um dich, solange du die Prüfung noch nicht in der Tasche hast. Wir werden also höllisch aufpassen müssen, ok?"

*

Im August freute sich Leonie riesig auf den Freitagnachmittag, an dem ihre Mutter auf dem

Savignyplatz ankommen sollte. Dieser Platz galt seit einiger Zeit als Bahnhof für Busse aus Westdeutschland. Sie war schon vorher einmal dort gewesen, um sich anzusehen, was dort los war, und wie es ablief.

Der Platz war sehr groß. Die Rasenfläche in der Mitte wurde gesäumt von Rabatten bunter Sommerblumen, und außen herum standen Bänke, die meistens bis auf den letzten Platz besetzt waren. Wohin man schaute: Überall wartende Menschen! Die einen, die aufgeregt der Ankunft ihrer Verwandten oder Freunde entgegenfieberten, und andere, denen ihre eigene Reise bevorstand. Während die einen oft Blumensträußchen oder kleine Geschenke in den Händen hielten, hatten die anderen ihr Reisegepäck dicht neben sich stehen und ließen es nicht aus den Augen.

Rolf hatte Leonie angeboten, sie am Ankunftstag mit dem *Eberhard* zum Savignyplatz zu fahren. Sie verabredeten sich für eine Stunde vor dem voraussichtlichen Eintreffen des Busses aus Oldenburg, dadurch konnte er vorher noch einmal durch die Stadt fahren, um zu demonstrieren, wie zuverlässig das Auto war. Möglicherweise hatte er auch ein wenig Dankbarkeit ihrerseits erwartet, - was immer er sich darunter vorstellen mochte, - doch sie war viel zu aufgeregt, als dass sie begriffen hätte, worauf er warten könnte.

Der Oldenburger Bus traf nur eine halbe Stunde nach der angegebenen Zeit ein, - das war im Rahmen. Sie hatten befürchtet, er würde länger brauchen, schließlich wußte man nie im Voraus so genau, wie gründlich die Vopos während der Durchquerung der ‚Zone' mit der Inspektion der Reisenden vorzugehen gedachten. Obwohl schon die schlimmsten Gerüchte in Umlauf waren, schienen sie die Kontrolle diesmal recht schnell erledigt zu haben.

Leonie und ihre Mutter stürmten aufeinander zu und nahmen sich so fest in die Arme, als wollten sie sich nie weder loslassen. Ihre Mutter lachte und weinte in einem, die Trennung schien sie viel härter zu treffen, als Leonie selbst, - doch das war verständlich. Für Leonie brachte das Leben in Berlin jeden Tag Neues: Neue Aufgaben, neue Erlebnisse, neue Herausforderungen... Für ihre Mutter in Oldenburg war dagegen ein Tag wie der andere, - nur trauriger, weil sie ihre Tochter vermisste.

Rolf hatte ein paar Straßen weiter geparkt und war dann langsam herübergekommen. Vor lauter Wiedersehensfreude hatte Leonie ihn fast vergessen. Ihre Mutter war noch einmal zum Bus zurückgegangen, wo sie mit den übrigen Fahrgästen auf das Ausladen des Gepäcks wartete, und als sie ihren Koffer gefunden hatte, gingen ihr Leonie und Rolf entgegen.

„Mama, das ist Rolf", stellte sie ihn ihr vor. „Er hat mich mit seinem Auto hergebracht, und er wird uns nun auch zu mir nach Hause fahren."

„Das ist aber lieb von Ihnen," war ihre Antwort, während Rolf sie artig mit einer kleinen, angedeuteten Verbeugung begrüßte. An Leonie gewandt meinte sie: „Ich hatte eigentlich erwartet, dass mich jemand von den Niemeiers abholen würde." Und für Rolf bestimmt erklärte sie: „Die Niemeiers sind sehr gute Freunde von uns."

„Aber nicht von mir", fügte Leonie hinzu, was ihr einen tadelnden Blick ihrer Mutter einbrachte.

Rolf hatte sich inzwischen den Koffer geschnappt. „Ich bring ihn schon mal rüber", sagte er und machte sich zügig auf den Weg in Richtung Parkplatz, um ihn in sein Auto zu laden. Leonie hängte sich bei ihrer Mutter ein, und ein wenig langsamer folgten sie ihm.

„Wer ist denn der junge Mann, ist das ein besonderer Freund von dir?", fragte ihre Mutter mit einem Lächeln.

„Er ist ein Klassenkamerad."

„Aha, aber du scheinst ihn besonders gern zu haben."

„Ich mag ihn, ja. Er ist ein netter lustiger Kerl."

„Und sehr höflich und gut erzogen. Wahrscheinlich kommt er aus gutem Hause."

Leonie lachte. „Danach kannst du nicht immer gehen. Demnach müsste der Niemeier-Junior von Asozialen abstammen."

„Was sagst du denn da!", war die schockierte Antwort.

„Ist doch leider so, Mama. Dass Martin ein rechter Stoffel ist, das hast du doch schon damals gemerkt, als er uns in Oldenburg besucht hat."

„Aber der junge Mann dort", sie überhörte Leonies Einwand und wies in Richtung Rolf, der gerade ihren Koffer in den *Eberhard* hievte, „der weiß, was sich gehört. Wo kommt er denn her? Was machen seine Eltern?"

„Er kommt aus Hamburg, aber nach seinen Eltern habe ich ihn noch nie gefragt."

„Ich denke, seine Familie kann nicht direkt arm sein, wenn er diese Schule besucht."

Leonie lachte wieder. „Dann wird sie in etwa so reich sein, wie wir", spottete sie.

„Zumindest kann er sich ein Auto leisten."

„Ein Auto? Ach ja richtig, der *Eberhard* ist ja ein Auto. Warte erst mal, bis du drinsitzt."

„Was willst du denn damit sagen?"

„Nichts, Mama. Heb dir all deine Fragen und deine Kommentare für später auf. Freu dich jetzt erst mal, dass du hier bist, dass wir eine Weile zusammensein werden und ich dir alles zeigen und erklären kann."

„Ja, du hast recht."

Für die Zeit, die ihre Mutter in Berlin war, sollte sie auf dem Sofa schlafen, während sich Leonie auf der Luftmatratze ausstrecken würde, die sie sich von Isabell geborgt hatte, und die gerade in den schmalen Gang zwischen Tisch und Spiegelkommode passte. Über das Zimmer waren nicht besonders viele Worte gefallen. Natürlich gefiel es ihrer Mutter nicht, - auch nicht die Bravo-Seiten, mit denen die Wände beklebt waren, doch auch für sie zählte nur die Tatsache, dass die Miete sehr günstig war. Früher war Leonie nie besonders aufgefallen, wie sparsam ihre Eltern mit Geld umgingen, inzwischen hatte sie allerdings begriffen, dass ihr Vater nicht so viel verdiente, wie sie immer gedacht hatte.

Am nächsten Tag nahm sie ihre Mutter mit zur Schule, zeigte ihr den gesamten Schultrakt und führte sie hinauf in die Arbeitsräume der Fotoklasse. Und sie sorgte sogar dafür, dass sie ein paar Worte mit der Lehrerin wechseln konnte. Das war nichts Ungewöhnliches, denn da die meisten der Schüler aus Westdeutschland kamen, sagten sich immer wieder Eltern an, die wissen wollten, wie es ihrem Kind ging, womit es sich beschäftigte und welche Fortschritte es machte. Leonie hätte sich gefreut, wenn ihr Vater hätte mitkommen können, doch das war scheinbar nicht möglich gewesen, sie wußte aber, dass ihre Mutter ihm ganz genau berichten würde, was sie gesehen und erfahren hatte, und auch, dass Frau Rehberg sie gelobt und sie als ein überaus fleißiges und begabtes Mädchen bezeichnet hatte. Und als ein sehr umgängliches und freundliches obendrein. Letzteres mochte daran liegen, dass ihr längst aufgefallen war, dass sie die einzige in der Klasse war, die mit Ricky einigermaßen gut zurechtkam. - Ob sie auch ahnte, warum das so war?

Nach den ersten beiden Tagen konnte Leonie den Besuch bei den Niemeiers dann doch nicht mehr länger hinausschieben. Die beiden Freundinnen telefonierten miteinander, und dann wurde für den darauffolgenden Tag ein Treffen vereinbart. Bei ihrem Wiedersehen fielen sie einander in die Arme, als hätten sie weit mehr miteinander erlebt, als nur einen gemeinsamen Klinikaufenthalt vor vielen Jahren. Sie waren wie Schwestern, die sich nach langer Zeit das erste Mal wieder trafen. Im Grunde konnte Leonie verstehen, dass sich Jutta über den Besuch ganz besonders freute. Ihre Mama hatte wenigstens ihre Familie, wenngleich sie nur klein und jetzt, da sich Leonie in Berlin aufhielt, nicht mehr ganz vollständig war. Trotzdem waren sie aber immer füreinander da, - zumindest per Telefon. Für Jutta sah jedoch alles ganz anders aus. Was hatte sie denn von ihrer sechsköpfigen Familie, die aus einem zeitungslesenden desinteressierten Mann bestand und zwei eingebildeten Töchtern, die sich selbst höher einschätzten, als ihre Mutter? - Gut, die kleine Susi war anders, doch dafür gab es dann aber auch den arroganten rücksichtslosen Sohn, der keinerlei Anstand besaß und unfähig war, sich zu entschuldigen, wenn er etwas getan hatte, was nicht in Ordnung war.

Als sie bei den Niemeiers ankamen, saß der Herr des Hauses schon wieder in seinem Sessel und las, - oder immer noch? Wohl nicht mehr in der Tageszeitung, weil er die sicher schon im Laufe des Vormittags durchgesehen hatte. Es hieß, er habe Leonies Mutter damals kurz kennengelernt, als er seine Frau an einem Wochenende in der Klinik besucht hatte, doch vielleicht konnte er sich inzwischen nicht mehr recht an sie erinnern, denn es war ein ganz eigenartiger Blick, mit dem er sie nun musterte und verfolgte. Neugierig und abschätzend, man hatte fast den Eindruck, als würde er sie mit Jutta vergleichen. Und augenscheinlich schien ihm sehr zu gefallen, was er sah, denn immer wieder verzog sich sein Mund zu einem süffisanten Lächeln. Was allerdings kein Lächeln war, auf das man als Frau großen Wert legte. Leonie ärgerte sich sogar darüber, doch ihre Mama war viel zu nett und zu freundlich, um sich etwas dabei zu denken.

Zum Kaffee hatte Jutta wieder Kuchen gebacken, - zwei große Blechkuchen diesmal. Wohl, weil sie damit gerechnet hatte, dass sich ihre Kinder wieder darauf stürzen würden. Doch diesmal hatten alle, - bis auf die kleine Susi, - etwas anderes vor.

Die beiden Frauen tauschten Erinnerungen an den Klinik-Aufenthalt aus, sprachen über Ärzte und Mitpatienten von damals, die sie entweder gemocht oder auch nicht gemocht hatten, - während der Herr Niemeier immer wieder von seiner Lektüre aufschaute und die Besucherin musterte.

Zum Abendbrot hatte Jutta dann eine große Tafel gedeckt, und allmählich kamen auch die Kinder dazu, - eines nach dem anderen. Und sogar der Herr des Hauses ließ es sich nicht nehmen, sich an den Herrlichkeiten, die Jutta aufgetischt hatte, gütlich zu tun. Selbst dabei ließ er den Gast nicht aus den Augen.

Es war nicht sehr spät geworden, als sie sich verabschiedeten und auf den Weg zur Haltestelle machten, um mit der Bahn zurück zur Bamberger Straße zu fahren. Obwohl Jutta Martin dazu überreden wollte, sie zu begleiten, lehnte Leonie ab, - und nicht nur, weil sie sich inzwischen selbst gut genug in der Stadt auskannte und seine Hilfe nicht mehr brauchte.

„Sag mal", wandte sie sich dann auf der Heimfahrt an ihre Mutter, „hast du nicht bemerkt, dass dich Juttas Mann fortwährend angestarrt hat? Und vor allem, wie?"

„Nein, was willst du denn damit sagen?", war die arglose Antwort.

„Scheinbar gefällst du ihm."

Sie schüttelte den Kopf und antwortete streng: „Red doch keinen solchen Unsinn, Leo."

„Das ist kein Unsinn, Mama. Aber warum denn nicht? Du bist immer noch eine sehr attraktive

Frau.“

„Was du dir da einredest. Die Jutta ist doch auch sehr hübsch. Sie ist sogar noch drei Jahre jünger als ich.“

„Das will nichts heißen. - Aber wenn du mich fragst: Möglicherweise starrt er alle Frauen so an. Zumindest alle Damen, die sich noch für ihn interessieren könnten.“

„Ach, du lieber Gott“, sagte sie abwehrend. „Ich weiß ja nicht! Mein Typ wäre er ganz und gar nicht. Da ziehe ich mir doch deinen Papa vor.“

Leonie lachte. „Und recht hast du, Mama! Unser Papa ist einfach der Beste.“

Insgesamt blieb Leonies Mutter etwas länger als eine Woche, und an jedem Tag genossen sie ihr Beisammensein. Nach der Schule fuhren sie mit Straßenbahn und Bus durch die ganze Stadt, damit sie so viel wie möglich von den bekannten Berliner Wahrzeichen zu sehen bekam. Sie stöberten im KaDeWe und in anderen Kaufhäusern, aßen eine Kleinigkeit dort, wo sie sich um die Essenszeit gerade aufhielten, und sie liebten es, den Stadtbummel in einem Café oder in einer Eisdiele zu beenden und zu reden.

Der Abschiedsbesuch bei den Niemeiers, einen Tag, bevor der Oldenburger Bus wieder zurückfuhr, fiel dann zum Glück noch kürzer aus, als der zuvor. Und als sich Leonie schließlich bei Jutta entschuldigte, dass sie sich so selten bei ihnen sehen ließ, weil sie viel Zeit für die Schule brauchte, wurde sie von ihr in den Arm genommen. „Das verstehe ich doch, Leonie. Aber wenn du mal Zeit hast, oder wenn wir dir irgendwie helfen können, dann meldest du dich, in Ordnung?", waren ihre letzten Worte. „Du bist immer und zu jeder Zeit herzlich willkommen."

Beim Abschied auf dem Savignyplatz gab es Tränen, und Mama versprach, mit dem Papa über einen zweiten Besuch in Berlin zu reden, - vielleicht irgendwann im nächsten Jahr.

„Ich bin so froh, dass ich alles gesehen habe und jetzt weiß, dass es dir hier gutgeht. Nun verstehe ich auch, wovon du redest, wenn wir das nächste Mal miteinander telefonieren werden, denn jetzt kann ich mir alles ganz genau vorstellen."

7.

Eva hatte die Bahn nach Steglitz genommen, sie hatte die Strecke vorher nicht gekannt. Ein eigenartiges Gefühl überfiel sie, als sie ausstieg. Es war, als sei sie gerade im Begriff, etwas Verbotenes zu tun. Immer wieder schaute sie sich um, immer wieder hatte sie Angst, jemandem zu begegnen, der sich darüber wundern könnte, sie hier anzutreffen. Hier, in einem Stadtteil, in dem sie eigentlich gar nichts zu suchen hatte. Weit weg von der Schule und weit weg von der Haltestelle, von der aus sie normalerweise nach Hause fuhr.

Uli stand mit seinem Ford auf genau dem Parkplatz, den er ihr beschrieben hatte, im Schatten eines mächtigen Kastanienbaumes. Er saß im Wagen, mit heruntergekurbelter Scheibe und wartete auf sie. „Hallo", sagte er und lächelte.

„Hallo."

„Schön, dass du da bist."

Sie hätte ihm auch gern etwas Nettes gesagt, doch sie war so aufgeregt, so befangen, als sie ihn nun wieder vor sich sah, dass sie kaum ein Wort herausbrachte. Er öffnete ihr die Wagentür, und sie setzte sich neben ihn.

„Ich habe eine Überraschung für dich."

„Für mich?", fragte sie und schaute ihn an. Ihre Augenlider flatterten ein wenig. ‚Himmel', dachte sie, sie konnte sich noch immer nicht an den Gedanken gewöhnen, dass es ein- und derselbe Mann war: Derjenige, der ihr und ihren Klassenkameraden noch vor einigen Stunden den Unterschied zwischen den verschiedenen Linsenformen zu erklären versucht hatte, und der Mann, der nun neben ihr saß, der sie zärtlich anschaute und sich dann zu ihr herüberbeugte, um sie zu küssen. Ganz behutsam nur, als hätte er ihre Gedanken erraten und als fürchtete er, sie zu erschrecken.

„Ja, für dich."

„Was ist es denn?"

„Nichts, was du in die Hand nehmen könntest, es ist nur zum Ansehen. Ich will dir etwas zeigen."

„Ein bestimmtes Gebäude?"

„Nein."

„Etwas in einem Museum, oder in einer Ausstellung?"

Er schüttelte den Kopf und lachte. „Nein, auch nicht." Dann startete er den Wagen und ließ ihn langsam hinaus auf die Fahrbahn rollen. „Du kannst es nicht erraten."

Eva sah dem kleinen Schornsteinfeger am Innenspiegel zu, wie er hin und her tanzte. „Sag's mir doch einfach."

„Dann wäre es doch keine Überraschung mehr." Er lachte wieder. „In fünf Minuten sind wir da, solange mußt du dich noch gedulden."

Er fuhr die Straße hinunter, um ein Rondell herum und an einer Kirche vorbei, dann bog er hinter einer Chemischen Reinigung rechts ab.

Eva verfolgte die Strecke, die er fuhr und schaute sich neugierig um. „Wo sind wir hier eigentlich?", fragte sie. „Ich glaube, hier war ich noch nie."

„Dies ist die Weinhauerstraße", antwortete er. Auf beiden Seiten der Straße ragten nun hohe moderne Wohnblocks bis zu fünf oder sechs Stockwerken hinauf in den Himmel. Er fuhr langsamer und blickte an den weiß und gelb getünchten Fassaden entlang, bis er schließlich vor einer der Haustüren anhielt. „So, da wären wir."

Eva blickte ihn fragend an. „Ich dachte, wir wollten uns was ansehen."

„Ganz recht. Komm, steig aus."

„Was gibt es denn hier zu sehen?"

Statt einer Antwort lächelte er nur, legte den Arm um ihre Schultern und führte sie zu einem der Hauseingänge.

An der Haustür gab es eine Reihe von Klingelknöpfen mit vielen Namen. Sie überflog sie, aber sie kannte keinen davon. Sie hatte plötzlich Herzklopfen, und mitten im Schritt hielt sie inne, weil ihr aufgefallen war, dass er einen Schlüssel aus der Tasche gezogen und die Haustüre aufgeschlossen hatte. „Wohnt hier… deine Mutter?", fragte sie leise, ihr war ganz beklommen zumute.

„Aber nein." Er lachte, wurde dann aber ernst und zog sie kurz an sich. „Eines Tages wirst du sie kennenlernen. Aber jetzt ist es noch zu früh dafür."

Der Fahrstuhl stand im Erdgeschoß, als hätte er auf sie gewartet.

„Sag mir doch…"

Er drückte den Knopf mit der Vier und beobachtete, wie sich die Tür schloss. Dann wandte er sich zu ihr um und nahm sie ganz fest in seine Arme. „Hab Geduld, nur noch wenige Augenblicke…", sagte er und küsste sie.

Im vierten Stock gab es drei Türen aus hellem Holz. „Wer wohnt hier?", fragte sie und schaute sich die Namen an. „Wilfried Kornfuß, Frieda

Johannik, Werner Baumgärtner", las sie, „ich kenne keinen von ihnen."

„Wie wär's mit dem hier?"

„Werner Baumgärtner? Wer ist denn das?"

„Sehen wir doch am besten mal nach." Uli hatte wieder den geheimnisvollen Schlüssel zur Hand genommen. Die Tür gab nach, knackte ein wenig und sprang dann ganz auf. Im nächsten Augenblick flutete ihnen blendendes Sonnenlicht entgegen. Eva blinzelte und schloss eine Sekunde lang die Augen, und als sie sie wieder öffnete, sah sie, dass die Räume vor ihnen leer waren. Vollkommen leer. Man konnte noch riechen, dass die Wände frisch gestrichen und tapeziert worden waren, der Teppichboden war so neu, dass man sich fast nicht traute, darauf zu laufen.

„Na, wo ist er denn bloß, dieser Baumgärtner?", fragte Uli mit einem Zwinkern. Er lief in das sonnendurchflutete Zimmer hinein, schaute schmunzelnd hinter der Tür nach, inspizierte dann die kleine Küche und das Bad…

Eva folgte ihm überall hin, ohne recht zu wissen, was das zu bedeuten hatte. „Es scheint, als wäre er ausgezogen", sagte sie, um überhaupt etwas zu sagen.

„Vielleicht hat er aber auch vergessen, einzuziehen", meinte Uli. Er war neben sie getreten, hatte den Arm um sie gelegt und sie an sich gezogen. „Vielleicht wäre er ja auch bereit, *uns* die Räume zu überlassen, was meinst du?"

Sie verstand nicht gleich, was er ihr damit sagen wollte, doch er ließ ihr Zeit genug, darüber nachzudenken. Als sie plötzlich begriff, war sie unfähig, etwas dazu zu sagen. Schweigend lehnte sie ihren Kopf an seine Brust, hörte und fühlte sein Herz klopfen. Er sah auf sie hinunter und hob ihr Kinn an. „Mein Gott bist du blass", sagte er leise. „Erschreckt es dich so sehr, dass wir jetzt eine eigene Wohnung haben?"

Sie nickte.

„Kleines, hör zu. Dass wir nicht gleich überall bekanntmachen können, dass wir zusammen sind, darüber haben wir schon gesprochen. Und dass du in der nächsten Zeit nicht Hals über Kopf deinen Vater verlassen und hier einziehen kannst, ist auch klar. Aber trotzdem… Hier haben wir zwei endlich ein Zuhause. Einen Platz, wo wir hingehen können, wenn wir zusammen sein wollen. Ich habe es so satt, in Restaurants oder Cafés oder im Auto herumzusitzen. Wir werden es uns schön einrichten. Wir könnten noch heute irgendwohin fahren und uns etwas aussuchen. Es wird unser Paradies werden, Kleines. Ein Nest, nur für uns zwei."

„Und wenn der Herr Baumgärtner kommt?"

Er lachte. „Der wird nicht kommen. Werner ist ein Freund von mir, und er hat nichts dagegen, dass wir seinen Namen benutzen."

*

Neben den ‚Vergleichen' und den Aufnahmen verschiedener Materialien, die in den Räumen der Schule vorgenommen wurden, war es auch immer eine interessante Abwechslung für die Schüler, wenn sie in der Stadt unterwegs sein konnten. Für die sogenannten Außenaufnahmen blieb es ihnen selbst überlassen, ob sie allein oder zusammen mit einem ihrer Klassenkameraden arbeiten wollten. Leonie und Eva arbeiteten gern zusammen, deshalb hatten sie beschlossen, sich gemeinsam an die erste Architekturaufnahme heranzuwagen. Vorgeschrieben war ein Gebäude mit mindestens zwei Stockwerken. Da Eva Berlinerin war und sich in der Stadt auskannte, machte sie den Vorschlag, sich in Dahlem nach einem passenden Haus umzusehen. „Dort wohnen viele reiche Leute in wunderschönen Villen", hatte sie gesagt, „da finden wir bestimmt etwas, was uns gefällt."

Und ja, als sie dort ankamen, dauerte es nicht

lange, bis jede von ihnen ihr Traumhaus gefunden hatte. Das von Leonie glich einem Märchenschloss: Weiß getüncht, mit Türmchen an den Giebelseiten. Eva mochte es lieber sachlich und gradlinig, mit einfachen Säulen rechts und links vom Eingang und mit einem Balkon, der über die gesamte Breite im ersten Stock verlief. Während sie die Camera aufbauten, schwärmten sie beide ein bisschen davon, wie sie ‚ihre Villa' einrichten würden, in welchem der Räume im Winter der große stadtbekannte Ball stattfinden sollte, und welche Prominenz auf ihren Einladungkarten stehen würde. Sie lachten und hatte viel Spaß dabei.

Irgendwann bemerkten sie, dass ihnen jemand zusah. Ein älterer Herr stand etwas abseits und verfolgte genau, was sie taten. Auch er schien seinen Spaß zu haben, denn wenn sie lachten, dann lachte auch er, und als er sah, dass sie auf ihn aufmerksam geworden waren, kam er ein paar Schritte näher. „Guten Tag, die Damen", meinte er. „Wie schön, dass Sie sich heute in diese Gegend verirrt haben."

Sie sahen einander an und wussten nicht recht, wie sie reagieren sollten. Immerhin war er höflich, und seiner Kleidung nach schien er in diese Gegend zu gehören, denn er trug einen schicken modernen Anzug.

„Für welchen Fotografen arbeiten Sie denn?", fragte er sie. „Wer ist denn Ihr Auftraggeber?"

„Niemand. Wir kommen von der Johannes-Lichter-Schule", erklärte ihm Eva. „Es gehört zu unseren Aufgaben, eine Aufnahme von einem dieser schönen Häuser zu machen."

Der Mann nickte und lächelte. „So, so, von der Johannes-Lichter-Schule kommen Sie. Ich habe davon gehört. Darf ich Sie zu einem Kaffee einladen, wenn Sie hier fertig sind?"

Leonie schüttelte den Kopf. „Vielen Dank, aber wenn wir hier fertig sind, müssen wir noch ein zweites Gebäude aufnehmen, und danach geht's zurück zur Schule. Dort wartet man auf uns."

Und Eva fügte hinzu: „Wir müssen doch auch die Aufnahmen so schnell wie möglich weiterverarbeiten."

Der Mann schwieg eine Weile und sah ihnen weiterhin zu. Dann meinte er: „Und wenn ich Ihnen etwas anderes anbieten würde anstatt Kaffee? Einen Likör vielleicht? Oder einen Sekt?"

‚Hoppla, was war denn das?', dachten die beiden Fotografinnen und schauten einander verwundert an. Und noch mehr wunderten sie sich, als er weiterredete: „Wenn Sie lieber etwas Schärferes mögen, ich habe auch Wodka. Oder

Whisky. Das löst die Zunge." Er lachte, und seine Augen fingen dabei an zu funkeln. „Sie könnten sich sogar ein paar Mark extra verdienen, ich kann sehr großzügig sein."

Die beiden schwiegen betreten, inzwischen war ihnen sein Gerede peinlich. Glaubte dieser kleine alte Mann in seinem schicken Anzug wirklich, dass sie auf sein Angebot eingehen könnten? Wofür hielt er sie eigentlich?

Eva gab Leonie einen Stups in die Seite und zwinkerte ihr zu. „Geld verdienen ist immer gut", sagte sie dann zu dem Mann, „was müssten wir denn dafür tun?"

„Hör auf!", raunte ihr Leonie zu, aber der alte Mann lachte nun und zeigte freimütig seine falschen Zähne. „Einfach nur nett sein," sagte er, „einfach nur nett." Und nach einer Weile fügte er hinzu: „Sehr nett!"

Aber Eva machte weiter. „Was wollen Sie denn, wir sind doch nett! Wir machen hier unsere Arbeit, tun niemandem etwas zuleide, schauen alle Menschen freundlich an... Das ist doch nett, oder etwa nicht?"

„Du weißt bestimmt, was ich meine, Mädchen. Nicht nur einfach nett *sein*, sondern auch etwas Nettes *tun*... Ihr wisst doch, was man da macht, oder?" Er lachte wieder. Es war ein meckerndes

hässliches Lachen. „Kommt mit mir, alle beide...
Ich werde es mich etwas kosten lassen..."

Es war ein seltsames Gefühl, einem Menschen
gegenüberzustehen, den man anfänglich für
einen netten alten Herrn gehalten, vor dem man
aber plötzlich alle Achtung und allen Respekt
verloren hatte. Der sich selbst auf eine so
niedrige Stufe stellte, dass man sich nun nur noch
für ihn schämen konnte. Auch Eva hatte keine
Lust mehr, ihn weiterhin aufzuziehen.

Sie wandten sich von ihm ab, widmeten sich
ihrer Aufgabe, die schöne Villa zu fotografieren
und kümmerten sich fortan nicht mehr um ihn.
Danach zogen sie mit der Camera weiter, um die
zweite Villa aufzunehmen.

Der alte Mann folgte ihnen. „Was ist denn los
mit euch?", fragte er nach einer Weile, „die
Mädchen von der Johannes-Lichter-Schule sind
doch sonst nicht so prüde. Hab schon schöne
Stunden mit ihnen erlebt." Er lachte wieder sein
altes, hässliches Lachen. „Vor allem mit den
Mädchen von der Mode..."

Leonie und Eva waren froh, als sie auch das
zweite Foto im Kasten hatten und die Camera
abbauen und einpacken konnten. Sie waren sich
einig: So etwas wollten sie nie wieder erleben.

Im Oktober nahmen die beiden zusammen mit Sabine an einem Buchbinderkursus an der Volkshochschule in Schöneberg teil. Sie hatten erfahren, dass viele der ehemaligen Schülerinnen der Fotoklassen selbst gemachte ‚Schatullen' aus Karton für ihre fertigen Arbeiten besaßen, - schön verzierte Schachteln aus besonders starker Pappe. Und eine solche wollten auch sie haben. Nicht nur, dass sie ansprechender und hübscher aussahen, als die großen Mappen, die mit Gummikordeln verschlossen wurden, sie waren auch deshalb von Vorteil, weil die Arbeiten darin viel besser und sicherer aufgehoben waren. Sie hatten die Form eines sehr großen Buches, und man konnte den Deckel aufklappen, genauso, wie man den Einband eines Buches aufklappte, wenn man beginnen wollte, zu lesen.

Der Kursus war auf vier Abende festgesetzt, und die Klassenkameradinnen hätten nicht gedacht, dass ihnen diese Arbeit so großen Spaß machen würde. Sie durften sogar ein altes Buch mitbringen, um es neu zu binden.

Der Buchbinder, ein alter Mann mit Bart, stand ihnen mit Rat und Tat zur Seite, als sie ihm erklärten, wie sie sich ihre Schatulle vorstellten und wofür sie sie brauchten. Er konnte sich sogar daran erinnern, dass er schon des Öfteren bei der

Herstellung solcher speziellen Schachteln geholfen hatte. Leonie suchte sich einen groben beigefarbenen Leinenstoff für den Einband aus, die Innenseiten beklebte sie mit einem dezent gemusterten Papier, wie man es tatsächlich auch für die Innenseite eines echten Buches verwandte. Eva wählte andere Materialien und andere Farben. Ihr Einband bestand aus rotem Rips, das war ein geripptes Gewebe, das sehr hübsch aussah und leicht glänzte. Das Rot fand sich dann auch auf dem Muster des Papiers wieder, mit dem sie die Innenseiten auskleidete. Das lustigste Exemplar aber fabrizierte Sabine. Schon der Einband ließ vermuten, dass sie die Schachtel später einmal für Spielsachen oder Bücher ihres kleinen Sohnes verwenden wollte: Stoff mit drolligen Tierfiguren, Papier mit großen und kleinen Punkten in allen Farben machten ihr Werk zu einem echten Hingucker, der ganz sicher auch den Prüfern gefallen würde.

8.

Inzwischen war das kleine Paradies in der Weinhauerstraße fertig. Ein paarmal waren Eva und Uli losgezogen, um in einem Möbelgeschäft das eine oder andere zu bestellen. Vorerst nur das Nötigste: Eine Couch-Garnitur, zwei Schränke, verschiedenes für die Küche... Und natürlich einen Schreibtisch für Uli, weil er sich gern dort aufhielt, wenn er sich auf den Unterricht vorbereitete, oder wenn er die Testarbeiten seiner Schüler korrigierte.

Natürlich war noch längst nicht alles so, wie sie es sich vorgestellt hatten, aber es reichte ihnen, um zu sagen: Das ist jetzt unser gemeinsames Zuhause. Eva war traurig, dass sie, außer ein paar Sachen, die sie heimlich aus ihrem Zimmer mitgenommen hatte, nichts dazu beisteuern konnte, aber Uli hatte sie getröstet. Er sah die Einrichtung des Appartements als *seine* Aufgabe an, weil er nun bei seiner Mutter ausziehen konnte und endlich wieder seine eigenen vier Wände hatte. „Eigentlich hatte ich das schon im letzten Jahr machen wollen", sagte er zu ihr, „ich war nur zu faul und zu bequem dazu, weil ich mich bei meiner Mutter um nichts kümmern mußte."

In jeder freien Minute trafen sie sich nun in der Weinhauerstraße, oft auch, während Evas Vater sie in der Schule wähnte. Aber gerade was die Schule betraf, hatte sie nun manchmal Schwierigkeiten, weil sie sich zwar bei Frau Rehberg abmeldete, um angeblich verschiedene Außenaufnahmen zu machen, in Wirklichkeit aber kam sie mit den anfallenden Foto-Aufgaben nicht mehr nach. Davon wußte Uli aber nichts, und obwohl sie sich vorgenommen hatte, mit ihm darüber zu reden, schob sie es immer wieder vor sich her.

Von ihrem Taschengeld hatte sie verschiedene Zimmerpflanzen erstanden, die sie auf der Fensterbank verteilt hatte und nun liebevoll versorgte. Uli sah ihr gern dabei zu. „Evi?"

„Ja?"

Er war hinter sie getreten und legte seine Arme um sie. „Glaubst du, du könntest einmal über Nacht hierbleiben?", fragte er sie zärtlich.

Sie hielt in ihrer Bewegung inne und schwieg. Sekundenlang. Als auch er daraufhin schwieg, wandte sie sich nach ihm um und schaute ihn traurig an. „Ich weiß nicht, wie ich das machen soll."

„Hast du denn keine Oma oder Tante, der du dich anvertrauen könntest?"

„Eine Tante, ja, doch die hat schon so viel für mich getan, schon so oft hat sie sich meinem Vater gegenüber für mich eingesetzt. Ihr hab ich es überhaupt zu verdanken, dass ich zur Schule gehen darf. - Doch *das* könnte ich ihr keinesfalls anvertrauen."

„Aber vielleicht einer Freundin?"

Sie stellte das Gießkännchen zwischen den Blumentöpfen ab. „Eine Freundin hab ich schon, aber die kann uns nichts nützen, sie wohnt drei Häuser von uns entfernt."

Sie senkte den Kopf und fühlte, dass sie rot wurde, wie jedesmal, wenn sie sich vorstellte, wie es sein könnte, wenn sie über Nacht bei ihm bliebe.

Doch plötzlich kam Leben in sie. „Leonie", sagte sie. „Leonie ist die einzige, mit der ich darüber reden könnte, und die mir vielleicht auch helfen kann."

„Leonie Herrmann? Die Leonie aus deiner Klasse?

„Ja."

„Aber wie sollte sie dir helfen?"

„Ich könnte meinem Vater sagen, dass ich sie besuche und dann über Nacht bei ihr bleibe." „Und du meinst, das geht? Sie ist keine Berlinerin, sie wird hier nur irgendwo ein kleines Zimmer haben."

„Ja, aber das weiß doch mein Vater nicht. Ich habe sie ihm gegenüber einmal erwähnt, als er wissen wollte, ob ich mich in der Schule schon mit jemandem angefreundet habe." Ihr Herz klopfte vor Aufregung. „Ich werde Leonie fragen, ob ich sie als Alibi angeben darf. Gleich morgen früh werde ich mit ihr reden und sie fragen…"

Uli war skeptisch. „Denkst du, dass sie da mitmacht?"

„Oh ja, bestimmt. Leonie ist in Ordnung. Sie wird das verstehen."

„Sie wird wissen wollen, mit wem du dich triffst."

Evas lächelte. „Konkret weiß sie nichts, obwohl…, vielleicht wird sie es sich denken können. Wir haben einmal kurz darüber geredet, daher weiß sie, dass du etwas ganz Besonderes für mich bist."

Uli zog die Stirn in Falten. „Ich weiß nicht recht… Es wäre besser, vorerst würde noch nichts herauskommen."

„Leonie wird nichts verraten, wenn ich sie

darum bitte. Sie wird mich verstehen, denn sie selbst ist, glaube ich, auch verliebt, - das hat sie neulich durchblicken lassen. Ihr können wir vertrauen, da bin ich ganz sicher."

Er seufzte. „Es wäre doch so schön, wenn wir unser gemeinsames Zuhause endlich einweihen könnten", flüsterte er ihr zärtlich ins Ohr und küsste dann liebevoll ihren Nacken. „Unser eigenes kleines Paradies."

Sie nickte und schloss eine Sekunde lang die Augen. „Ja", sagte sie, und noch einmal: „Ja, unser eigenes kleines Paradies."

*

Die Luft im Aufziehraum war stickig. Es war so voll, dass kaum noch ein Platz frei war. Die Schneidemaschinen reichten nicht mehr für alle, und manchmal gab es böse Blicke, wenn jemand das Feld nicht schnell genug räumte. Auf den Tischen stapelten sich die Mappen mit den Fotos und all den anderen Arbeiten, an denen noch einiges gemacht werden mußte. Man redete durcheinander, es wurde geschimpft oder gejammert, weil vieles nicht so klappte, wie man es sich vorgestellt hatte.

Eva, die an einer der Schneidemaschinen ihre

Herbstaufnahme bearbeitet hatte, war gerade fertig damit und verstaute das Foto in ihrer Schatulle. Sie mußte mit Leonie reden, sagte sie sich, doch… Himmel, wie sollte sie nur anfangen.

„Leonie, hast du zwei Minuten Zeit für mich?", fragte sie sie.

Leonie schaute erstaunt auf, sie hatte eben damit anfangen wollen, verschiedene ihrer Fotos zu beschriften. „Natürlich, auch *fünf* Minuten, wenn's sein muß", meinte sie dann. „Was gibt's denn?"

„Ich…" Eva schaute sich unschlüssig um. Hier war wohl nicht der richtige Ort, um zu reden, dachte sie, und Leonie verstand das. Sie nahm ihren Arm. „Komm, gehen wir raus? Hier versteht man ja das eigene Wort nicht."

Im Treppenhaus war es ruhiger und kühler. Sie setzten sich auf die Treppenstufen und Leonie fragte noch einmal: „Was ist los, Eva? Was liegt dir denn auf der Seele?"

„Ich habe eine Bitte an dich. Eine riesengroße. Aber ich sag's gleich: Ich bin dir nicht böse, wenn du ablehnst. Wenn du mir nicht helfen *kannst*, oder mir vielleicht auch gar nicht helfen *willst.* Warum auch immer."

„Ok, ok, wir werden sehen."

„Ich… ich habe einen Freund", begann Eva

zögernd, „aber…"

Leonie lächelte. „Kenne ich ihn?", fragte sie. Zwar hatte sie herausgefunden, wer es Eva ganz besonders angetan hatte, dennoch bezweifelte sie, dass er auch derjenige war, von dem sie jetzt sprach. Möglicherweise konnte es auch ein ganz anderer sein.

Eva ging nicht näher darauf ein. „Mein Vater darf es noch nicht wissen", sagte sie stattdessen. „Seit meine Mutter vor einem Jahr gestorben ist, behandelt er mich immer noch wie ein kleines Mädchen, das seiner Meinung nach keinen Schritt alleine machen darf. Und ein Freund geht in seinen Augen schon gar nicht."

„Gibt es denn etwas, was deinem Vater an ihm nicht gefallen würde? Was ihn stören könnte?"

Eva hob die Schultern. „Nein, eigentlich nicht", sagte sie, doch sie wußte, dass das nicht ganz der Wahrheit entsprach. Da gab es einiges, was ihrem Vater an Uli nicht gefallen würde. Nicht nur, dass er ihr Lehrer war, sondern auch sein Alter, doch sie wollte Leonie nicht gleich zuviel verraten. Deshalb sagte sie: „Im Augenblick würde es ihn generell stören, wenn er wüßte, dass ich einen Freund habe. - Bitte frag mich nicht, wer er ist, ich kann dir im Augenblick nichts Näheres sagen. Noch nicht. Vielleicht in einigen

Wochen... Ich verspreche dir, dass ich dir eines Tages alles erzählen werde."

Leonie stutzte. „Ist er verheiratet?"

„Nein."

„Bist du ganz sicher?"

Eva lächelte. „Absolut."

„Ich dachte nur, wegen der Zeit von einigen Wochen. Läuft vielleicht gerade seine Scheidung?"

„Nein, nein, das hat einen ganz anderen Grund."

„Kriegst du ein Kind?"

Nun lachte Eva. „Nein, auch das nicht. Auch da bin ich ganz sicher."

„Und wie kann ich dir helfen?"

Eva seufzte. „Mein Freund und ich, wir treffen uns zurzeit in jeder freien Minute", begann sie. „Allerdings geht das zurzeit nur unter der Woche und erst nach der Schule, und da bleibt uns dann nie viel Zeit füreinander. Ich merke ja auch selbst, dass ich mich dadurch viel zu wenig um die Arbeiten für die Schule kümmere. Wenn wir uns am Wochenende treffen könnten, hätte ich während der Woche viel mehr Zeit für die Schule, verstehst du? Doch mein Vater...", und wieder seufzte sie, „...er würde mich niemals übers Wochenende weggehen lassen, ohne zu wissen, wo genau ich bin und mit wem."

Sie hielt einen Moment lang inne, dann fügte sie hinzu: „Ich habe meinem Vater viel von dir erzählt, und nun möchte er, dass ich dich einmal mit nach Hause bringe, damit er dich persönlich kennenlernen kann. Danach... Ich denke, wenn er erst einmal weiß, wer du bist..." Sie geriet ins Stottern. „Ich meine, bestimmt wäre er dann damit einverstanden..., und hätte nichts mehr dagegen..., wenn ich mal über Nacht wegbliebe. Ich meine, wenn er davon ausgehen könnte, dass ich bei dir bin. Ich könnte ihm zum Beispiel sagen, dass du Geburtstag hast..." Sie schaute Leonie fragend von der Seite an. „Glaubst du, dass du mir da helfen kannst?"

„Du meinst, dass ich dich zunächst mal zu Hause besuchen sollte, damit er weiß, mit wem er's bei mir zu tun hat? Damit er Vertrauen zu mir fasst...?"

„Ja, genau."

„Aber wenn er mich nun gar nicht mag?"

„Er wird dich ganz bestimmt mögen."

„Und der Gegenbesuch fände dann nicht bei mir in meinem Zimmerchen statt, sondern... für dich bei deinem Freund?"

„Ja." Eva beobachtete sie noch immer. Gespannt, aber auch ängstlich, weil sie fürchtete,

Leonie könnte vielleicht doch nicht dazu bereit sein. Die aber lächelte. „Aber klar doch, Eva", sagte sie. „Das kriegen wir bestimmt irgendwie hin."

„Und es würde dir nichts ausmachen, wenn ich dich… vielleicht auch später noch ab und zu mal als Alibi benutzen würde?"

Leonie lachte. „Aber nein, ich versteh' dich ja. Außerdem fände ich es überaus spannend, wenn wir beide ein Geheimnis hätten."

„Oh mein Gott, Leonie. Du glaubst nicht, welch großer Stein mir da von der Seele fällt, wieviel mir das bedeutet. Aber… Dazu muß ich dir noch etwas sagen…"

„Ja?"

„Du mußt mir deine Telefonnummer geben. Nicht, dass mein Vater mir generell misstraut, aber er wird sich trotz allem Sorgen machen, wenn ich außer Haus bin, und dann könnte er auf die Idee kommen, bei dir anzurufen…"

„Um zu kontrollieren, dass du auch wirklich bei mir bist?"

„Ja, und um sicher zu sein, dass es mir auch wirklich gut geht und alles in Ordnung ist."

Leonie zog die Stirn in Falten. „Natürlich ginge das in Ordnung, Eva, aber da gibt es ein Problem: Ich habe nämlich gar kein eigenes Telefon. Ich könnte dir nur die Nummer vom Fräulein von Fischbeck geben, meiner Vermieterin. Doch was machen wir, wenn dein Vater wirklich dort anrufen sollte?"

„Würde sie dich ans Telefon rufen?"

„Ja, bestimmt, das würde sie. Auch meine Mutter hat mal bei ihr angerufen, weil sie bei unserem letzten Telefonat vergessen hatte, mir etwas Wichtiges mitzuteilen. Aber ich weiß nicht, wie sie bei deinem Vater reagieren würde. Außerdem würde er doch sicher mit meiner Mutter rechnen und sofort merken, dass die, mit der er gerade spricht, es nicht sein kann."

„Meinst du?"

„Meine Mutter würde doch wissen, dass du bei uns übernachtest, - davon hat das Fräulein von Fischbeck aber keine Ahnung."

„Mmh!" Eva überlegte. „Und wenn du ihr sagst, dass möglicherweise jemand anruft."

„Ich weiß nicht recht, sie ist ein bisschen seltsam. Einerseits ist es doch noch gar nicht sicher, dass er *überhaupt* anruft. Andererseits will ich sie aber nicht vorher schon verrückt machen. Ich weiß nicht, wie sie darauf reagieren würde."

Sie überlegten hin und her. „Wie gesagt, wenn er sie für meine Mutter hielte, würde er davon ausgehen, dass sie weiß, dass du bei uns zu Besuch bist. Da sie aber *nichts* weiß, wird sie zuerst einmal verwirrt reagieren. Und genauso verwirrt wird dann auch dein Vater sein."

„Sicher würde er doch zunächst mal nach dir fragen, oder?"

„Ja, das denke ich auch. Und wenn sie mich ans Telefon ruft, könnte ich ihm sagen, dass du dich gerade ein bisschen hingelegt hast, weil du beispielsweise plötzlich Kopfschmerzen oder Bauchschmerzen bekommen hast. Für diesen Fall müßtest du mir allerdings auch die Nummer aufschreiben, über die ich dich wirklich erreichen kann, - dein Freund hat doch sicher ein Telefon."

„Ja."

„Ich würde dir so schnell wie möglich bescheidsagen, und dann könntest du dich von dort aus bei deinem Vater melden. Später könntest du ihm ja erklären, dass die Dame am Telefon nicht meine Mutter, sondern eine meiner Tanten war, die mich zum Geburtstag besucht haben." Sie mußte lachen. „Tante Fischbeck!", kicherte sie. „Dabei weiß ich nicht mal mehr genau, wie sie mit dem Vornamen heißt. Auf dem Namensschildchen steht nur ein M."

Eva atmete tief und lächelte. „Mein Gott, ist das kompliziert. Hoffentlich bringe ich dich damit nicht in Teufels Küche! - Aber ja, so könnten wir es doch machen, oder nicht?"

„Du solltest dir keine allzu großen Sorgen machen, wahrscheinlich ruft er ja gar nicht an", versuchte Leonie, sie zu beruhigen.

Dann fiel Eva noch etwas ein. „Leo, oh Gott, dann müßtest du ja an diesem Abend meinetwegen zu Hause bleiben. Vielleicht hast du ja schon etwas ganz anderes vor? Kann ich das überhaupt von dir verlangen?"

Leonie winkte ab. „Das ist schon in Ordnung, Eva. Vorerst machen wir es mal so, für später fällt uns vielleicht noch was Besseres ein." Und sie fügte hinzu: „Ich hoffe nur, dass sich diese Geheimniskrämerei auch für dich und deinen Schatz lohnt. Und vor allem...", sie zwinkerte ihr zu, „dass ich eines Tages erfahre, wer der Glückliche ist."

Evas Vater zeigte sich von seiner allerbesten Seite, als Leonie eines Tages zu Besuch kam. Er war freundlich und unterhaltsam und redete mehr, als man es sonst von ihm gewohnt war. Er hatte viele Fragen an Leonie, wollte alles über sie und ihre Familie wissen, und sie bemühte sich, ihm wahrheitsgemäß auf alles zu antworten. Sie erzählte ihm ausführlich von ihren Eltern, -

verschwieg ihm aber, dass sie nicht hier in Berlin lebten, sondern viele hundert Kilometer weiter nördlich, in Oldenburg.

Eva spielte die Hausfrau, sie hatte den Tisch hübsch gedeckt und Kaffee gekocht, und es gab selbstgebackenen Kuchen. Da Leonie und Eva inzwischen echte Freundinnen geworden waren, mussten sie ihre Sympathie füreinander nicht spielen oder vortäuschen, deshalb war auch Evas Vater schnell von Leonies Auftreten und von ihrer Freundlichkeit angetan. Er schien sie zu mögen, vertraute ihr. Und als Leonie die Einladung zu ihrem bevorstehenden Geburtstag vortrug, als er merkte, dass man letztendlich *ihm* die Entscheidung ließ, ob seine Tochter dabei sein durfte oder nicht, fühlte er sich geschmeichelt und war sogar stolz darauf, dass Eva bei der Klassenkameradin so gut ankam. Selbst, als davon die Rede war, dass es für sie wahrscheinlich zu spät werden würde, um noch in derselben Nacht nach Hause zu fahren, erklärte er sich damit einverstanden, dass sie bei der Freundin übernachtete. Ganz wohl war ihm nicht dabei, doch er wußte nicht, welchen Grund er hätte dagegen vorbringen können. Außerdem hatte er noch immer die vorwurfsvolle Stimme seiner Schwester im Ohr: ‚Sie ist neunzehn Jahre alt, du mußt sie ihr eigenes Leben leben lassen und ihr gewisse Freiheiten zugestehen.'

Eva begleitete Leonie zur Tür, nachdem sie sich verabschiedet hatte, und beide zwinkerten einander zu. „Es wird schon klappen", flüsterte Leonie, und Eva nahm sie in den Arm. „Danke, Leonie. Danke."

9.

Nun stand immer noch die ‚große Architektur-Aufnahme' an, dabei ging es um ein Hochhaus, das fachgerecht fotografiert werden sollte. Ursprünglich hatte Leonie das mit Eva bewerkstelligen wollen, weil sie gern mit ihr zusammenarbeitete, sie hatte sich aber auch überlegt, dass sie Ricky fragen könnte, weil das eine gute Gelegenheit wäre, ihn ein bisschen aus seinem Schneckenhaus zu locken. Doch diesmal hatte Michael angedeutet, dass *er* sie gern bei den Aufnahmen begleiten würde, weil er etwas überaus Wichtiges mit ihr zu besprechen habe.

Anfangs ging sie davon aus, dass es um Rolf ging, weil die beiden inzwischen sehr eng befreundet und fast unzertrennlich waren. Sie dachte sogar daran, dass Rolf ihn beauftragt haben könnte, herauszufinden, ob er ihr gefiel und inwieweit er Chancen bei ihr haben könnte. Den Gedanken verwarf sie allerdings gleich wieder, denn so verschüchtert war Rolf nicht, dass er Michael vorgeschickt hätte, um in Erfahrung zu bringen, ob ihn eines der Mädchen mochte oder nicht.

„Dann schieß mal los, was bedrückt dich denn?", fragte sie Michael, als sie sich mit Camera, Stativ und diversem Zubehör beladen auf den Weg in Richtung Hansa-Viertel machten. Er gab ihr jedoch keine Antwort, und es wunderte sie, dass ausgerechnet Michael, der lustige kesse Vogel, Schwierigkeiten haben könnte, über seine Probleme zu reden. Doch sie wollte ihm Zeit lassen.

Das Hansa-Viertel war ein Paradies für alle Architektur-Fotografen. 1957 war es als völlig neuer Stadtteil von Berlin, als ‚die Stadt von morgen', im Rahmen der Bauausstellung *Interbau* entstanden. Dort stand inzwischen ein Hochhaus neben dem anderen, und eines immer interessanter, als das andere.

Schön, eine Architekturaufnahme konnte man

von jedem Haus machen, deshalb hatte die erste Aufgabe dieser Art auch gelautet: ‚Wohnhaus oder Villa', die sie zusammen mit Eva gemeistert hatte. Diesmal mußte es jedoch ein echtes Hochhaus sein, denn je höher ein Gebäude war, desto besser konnte man beweisen, dass man verstanden hatte, worum es ging: Es war wichtig, dass auf der Aufnahme alle Wände senkrecht und parallel zueinander verliefen. Wer einmal am Fuße eines Hochhauses oder eines Turmes gestanden und den Blick zum oberen Ende erhoben hat, der weiß, was damit gemeint ist: Das Gebäude scheint schmal und immer schmäler zu werden und läuft zum Schluß immer spitzer in den Himmel hinein. Diese Erfahrung hatte schon jeder gemacht, der mit einer ganz normalen Camera fotografierte. Doch genau das durfte den Foto-Schülern diesmal nicht passieren. Mit den professionellen Balg-Cameras von der Schule hatten sie ganz andere Möglichkeiten, weil man bei ihnen die Ebene, auf der das Objektiv angebracht war, und die Ebene der Mattscheibe, die das ausgewählte Objekt zeigte, so zueinander verstellen konnte, dass es mit vollkommen geraden und senkrechten Kanten und Wänden abgebildet und fotografiert werden konnte. Das war nicht immer einfach, die

Einstellung brauchte Zeit und Geduld, doch wenn man herausgefunden hatte, wie man das am besten zuwege brachte, war es kein Problem mehr.

Bei der Wahl des Hochhauses war es Michael gleichgültig, für welches sich Leonie entschied, es gab ja noch genügend andere. Doch Leonie hatte von Anfang an nur eines im Auge, das ihr ganz besonders gut gefiel. Eines, das durch eine Reihe blauer Flächen zwischen den Fensterreihen besonders frisch und modern wirkte. Sie wußte, dass auch andere aus der Klasse dasselbe Hochhaus wählen würden, so wie sich wahrscheinlich schon viele vor ihnen dafür entschieden hatten, doch das machte nichts, denn jeder mußte die Aufnahme schließlich selbst ganz neu einstellen und dabei zeigen, was er konnte.

Zunächst bauten die beiden die Camera auf der gegenüberliegenden Straßenseite von Michaels Zielobjekt auf. Leonie half ihm so gut sie konnte bei der Einstellung, denn er war ein bisschen zu unruhig und hibbelig für eine solche Aufgabe, zu ungeduldig, wenn nicht gleich alles so klappte, wie er es haben wollte. Doch gemeinsam kamen sie zu einem recht guten Ergebnis.

„Was ist denn nun los, Michael?", fragte sie ihn

schließlich, als sie die Aufnahme im Kasten und die belichtete Platte sicher im Camera-Koffer verstaut hatten.

„Kim ist doch deine Freundin, oder nicht?", begann er.

Sie hob die Schultern. „Freundin? Nicht direkt. Wir haben den gleichen Schulweg und treffen uns fast jeden Morgen."

„Aber ich glaube, sie sieht so etwas wie eine Freundin in dir."

„Schon möglich. Warum fragst du?"

Nun hob er die Schultern und sah zu Boden, um sie nicht ansehen zu müssen. Er schien tatsächlich ein wenig verlegen zu sein. Insgeheim mußte sie lächeln, denn sie glaubte, zu verstehen. „Aha, du hast dich in sie verknallt, stimmt's?", fragte sie ihn und versuchte, dabei ein möglichst ernstes Gesicht zu machen. Naja, Kim war nicht gerade das hübscheste Mädchen in der Klasse und auch nicht das unterhaltsamste. Im Gegenteil. Anfangs hatte sie selbst noch gedacht, dass sie vielleicht Freundinnen werden könnten, doch dann fand sie heraus, dass sie bei weitem nicht so gut zu ihr passte wie Eva. Deshalb war es mit Kim auch nur beim morgendlichen Schulweg geblieben, den sie miteinander teilten, während sie zusammen mit

Eva inzwischen auch nach der Schule noch einiges unternahm.

Doch Michael schüttelte ganz energisch den Kopf. „Nein, nein, sie ist ja nicht mal mein Typ."

„Aber?"

„Aber sie ist… Ich glaube, sie hat es auf mich abgesehen."

Nun mußte Leonie doch lachen, - anschließend tat es ihr leid, weil sie sich keinesfalls über ihn lustig machen wollte. „Sorry, Michael. - Wie äußert sich denn das?"

Inzwischen hatten sie die Camera soweit als möglich wieder abgebaut und waren dabei, alles, was dazugehörte, ein Stück weiter zu Leonies Lieblingshochhaus zu tragen.

„Wie schon!", antwortete er. „Sie hält sich immer in meiner Nähe auf und dauernd starrt sie mich an."

„Vielleicht meint sie Rolf", sagte sie, um ihn ein bisschen aufzuziehen, „schließlich seid ihr unzertrennlich und so gut wie immer zusammen."

„Nein, nein. Rolf denkt auch, dass sie mich meint."

„Und wie kann *ich* dir da helfen? Soll ich mal mit ihr reden und ihr sagen, dass dir das nicht gefällt?"

Er schüttelte wieder den Kopf. „Nein, bloß nicht. - Es ist ja nicht so, dass es mir nicht gefallen würde, wenn jemand Interesse an mir zeigt, aber…"

„Aber nicht gerade Kim?"

„Nein, du verstehst mich falsch."

„Dann erklär's mir."

„Rolf meinte auch, ich soll mal mit dir reden und dich fragen…"

„Mich fragen?"

„Ja. Ob es was bringt, wenn ich auf sie eingehe."

„Ob es was bringt?" wiederholte Leonie erstaunt.

Sie fing an, die Camera neu einzurichten. „Ob es was bringt?", fragte sie noch einmal. „Wie meinst du das?"

„Ja. Ich meine, ob sie dabei wäre, ob sie mitmachen würde. Oder ob ich im letzten Moment mit einem Rückzieher ihrerseits rechnen müsste."

„Ich frag jetzt nicht, wobei."

Er lächelte schief. „Du weißt schon!"

„Keine Ahnung woran du im Speziellen denkst. Aber wenn du das Gefühl hast…"

„Hat sie mich schon mal erwähnt?"

„Nein, sie redet nicht besonders viel. - Aber wenn du dich vielleicht doch ein bisschen in sie verliebt hast, dann…"

Er zuckte zusammen und starrte sie an. „Ich? Verliebt? - Oh nein, wie kommst du denn darauf? Kim ist doch keine, in die man sich verliebt."

Leonie war verwirrt. „Was willst du denn dann von ihr?"

Er grinste. „Na, was schon? Ein bisschen Spaß eben."

Sie war fassungslos. „Das meinst du doch nicht im Ernst, oder?"

Er grinste noch immer. „Warum denn nicht?"

„Hast du wirklich gedacht, ich helfe dir dabei und schau dir zu, wie du sie unglücklich machst?" fuhr sie ihn an.

„Ich will sie doch nicht unglücklich machen. Im Gegenteil…" Er grinste immer noch.

Am liebsten hätte sie ihm eine Ohrfeige gegeben.

„Ich will mir bloß keinen Korb einhandeln, verstehst du? Rolf meint auch…"

Sie hob die Hände. „Sei ruhig! Kein Wort mehr. Zieht mich nicht mit rein in eure Mädchengeschichten."

„Aber du…"

„Macht, was ihr wollt, ich will nichts mehr davon hören, ist das klar?"

„Leonie! Versteh' doch…"

„Nein, sei still! Das Thema ist für mich erledigt." Sie war richtig wütend, und hätte sie die Architekturaufnahme nicht gebraucht, hätte sie Michael an Ort und Stelle einfach stehenlassen.

In der nächsten halben Stunde redeten sie kein Wort mehr miteinander, während dieser Zeit stellte sie die Kamera ein, bis sie das gewünschte Resultat erzielt hatte: Ein senkrecht stehendes Hochhaus mit geraden Wänden bis hinauf zum letzten Stockwerk. Sie legte die Kassette mit der beschichteten Fotoplatte ein, belichtete die Aufnahme, und fertig! Ursprünglich hatte sie erwartet, er würde ihr bei der Einstellung genauso helfen, wie sie ihm bei seinem Hochhaus geholfen hatte, stattdessen saß er schweigend auf dem Camera-Koffer und starrte vor sich hin, die Ellenbogen auf die Knie gestützt, das Kinn auf den Händen. Wenigstens schien er über sein Vorhaben und über das, was sie dazu gesagt hatte, nachzudenken.

„Findest du das wirklich so verwerflich?" fragte er zwischendurch einmal.

„Es kommt immer auf die Perspektive an, aus der man es betrachtet", antwortete sie ihm. „Wenn du dich wirklich in sie verliebt hättest…"

„Dann stell dir doch einfach vor, es wäre so…"

„Das geht nicht mehr. Jetzt weiß ich schon

zuviel von dem, was in deinem Kopf herumgeht." Und dann fügte sie hinzu: „Stell dir mal vor, jemand hätte dasselbe mit dir vor."

Er grinste wieder. „Das wäre mir egal, es käme nur auf das Ergebnis an."

Jungs, dachte sie kopfschüttelnd, was sind das nur für seltsame Geschöpfe! Was für Gedanken setzten sich bloß mitunter in ihren Köpfen fest. Manchmal schienen sie wirklich nicht ganz bei Trost zu sein, - da konnte man hinsehen, wohin man wollte: Ob Martin, Ricky und jetzt Rolf und Michael... Es war überall dasselbe.

*

Es war die kleinere der Dunkelkammern, in die sich Leonie zurückgezogen hatte, dort war meistens weniger los, als in der großen, und man hatte mehr Ruhe beim Arbeiten. Sie hatte gerade alles gerichtet, was sie brauchte, hatte schon Entwickler und Fixierbad angesetzt, als Frau Rehberg die Tür einen Spaltbreit öffnete und den Kopf hereinsteckte. Vom hellen Tageslicht kommend hatte sie noch Schwierigkeiten, im Rotlicht etwas zu erkennen. „Leonie, sind Sie da?"

„Ja, ich bin hier."

„Ich muß mit Ihnen reden. Kommen Sie doch bitte mal zu mir rüber. Vielleicht können Sie sich ein paar Minuten Zeit nehmen."

„Ich komme sofort, ich habe noch gar nicht richtig angefangen", sagte Leonie. „In zwei Minuten, ist das in Ordnung?"

„Das ist gut", war die Antwort, dann war die Tür wieder zu.

Leonie wunderte sich, sie konnte sich nicht vorstellen, was die Lehrerin von Ihr wollte. Was gab es, was sie ihr nicht gleich hier hätte sagen können? Oder schon heute früh? Was hatte nicht Zeit, bis sie in der Dunkelkammer mit allem fertig gewesen wäre und wieder herauskam?

Sie ärgerte sich auch ein bisschen darüber, dass sie das Fertigstellen ihrer Fotos nun auf später verschieben mußte, denn sie hatte sich darauf gefreut, weil sie wußte, dass ihr ihre Aufnahmen gut gelungen waren.

Frau Rehberg saß an ihrem Schreibtisch und wartete schon auf sie, und daneben, - Leonie mußte blinzeln, - stand ein Polizist in Uniform. Sie überlegte, ob sie etwas falsch gemacht hatten, als sie das letzte Mal in Ostberlin gewesen waren. Dann registrierte sie aber, dass es keine DDR-Uniform war, die der Mann trug, demnach konnte er kein Vopo sein. Nun aber erschrak sie erst recht, denn ihr nächster Gedanke galt ihren Eltern. War ihnen etwas passiert?

„Setzen Sie sich, Leonie", sagte Frau Rehberg und wies auf den Stuhl vor ihrem Schreibtisch. Durch ihren ernsten Ton und die Anwesenheit des Polizisten überfiel Leonie nun Panik. Sollte Mama oder Papa tatsächlich etwas zugestoßen sein? Ihr Herz fing an zu rasen vor Angst, und alles Blut war ihr aus dem Gesicht gewichen.

„Ich muß Sie etwas fragen, Leonie," sagte Frau Rehberg. Leonie atmete tief durch. Gut, wenn sie nur etwas fragen wollte, dann war das besser, als wenn sie ihr konkret etwas mitzuteilen hätte, dachte sie. „Ja?"

„Auf dem Flur im zweiten Stock hängt ein großes Foto von Ihnen an der Wand. Soviel ich weiß hat es eine Schülerin aus dem vierten Semester aufgenommen."

„Ja, die Eveline Roth. Ich habe nicht gewußt, dass es auf dem Flur hängt."

„Darauf tragen Sie ein grünes Kleid und passenden Schmuck dazu. Erinnern Sie sich?"

„Ja." Leonie hatte keine Ahnung, worauf sie hinauswollte.

„An ihrem Handgelenk tragen Sie einen breiten silbernen Armreif mit grünen Steinen."

„Ja, die Eveline, die die Aufnahme gemacht hat,

hat ihn extra ausgesucht, weil das Grün der Steine so gut zum Grün meines Kleides passte."

„Er hat Ihnen also nicht gehört, der Armreif?"

„Nein."

Der Polizist kam einen Schritt näher. „Wem hat er dann gehört, wenn nicht Ihnen?" Und Frau Rehberg vermutete: „Vielleicht der Eveline Roth?"

„Nein, ihr auch nicht."

Leonie, die sich wieder ein wenig beruhigt hatte, als nun sicher war, dass es nicht um ihre Eltern ging, überlegte und ließ den Tag der Aufnahme noch einmal vor ihrem geistigen Auge vorüberziehen.

„Evelines Aufgabe lautete: ,Portrait-Foto, ganze Figur'", erinnerte sie sich. „Weil ihr mein Kleid so gut gefallen hat, wollte sie unbedingt ein Foto davon machen. Wir sind dann in einen Arbeitsraum der Modeschülerinnen gegangen, weil sie die Atmosphäre eines Modesalons einfangen wollte. Man sollte im Hintergrund die Kleiderständer sehen…"

„Und dann?", fragte Frau Rehberg gespannt.

„Während ich ihr Modell saß, fragte sie mich, ob ich keinen passenden Schmuck dazu hätte. Irgendein hübsches Schmuckstück, das dem Kleid eine besondere Note gäbe. Aber ich trage selten

Schmuck, deshalb hatte ich nichts, was wir für die Aufnahme hätten verwenden können." Einen Augenblick lang hielt sie inne und erinnerte sich wieder ganz genau an jenen Tag. „Eine der Mode-Schülerinnen sagte dann, sie könne uns helfen, und kurz darauf brachte sie uns den Korb mit den Fundsachen. Dort fanden wir dann, was wir suchten: Der Armreif war genau das Richtige. Wir waren ganz begeistert, weil er so gut zu meinem Kleid passte…"

Frau Rehberg lehnte sich aufatmend in ihrem Stuhl zurück und lächelte dem Polizisten zu. „Mein Gott, da fällt mir aber ein Stein von der Seele", sagte sie. „Da müssen Sie wohl mal in der Modeklasse nachfragen."

Leonie verstand nicht gleich, worum es ging, aber der uniformierte Mann versuchte, es ihr zu erklären. „Wir haben eine Anzeige bekommen. Eine junge Frau aus der Mode-Abteilung, deren Armreif seit einiger Zeit verschwunden war, hatte ihn auf dem Foto an Ihrem Handgelenk erkannt. Sie dachte, er sei ihr gestohlen worden, - aber wie es aussieht, hatte sie ihn wohl verloren."

Frau Rehberg lächelte wieder. „Sie glauben nicht, wie erschrocken ich war, als dieser Herr versucht hat, mir zu erklären, dass eine meiner Schülerinnen vermutlich etwas gestohlen hätte."

Leonie sprang auf. „Nein, nein, der Armreif war aus dem Korb mit den Fundsachen", bestätigte sie noch einmal, „und da hinein haben wir ihn auch wieder gelegt, nachdem die Eveline mit den Aufnahmen fertig war."

Der Polizist lächelte. „Da muß ich mich wohl entschuldigen. Aber wir müssen halt jedem Hinweis nachgehen, wenn wir einen solchen Zwischenfall gemeldet bekommen."

Man konnte Frau Rehberg ansehen, wie erleichtert sie war. „Es ist in Ordnung, Leonie, machen Sie sich keine Gedanken mehr", sagte sie, und der Polizist meinte: „Es tut mir leid, dass ich ihnen einen Schrecken eingejagt habe. Natürlich denkt man zuerst mal, dass diejenige, die den Schmuck trägt, auch die Besitzerin ist oder sich als solche ausgibt. Doch hier liegen die Dinge wohl ein bisschen anders. Ich werde mich gleich mal mit der Mode-Abteilung in Verbindung setzen."

Er gab ihr sogar die Hand und meinte: „Ich wünschte, wir könnten alle Fälle so rasch aufklären."

Als er gegangen war, wollte sich Leonie das besagte Foto im zweiten Stock nun auch einmal ansehen, sie kannte es ja nur im kleineren Fotoformat 13/18. Eveline hatte es ihr gezeigt, und sie fand schon damals, dass es ihr ganz besonders gut gelungen war. Sie war sogar ein bisschen stolz gewesen, weil sie der Meinung war, dass sie darauf ganz besonders vorteilhaft ausgesehen hatte.

Gespannt bog sie in den Flur ein, auf dem das Foto hängen sollte, als sie plötzlich vor einer demolierten Pendeltür stand. Sie pendelte nicht mehr, jemand hatte sie geöffnet und die beiden Flügel rechts und links an der Wand befestigt, weil das Glas auf einer Seite gesprungen und teilweise herausgebrochen war, als wäre jemand mit einem spitzen harten Gegenstand direkt dagegengelaufen. Fasziniert blieb sie davor stehen und sah sich das bizarre Muster an, das bei dem Bruch entstanden war. In der Mitte der Scheibe prangte ein Loch, drum herum liefen, von allen Seiten, spitze und scharfe Zacken darauf zu. Das Licht vom Fenster brach sich in den Bruchstellen und ließ die gläsernen Speerspitzen gefährlich funkeln. ‚Glas!', dachte Leonie, ‚das ist es! Dies hier wird meine Glas-Aufnahme werden.'

Im ersten Augenblick wollte sie gleich kehrt machen und ihre Camera holen, doch dann fiel ihr das Mode-Foto wieder ein, um dessentwillen sie heruntergekommen war. Mit dem Glas-Foto konnte sie sich Zeit lassen, die Pendeltür würde sicher nicht schon in den nächsten Minuten wieder repariert werden.

Und dann stand sie vor dem Bild, das sie in ihrem grünen Kleid zeigte. Noch nie hatte sie sich auf einem so großen Foto gesehen. Es erinnerte sie an die Bilder der Filmstars, die im Foyer ihres Lieblingskinos in Oldenburg hingen: Horst Buchholz, Doris Day, Rock Hudson, Gary Grant… Für einen kurzen Augenblick fühlte sie sich ihnen zugehörig, denn Eveline hatte ein wahres Kunstwerk geschaffen. Dann fiel ihr Blick auf den Armreif an ihrem linken Handgelenk, und das brachte sie in die Wirklichkeit zurück. Es war tatsächlich ein sehr schönes Schmuckstück, die grünen Steine leuchteten und passten wunderbar zum Grün ihres Kleides. Doch nie wieder würde sie sich dieses Foto ansehen oder auch dieses grüne Kleid tragen können, ohne daran erinnert zu werden, dass man sie deshalb beinahe des Diebstahls bezichtigt hätte. Sie seufzte tief. Gott sei Dank hatte sich der Fall geklärt. Jetzt kam es darauf an, was sie aus der zerbrochenen Glasscheibe machte.

Kurz darauf kam sie mit Camera, Stativ und einer Lampe zurück zur Flügeltür und ließ sich viel Zeit, den richtigen Blickwinkel zu finden, das Licht so einzustellen, dass die spitzen Zacken des

Glases gefährlich hervortraten und von den Bruchstellen der Scheibe ein beunruhigendes Glitzern ausging. Sie machte fünf verschiedene Aufnahmen, und als sie die Negative später entwickelte, war sie sicher, dass es, dank des Modefotos auf dem Flur, ein Glücksfall gewesen war, dass sie auf die zerbrochene Scheibe der Pendeltür gestoßen war.

*

Schade, dass Jenny an Elfie geraten war, dachte Leonie manchmal. Ausgerechnet an Elfie, für die die Ausflüge in die Bars auf dem Ku'damm normal zu sein schienen. Im Grunde konnte es ihr egal sein, dennoch fand sie es traurig, dass sie ein naives und leicht zu beeinflussendes Mädchen wie Jenny in ihre Geschichten hineinzog, dass sie ihr ein Leben vorgaukelte, das eigentlich gar nicht zu dem einfachen Mädchen aus Lemgo passte. Doch das war nicht das einzige, was Leonie an Elfie störte. Sie wußte, dass sie in ihrer Überheblichkeit sehr verletzend sein konnte, wenn es um jemanden ging, den sie nicht mochte und nicht akzeptierte. Wie Ricky zum Beispiel. Allein durch seine Hautfarbe hatte er bei ihr verloren.

Ricky, der Eigenbrötler. Leonie hatte sich vorgenommen, auch ihn einmal zu fragen, ob er nicht Lust hätte, an den Spieleabenden bei Isabell teilzunehmen.

Sie sah ihn im Aufziehraum sitzen, wo er einige seiner bereits aufgezogenen Fotos beschriftete. Obwohl er sich die meiste Zeit allein mit den vorgeschriebenen Aufgaben beschäftigte, schien er doch weiter zu sein, als alle anderen. In Bezug auf die Beschriftung war er sehr genau und arbeitete sehr akkurat. Er tauchte die Feder nicht zu tief in die Tusche und streifte das, was zuviel daran haften blieb, vorsichtig am Rand des Glases wieder ab, um keine Kleckse auf dem weißen Karton zu hinterlassen.

Leonie sah ihm gern zu. Sie mochte die Ernsthaftigkeit, mit der er an seine Aufgaben heranging. Sie mußte lächeln über die zusammengepreßten Lippen, wenn er sich Gedanken über etwas machte. Er hatte einen hübschen Mund, fand sie, sie konnte sich vorstellen... Nein, sie sollte jetzt nicht an so etwas denken. Gerade wollte sie sich abwenden, als sie Elfie und Jenny vom Flur her hereinkommen sah. Sie stutzte und fragte sich, was sie wohl von ihm wollten.

Ricky beachtete sie gar nicht, ließ sich von

keiner der beiden beirren, - nicht einmal, als Elfie dicht hinter ihm stehenblieb und ihm über die Schulter schaute. Sie beugte sich ein wenig zu ihm hinunter. „Schön mach er das, der Schoko-Boy", sagte sie, „komm, Jenny, sieh dir das an." Und dann zog sie ihre Begleitung so heftig neben sich, dass sie an Rickys Arm stieß, und er eine lange schwarze Linie über das Foto und den Karton zog. Jenny hatte wenigstens den Anstand, zu erschrecken und sich zu entschuldigen, - Leonie nahm ihr sogar ab, dass sie es ernst meinte und es ihr wirklich leidtat. Doch Elfie hatte damit genau das erreicht, was sie hatte erreichen wollen.

„Oh mein Gott, Schoko-Boy, das ist aber schade. Jetzt mußt du wohl alles noch mal ganz neu machen."

Ricky schloss eine Sekunde lang die Augen und atmete tief. Er sagte nichts, - kein einziges Wort. Ganz ruhig schraubte er sein Tuscheglas zu, schob den verdorbenen Karton mit dem unbrauchbaren Foto in seine Mappe und erhob sich.

Elfie und Leonie begegneten einander in der Tür, - die eine zufrieden grinsend, die andere kochend vor Wut.

„Mach dir nichts draus, Ricky", sagte Leonie laut und deutlich, „Trampeltiere können nicht anders, wenn sie mal ohne ihren Mercedes unterwegs sind." Die damit Gemeinte wollte etwas antworten, doch ihr schien nicht so schnell das Richtige einzufallen. Jenny blieb erschrocken ein paar Schritte hinter ihr zurück.

Natürlich hatte Leonie nicht erwartet, dass sich Ricky über ihr Manöver gegen Elfie lauthals freuen würde, aber sie fand, dass er zumindest hätte zeigen können, dass es ihm guttat, sie auf seiner Seite zu wissen.

„Hast du heute Abend Zeit, Ricky?", fragte sie ihn, nachdem Elfie und Jenny nicht mehr zu sehen waren.

Zuerst kam ein „Nein", dann erst ein „Warum?"

„Bist du ein Spieler?"

„Wie meinst du das?"

Sie lachte. „Ganz einfach. Wenn du gern spielst, Mühle, Dame, oder Mensch-ärgere-dich-nicht..., dann..."

„Da kenne ich mich nicht aus."

„Hast du das als Kind denn nie gespielt?"

„Nein."

„Nein?"

Er zuckte die Schultern. „Nein"

„Was habt ihr *dann* gespielt?"

„Ich hatte wenig Zeit zum Spielen."

„Dann mußt du es unbedingt nachholen, es

macht nämlich riesig viel Spaß."

„Ich weiß nicht."

„Komm doch einfach mal mit zum Spieleabend bei Isabell. Heute Abend um acht?"

Er besann sich. „Nein, nicht heute."

„Gut, dann nächstes Mal. Ich werde dich daran erinnern."

Er hob noch einmal die Schultern, für ihn war dieses Thema vorerst erledigt.

*

Da die Zwischenprüfung für Anfang März festgesetzt worden war, mußten die meisten der gestellten Aufgaben so langsam fertig werden.

Es schien, als wäre die Klasse in zwei Gruppen geteilt: In diejenigen, die sich am Anfang viel Zeit gelassen und für jeden Unsinn zu haben gewesen waren und nun Angst hatten, nicht mehr alles rechtzeitig zu schaffen, und diejenigen, die zuerst einmal ernsthaft an die Aufgaben herangegangen waren und nun Zeit hatten, alles ein bisschen ruhiger und lockerer anzugehen. Und die waren es dann auch, die es ausnutzten, wenn Frau Rehberg einmal für kurze Zeit nicht anwesend war. Dann alberten sie auf den Fluren herum und benahmen sich, als wären sie in einem

Kindergarten anstatt in einer Berufsschule. Vor allem die zwei Spaßvögel Rolf und Michael, die trieben es ganz besonders bunt.

Als Leonie, aus der Mensa kommend, die Treppe hinaufstieg und den überdurchschnittlich hohen Lärmpegel in den Fotoräumen gewahr wurde, wunderte sie sich. Es wurde gekreischt, geschrien und gelacht. Anfangs dachte sie, es gäbe vielleicht etwas zu feiern, deshalb fragte sie Sabine, die ihr am nächsten stand. „Was ist denn los? Warum sind alle so aufgedreht?"

Ein Lachen war die Antwort. „Keine Ahnung, die Jungs haben heute wieder mal nur Blödsinn im Kopf, und da sich Frau Rehberg für ein paar Minuten abgemeldet hat, nutzen sie das aus."

Im nächsten Augenblick klatschte Leonie ein nasser Schwamm mitten ins Gesicht. Es war ekelhaft, denn er stank nach Entwickler und Fixierbad. „Igitt!" Sie versuchte, sich mit erhobenen Armen gegen weitere Geschosse zu wehren. „Seid ihr denn verrückt geworden? Das ist ja widerlich."

Zum Glück bekam sie das Handtuch zu fassen, das über Sabines Schulter hing und trocknete sich das Gesicht ab. Aus den Augenwinkeln sah sie, dass weitere Geschosse im Anmarsch waren und konnte rechtzeitig ausweichen. Sie sah aber auch, dass der Angriff nicht ausschließlich ihr galt, sondern dass es nur Rolf und Michael waren, die sich gegenseitig mit diesen Waffen bekämpften und dabei in Kauf nahmen, dass sie auch auf anderen Köpfen und in anderen Gesichtern landeten. Sie lachten und grölten dabei, und je mehr die Getroffenen aufschrien, desto mehr Spaß hatten sie.

,Na warte', dachte Leonie. Sie schnappte sich einen der Schwämme, die neben ihr auf dem Boden gelandet waren und tunkte ihn noch einmal in eine der Wasserschalen, die auf dem Arbeitstisch vor dem Fenster standen. Eigentlich hätte sie kein Wasser mehr gebraucht, denn er war immer noch reichlich getränkt mit dem Chemikaliencocktail, doch... Doppelt hält besser, dachte sie. Er tropfte, als sie ihn in der offenen Hand zu Michael hinübertransportierte und ihn anschließend auf seine Nase klatschte. Er heulte wie ein getretener Hund, - schließlich machte es weniger Spaß, wenn man die Behandlungen, die man mit Vergnügen anderen zugefügt hatte, nun über sich selbst ergehen lassen mußte.

„Könnt ihr euch nicht einen anderen Sport ausdenken?", rief Sabine dazwischen. „Vielleicht rennt ihr lieber mal eine Weile im Aufziehraum um die Tische herum, um euch abzureagieren."

Rolf hätte wahrscheinlich gern weitergemacht, doch ohne seinen Partner Michael machte es auch ihm keinen rechten Spaß mehr. Der hatte sich jedoch, kaum, dass er sich abgetrocknet hatte, bereits ein neues Spiel ausgedacht. Er hatte sich eines der großen schwarzen Dunkeltücher, die für die klobigen Cameras gebraucht wurden, gegriffen und sich darunter versteckt. Dann rannte er damit wie ein Irrer durch die Räume und versuchte immer wieder, einen der Mitschüler mit dem Tuch einzufangen. Hätte er gerufen: „Ich bin Graf Dracula, und ich erwische euch alle!", hätte das sicher jeder begriffen, aber er rief: „Ich bin Mr. Grieneisen, ihr entkommt mir nicht!" Und das verstanden nur die, die sich inzwischen bis zu einem gewissen Grad in Berlin eingelebt hatten und auskannten, denn Grieneisen, das war das größte und bekannteste Beerdigungsinstitut, das es zu jener Zeit in Westberlin gab. Vor allem die Mädchen suchten schreiend das Weite.

Doch dann war irgendwann urplötzlich Schluß. Entweder kannte Frau Rehberg das Spiel nicht, oder sie hatte keine Lust, mitzumachen, - dazu kam, dass Michael unter seinem schwarzen Tuch nicht genau ausmachen konnte, wen er verfolgte und wen er schließlich erwischt hatte.

Frau Rehberg packte ihn an den Schultern. „Kinder, Kinder, jetzt ist aber Schluß!", sagte sie laut und deutlich.

Michael kam erstarrt und mit hochrotem Kopf unter seinem schwarzen Tuch hervor.

„Oh, Entschuldigung", stammelte er, und es ärgerte ihn, dass ihm aus allen Richtungen spöttisches Gekicher entgegenkam.

Zum Glück war Frau Rehberg keine, der man mit einem schwarzen Tuch Angst einjagen oder den Tag verderben konnte. Mit Sicherheit hatte auch sie sich ein Lachen verkneifen müssen.

*

Gegen Ende Februar sahen nicht nur die angehenden Fotografen aufgeregt einer Prüfung entgegen. Zwar war es bei ihnen nur eine Zwischenprüfung, sie hatten die Hälfte der Ausbildungszeit geschafft, doch für viele andere Schüler der Johannes-Lichter-Schulen ging es um sehr viel mehr: Das Ende ihrer Ausbildungszeit und somit die große Abschlussprüfung. Danach bekamen sie den Gesellen- oder Gehilfenbrief ausgehändigt, mit dem sie sich dann um einen Arbeitsplatz bewerben konnten.

Hanna hatte ihre praktische wie auch ihre

schriftliche Prüfung mit einem guten Ergebnis bestanden, - jetzt war sie eine staatlich anerkannte Chemielaborantin. Natürlich war sie froh und glücklich, dass alles gut zu Ende gegangen war, doch nun mußte sie sich darauf vorbereiten, Berlin zu verlassen, und das fiel ihr sichtlich schwer. Auch sie hatte in den vergangenen zwei Jahren Freunde gefunden, die nun in alle Himmelsrichtungen verstreut werden würden. Obwohl sie anfangs daran gedacht hatte, in Berlin zu bleiben und sich bei der Firma Schering, einem bekannten Hersteller von Arzneimitteln, zu bewerben, entschloss sie sich schließlich aber doch dafür, zu gehen und ein ganz neues Kapitel in ihrem Leben aufzuschlagen. Sie hatte einen Platz bei der BASF in Ludwigshafen bekommen, und darauf war sie ganz besonders stolz, weil schon ihr Großvater in diesem Chemie-Unternehmen gearbeitet hatte, - das zu seiner Zeit allerdings noch ‚I.G.Farben' hieß.

„Dass jetzt auch ich dort arbeiten werde, hätte ihn sicher sehr gefreut, wenn er es noch erlebt hätte", sagte sie traurig, „obwohl sich bestimmt vieles verändert hat seit damals."

Zum Abschied wollten Leonie und Hanna, die beiden Zimmernachbarinnen noch einmal zusammen etwas kochen, und zwar richtig, - nicht nur auf Hannas kleinem Zweiplatten-Kocher. Sie übernahm es dann auch, das Fräulein von Fischbeck zu fragen, ob sie die Küche benutzen durften, - und tatsächlich erhielten sie die Erlaubnis. Jedoch nicht, ohne sich vorher anhören zu müssen, worauf sie zu achten und was sie zu befolgen hatten. Doch schließlich lächelte sie sogar ein wenig und wünschte ihnen „Gutes Gelingen", obwohl zu jenem Zeitpunkt noch gar nicht genau feststand, für welches Gericht sich Hanna und Leonie entscheiden würden.

Die Küche war, wie meistens in diesen alten Berliner Stadthäusern, sehr groß. Von den Wohnräumen aus, führte oft ein kleiner Gang in den Dienstboten-Trakt, zu dem, neben den Zimmern des Personals, auch eine große Küche gehörte, in der ja für die ganze Gemeinschaft gekocht werden mußte. Am Ende des Ganges gab es eine kleine Treppe, die früher die Dienstboten benutzt hatten, um das Haus zu betreten oder zu verlassen, ohne die Herrschaft zu behelligen. Da das Fräulein von Fischbeck aber allein war und die Oberaufsicht der ganzen Wohnung übertragen bekommen hatte, wurde die hintere Tür im Dienstbotentrakt nicht benutzt und war deshalb immer verschlossen, - obwohl auch ihr eigenes Zimmerchen in diesem Bereich lag.

Zuerst dachten Leonie und Hanna an ein aufwändiges klassisches Menü mit Braten, Salzkartoffeln, Soße und Gemüse, - letztendlich erinnerten sie sich aber daran, dass sie beide weder starke Esser noch erfahrene Köchinnen waren. So gab es schließlich nur Bratkartoffeln und Schnitzel mit Gemüse aus der Dose. Für Hanna durfte natürlich auch der Rotwein nicht fehlen, während Leonie sich mit einem Malzbier zufriedengab, damit es nicht immer nur Cola war. Und so hatten sie trotzdem einen schönen Abend und sehr viel Spaß miteinander.

Am nächsten Tag begleitete Leonie Hanna noch zur U-Bahnstation *Bayerischer Platz*. Als sie sich verabschiedeten, heulten sie beide ein bisschen, aber Hanna versprach, ausführlich zu schreiben und über ihr neues Leben zu berichten, wenn sie sich erst einmal ein bisschen eingelebt hatte, - in der Stadt Ludwigshafen wie auch in der Firma.

Leonie war immer noch traurig, als sie zurück in die Bamberger Straße kam und sich vorstellte, dass das Zimmer nebenan nun leer war und niemand mehr an die Tür über dem Schrank klopfen würde. Zumindest solange nicht, bis eine neue Schülerin von den Johannes-Lichter-

Schulen einziehen würde, die dann hoffentlich genauso nett war, wie Hanna.

Doch das klappte leider nicht. Zwar hatte die Schule eine neue Zimmernachbarin geschickt, - kaum, dass Hanna ausgezogen war, - jedoch eine, die in keiner Weise mit Hanna zu vergleichen war. Es war ja nicht so, dass Leonie voreingenommen gewesen wäre oder skeptisch, - selbst dann nicht, als sie erfuhr, welchem Ausbildungszweig die Neue angehörte. Sie hätte alles vergessen, was sie jemals über die Mode-Schülerinnen gehört und erfahren hatte, wenn sie nett und freundlich gewesen wäre. - Das war sie jedoch nicht. Im Gegenteil, es schien, als hätte sie das auch gar nicht vor, denn meistens zog sie sich schnell in ihr Zimmer zurück, wenn sie merkte, dass sie Leonie begegnen könnte. Sie machte nicht einmal den Versuch, mit ihr zu reden oder herauszufinden, wer sie war. Ob es daran lag, dass sie sich schon rein äußerlich sehr voneinander unterschieden? Hielt sie Leonie für zu langweilig und zu bieder, weil sie nicht auch der Mode entsprechend geschminkt und zurechtgemacht war? Oder gab es einen anderen Grund? Leonie seufzte. Es passte einfach nicht zwischen ihnen, und das war schade, fand sie. Doch da konnte man nichts machen. Manchmal wußte man einfach nicht genau, woran es lag, dass eine Freundschaft entstand oder auch nicht.

Von Hanna dagegen kam ein langer und ausführlicher Brief, in dem sie ihr erzählte, wie gut es ihr auf ihrer neuen Arbeitsstelle gefiel und wie glücklich sie war, - auch, weil sie sich gleich in der ersten Woche in einen ihrer neuen Kollegen verliebt hatte. Das freute Leonie, und sie beschloss, ihr im Antwortbrief mitzuteilen, dass es ihr ähnlich ging, nämlich dass es auch für sie jemanden gab, in den sie sich heftig verliebt hatte.

10.

An einem Freitag, gleich am frühen Morgen stand der theoretische Unterricht auf dem Stundenplan. Hinter ihren Fachbüchern und Heften hatte Eva all die Dinge versteckt, die sie für die Nacht in der Weinhauerstraße brauchen würde. Nun fiel es ihr schwer, sich auf das zu konzentrieren, was Uli vorn an der Wandtafel erklärte. Er rief sie ein paarmal auf, und das nahm sie ihm fast übel, weil er doch wissen mußte, wie aufgeregt sie war.

„Wie lang muß in diesem Fall die Brennweite sein, Eva?"

Sie schaute ihn hilflos an. „Ich habe nicht zugehört", sagte sie leise, „bitte entschuldigen Sie." Doch ihr Blick sagte: ,Wie kannst du nur so tun, als sei heute ein Tag wie jeder andere?'

„Was ist denn heute mit Ihnen los, Eva? Sie müssen in Zukunft besser aufpassen", meinte er, aber in seinen Augenwinkeln saß ein Zwinkern, und das war ganz allein für sie bestimmt.

Leonie war die einzige, die wußte, was wirklich mit ihr los war, obwohl ihr noch immer nicht klar war, ob es tatsächlich um Ulrich Krüger ging.

Sie trafen sich in der Dunkelkammer, als endlich endlich die Stunde vorüber war, und sich beide der Entwicklung ihrer Aufnahmen widmen konnten.

„Oh mein Gott, ich bin so aufgeregt", flüsterte Eva Leonie zu. „Ich weiß gar nicht, wie ich dir danken soll, dass du mitspielst und mir hilfst."

„Das ist doch selbstverständlich. Ich kann mir vorstellen, wie du dich fühlst. Keine Angst, es wird bestimmt alles klappen."

„Ich hoffe nur, mein Vater versucht nicht, dich

anzurufen."

„Warum sollte er. Er weiß doch, wo du bist, und er kennt mich jetzt. Ich kann mir nicht vorstellen, dass es irgendetwas geben könnte, was er unbedingt noch heute mit dir besprechen müsste. Etwas, das nicht auch Zeit bis morgen hätte."

„Oh Leo, du kennst meinen Vater nicht. Was machen wir, wenn er nun *doch* anrufen sollte?"

Leonie legte ihre Hand beschwichtigend auf ihren Arm. „Dann machen wir alles so, wie wir es besprochen haben, in Ordnung? Und jetzt mach dir keine unnötigen Sorgen mehr."

Rolf war Eva gefolgt, als sie vom Marie-Luise-Platz in die Martin-Luther-Straße in Richtung Straßenbahnhaltestelle einbog. „Hi Eva, trinken wir noch irgendwo schnell eine Cola?", fragte er sie, als er sie eingeholt hatte. Er hatte beschlossen, mit Eva zu reden, weil er wußte, dass sie Leonie besser kannte, als jedes andere der Mädchen in der Klasse. Über Eva hoffte er mehr über sie zu erfahren, und vor allem herauszufinden, wie seine Chancen bei ihr standen. Ob es Leonie wirklich so ernst mit dem Freund meinte, den sie einmal kurz erwähnt hatte? Oder hatte sie das nur so gesagt, um ihn ein bisschen zu verwirren? Wußte Eva mehr darüber?

Doch Eva lehnte seine Einladung ab und schüttelte den Kopf. „Tut mir leid, Rolf, ich habe jetzt überhaupt keine Zeit."

„Was hast du denn vor? Gehst du noch nicht nach Hause?"

„Nein, ich muß noch eine Bekannte besuchen."

„Ich könnte dich begleiten, und dann könnten wir unterwegs ein bisschen reden."

„Das wäre ziemlich umständlich, sie wohnt ein ganzes Ende weg von hier, ich muß mit der Bahn fahren."

„Und wenn ich mitkäme?"

„Wenn du mit mir reden willst, dann ist die Bahn ganz sicher nicht das Richtige. Worüber willst du denn überhaupt mit mir reden?"

Er wandt sich ein wenig. „Es geht um..."

Eva lachte. „Ich kann mir schon denken, um wen es dir geht. Ganz sicher nicht um mich." Und bevor er antworten konnte, fügte sie hinzu: „Wenn es um Leonie geht, dann solltest du lieber direkt mir ihr reden. Ich weiß auch noch nicht so sehr viel über sie. Wenn es aber doch etwas anderes sein sollte, worüber du dich mit mir aussprechen möchtest, dann könnten wir uns morgen in der Kantine zusammensetzen."

Er seufzte, lachte aber, weil er sich durchschaut fühlte. „Gut, dann…"

„Oh, da kommt meine Bahn!"

Es war die falsche, doch sie wollte Rolf so schnell wie möglich loswerden.

„Also gut, Eva", meinte er und blieb einen Schritt zurück. „Wir sehen uns dann morgen."

„In Ordnung, Rolf. Bis morgen."

Sie wollte nicht gleich an der nächsten Haltestelle wieder aussteigen, weil sie fürchtete, er könnte doch unbemerkt in einen anderen Wagen der Bahn gestiegen sein. Erst an der übernächsten stieg sie wieder aus, um auf die richtige Linie zu warten. Dadurch hatte sie allerdings fast eine halbe Stunde verloren, als sie atemlos in der Weinhauerstraße ankam.

Jedesmal wenn sie, von der Haltestelle kommend, um die Ecke bog und den Wohnblock vor sich sah, nahm es ihr, - wie beim ersten Mal - fast den Atem. Immer noch. Unser Reich, dachte sie dann, seines und meines. Unser gemeinsames Zuhause.

Ihr Herz klopfte ihr bis zum Hals. Das letzte Stück wäre sie am liebsten gerannt.

Der Fahrstuhl war unterwegs, doch sie hatte keine Zeit zu warten, sie lief die Treppe hinauf, immer zwei Stufen auf einmal.

Ihre Hände zitterten ein wenig, als sie den Schlüssel aus ihrer Tasche nahm und aufschloss, als leise klickend die Tür nachgab.

Sie atmete tief, nun war sie zuhause. Bei ihm. Und er war schon da, seine Jacke hing an einem Haken im Korridor.

Vorsichtig drückte sie die Klinke zum Wohnzimmer hinunter. Er saß am Schreibtisch, hatte ihr den Rücken zugewandt, und sie sah die Chemie-Testarbeiten vor ihm liegen. Sie hatte ihn überraschen und ihm die Augen zuhalten wollen, doch der Anblick der Arbeitsblätter brachte sie ein wenig aus der Fassung. „Welche Note habe ich? Du mußt mir eine gute geben, ich glaube nicht, dass ich Fehler gemacht habe."

Er hatte sie kommen gehört und schaute sich lachend nach ihr um. „Langsam, langsam, soweit bin ich doch noch gar nicht", meinte er, stand auf, nahm sie in den Arm und küsste sie. „Hallo, mein Herz", sagte er zärtlich. Er knöpfte ihr die Jacke auf und half ihr, sie auszuziehen. Als er sich wieder setzte, zog er sie auf seine Knie. „Welche Note du hast? Keine Ahnung, ich habe nicht gespickt."

„Das glaub ich dir nicht."

„Hast du denn ein gutes Gefühl? Hast du alle Fragen beantworten können?"

Sie nickte. „Ich glaube."

„Und wenn ich dich jetzt frage…"

Sie zog ein Gesicht und hielt ihm den Mund zu. „Nein, nein, nicht hier. Hier bist du nicht mein Lehrer."

„Du weißt doch gar nicht, was ich dich fragen wollte."

„Was denn?"

„Ich wollte dich fragen… wie lieb du mich hast."

Sie lachte. „Oh ja, sehr."

„Wie sehr?"

„Mehr als alles auf der Welt."

Er nahm ihr Gesicht in beide Hände und küsste sie noch einmal. Dann stupste er sie auf die Nase, schob sie sanft von seinen Knien hinunter und sagte: „Sieh mal im Kühlschrank nach, vielleicht findest du etwas, was wir heute Abend essen könnten. Inzwischen werde ich nachsehen, ob mein Herzblatt eine gute Arbeit geschrieben hat."

„Wie bist du eigentlich dazu gekommen, Lehrer an der Johannes-Lichter-Schule zu werden?", fragte Eva später, rollte sich auf den Bauch und zog sich die Decke über die Schultern, weil ihr kalt war.

„Das hat sich einfach so ergeben."

„Erzähl mir davon." Sie rutschte zu ihm hinüber und lehnte sich an ihn. Er lachte und blies ihr ganz sacht den Rauch seiner Zigarette entgegen, bis sie die Nase krauste.

„Da gibt es gar nicht viel zu erzählen. Zuerst habe ich eine Fotografenlehre gemacht, das war mir aber in dem Betrieb, in dem ich damals gearbeitet habe, nicht interessant genug, deshalb beschloss ich, Journalistik zu studieren." Er machte eine Pause und ging in Gedanken den alten Zeiten nach. „Eigentlich hätte ich beides gut verbinden können", fuhr er fort, „aber während des Studiums lernte ich Barbara kennen. Zuerst sind wir eine Zeitlang zusammen in der Welt herumgereist, bis wir uns einig waren, dass wir sesshaft werden und heirateten wollten. Und dann kamen die Kinder."

Wieder schwieg er eine Weile. „Und als die Stelle eines Lehrers an mich herangetragen wurde, - das war damals in einer anderen, ganz normalen Berufsschule in Wilmersdorf, nahm ich sie an, weil ich meiner Familie ein gesichertes Leben bieten wollte. Nach der Scheidung schaute ich mich zwar nach einem Neuanfang um, aber inzwischen hatte ich mich so an Berlin gewöhnt, dass ich gar nicht mehr weg wollte. Während dieser Zeit kam das Angebot der Johannes-

Lichter-Schule. Und da es mir Spaß gemacht hatte, Lehrer zu sein, sagte ich zu."

Eva lachte. „Ich bin so froh darüber."

Er küsste sie. „Ich auch."

In diesem Augenblick läutete das Telefon. Eine Sekunde lang sahen sie sich nur an.

„Du mußt abnehmen", sagte Uli. „Von meiner Seite her kennt niemand dieses Nummer und keiner weiß, dass wir hier sind."

„Von meiner Seite auch nicht."

„Sagtest du nicht, dass Leonie…"

„Ja. Aber vielleicht ist es ja auch der Werner Baumgärtner?"

„Nein, nein, auch er kennt diese Nummer nicht. Aber selbst, wenn er es wäre, dann wäre es nicht schlimm, wenn er dich hören würde. Doch stell dir vor, es wäre Leonie, und sie würde meine Stimme erkennen."

Das Telefon klingelte hartnäckig weiter. Eva streckte die Hand nach dem Hörer aus und nahm ihn vorsichtig ab. „Ja?", fragte sie unsicher.

„Eva, bist du's?"

„Ja, Leonie. Was ist los?"

„Tut mir leid, dass ich euch stören muß, aber dein Vater hat grad bei mir angerufen."

„Oh mein Gott!"

„Kein Grund zu Aufregung. Wie ausgemacht

habe ich ihm gesagt, dir sei nach dem Abendessen plötzlich übel geworden, du hättest dich ein bisschen hingelegt und wärst dann eingeschlafen. Ich habe gesagt, dass ich gleich nach dir sehen werde, und dass du dich bei ihm meldest, sobald du wach bist. Ist das ok?"

„Ja, Leonie. Danke."

„Und das Fräulein Fischbeck..." Leonie lachte. „Ich habe ihm erklärt, sie sei meine Tante, schließlich feiere ich ja heute angeblich meinen Geburtstag. Jetzt bin ich in der Telefonzelle am Bayerischen Platz, das heißt, ich muß jetzt ganz schnell wieder zurück, um dich zu wecken."

„Ich weiß gar nicht, wie ich dir danken soll, Leonie." Eva war ganz durcheinander.

„Alles in Ordnung, Eva. Und vergiß nicht, deinem Vater zu erzählen, wie schlecht es dir ging."

„Papa?" Evas Stimme zitterte ein wenig, - das war jedoch kein Fehler, denn sie mußte ihm doch klarmachen, dass ihr nach dem Abendessen übel geworden war.

„Evi, mein Kind, was war denn los? Geht es dir wieder besser?"

„Ja, ich hatte mich ein bisschen hingelegt. Jetzt geht es wieder."

„Hast du was gegessen, was dir nicht bekommen ist? Ich habe mir Sorgen gemacht. Es war, als ob ich geahnt hätte, dass mit dir etwas nicht stimmt."

„Ich weiß auch nicht, woran es lag. Das Essen kann es nicht gewesen sein, schließlich haben alle Gäste dasselbe gegessen, wie ich."

Eva schluckte, es fiel ihr schwer, ihren Vater so massiv zu belügen, und die Tatsache, dass Uli neben ihr lag, verstärkte ihr Schuldgefühl noch um ein Vielfaches. „Du mußt die keine Sorgen mehr machen, Papa, hörst du?"

„Gut. Wann kommst du denn dann morgen nach Hause?"

„Nach dem Mittagessen, in Ordnung?"

„Um eins oder um zwei?"

„Sagen wir um zwei? Ich muß ja auch noch ein Stück mit der Bahn fahren."

„Ist denn niemand bei den Gästen, der dich nach Hause fahren könnte?"

„Ich weiß nicht, ich kenne ja niemanden von ihnen. Und ich weiß auch nicht, wer von ihnen über Nacht bleibt und morgen noch da ist. Ich nehme die Bahn, das ist das Sicherste."

„Dann sieh zu, dass du so losfährst, dass du wirklich um zwei Uhr zu Hause bist, sonst mache ich mir gleich wieder Sorgen, das weißt du. Und dann male ich mir das Allerschlimmste aus..."

„Ich bin doch kein kleines Kind mehr, Papa."

„Ich weiß, ich weiß, Mädchen. Aber ich kann halt nicht aus meiner Haut. Seit wir alleine sind..."

„Ja, Papa, dann lege ich jetzt wieder auf."

„In Ordnung. - Halt, Evi, noch eine Frage: Wer war denn die Frau an Leonies Telefon? Sie hat so seltsam reagiert."

Eva zuckte zusammen, dann versuchte sie, ihren Vater durch ein Lachen zu beruhigen. „Das war Leonies Tante. Du hast recht, sie ist eine seltsame Frau. Sie möchte sich am liebsten in alles einmischen. Leo hat erzählt, ehe sie gehört hatte, dass das Telefon klingelte, hat sie schon den Hörer abgehoben. - Papa, bitte, können wir nicht morgen darüber reden, wenn ich wieder zu Hause bin?"

„Ja, ja, du hast recht. Ich bin so froh, dass es dir wieder besser geht, aber ihr solltet ernsthaft darüber nachdenken, was es gewesen sein könnte, was dich krank gemacht hat."

„Ja, das werden wir, Leonie hat sich auch schon Gedanken darüber gemacht. Also dann bis morgen, Papa."

„Ja, bis morgen, Eva, mein Kind."

Uli nahm ihr den Höre aus der Hand und legte ihn zurück auf den Apparat, dann küsste er sie.

„Das hast du gut gemacht, mein kleiner Schatz. Aber ich glaube, für die Zukunft müssen wir uns etwas anderes einfallen lassen." Er bettete ihren Kopf an seine Schulter. „Versuche jetzt, ein bisschen zu schlafen, ich denke, die Gefahr ist vorüber. Er wird sich ganz sicher heute Nacht nicht noch einmal melden."

„Ich habe ein ganz schlechtes Gewissen. Er meint es doch nicht böse, er hat einfach nur Angst um mich."

„Das verstehe ich ja, aber allmählich sollte er sich daran gewöhnen, dass du jetzt erwachsen bist und alt genug, um dein eigenes Leben zu leben."

„Das wird er, Uli, ich muß ihm nur Zeit lassen. Und noch einmal mit ihm darüber reden."

Zwei Stunden später richtete sich Ulrich Krüger vorsichtig auf und lehnte sich an das Kopfende des Bettes. Im Zimmer war es fast dunkel. Er tastete nach seinen Zigaretten, die irgendwo auf dem Bücherregal liegen mussten, dabei warf er fast den kleinen Höhlenmenschen um, den Eva aus Kieselsteinen gebastelt hatte. Er rauchte in tiefen Zügen, achtete aber darauf, dass der Rauch das schlafende Mädchen neben sich nicht störte. Immer wieder betrachtete er sie, ihren nackten angewinkelten Arm auf dem Kopfkissen, die kindlich geballte Faust, die Flut dunkler Strähnen, die das Gesicht fast verdeckten... Er lächelte. Mit den Fingerspitzen berührte er ganz sacht ihre Hand, ihr Haar, ihre Wange, ihre Nase...

Sie bewegte sich ein wenig, dann vergrub sie ihr Gesicht noch tiefer im Kissen. Er konnte kaum beschreiben, was er in diesem Augenblick empfand. Das alles war so neu für ihn, so ganz anders, als alles bisher Erlebte. Dieses Wesen, das ihm da, - fast könnte man sagen, - ausgeliefert war, bedeutete ihm alles, war für ihn Kind und Geliebte zugleich, war so hilflos und hatte doch so viel Macht über ihn, dass er manchmal fast erschrak. Er beugte sich zu ihr hinunter und küsste sie behutsam auf die Wange. Er sah nicht gleich, dass sie die Augen geöffnet hatte, aber er hörte das feine Kratzen ihrer Wimpern auf dem Kissenbezug.

„Meine Kleine", sagte er zärtlich und legte den Arm um sie. Ein paar Sekunden lang bewegte sie sich nicht, doch dann richtet auch sie sich ein wenig auf und vergrub ihr Gesicht an seiner Brust.

„Du ahnst nicht, wie lieb ich dich habe", sagte er, ohne zu wissen, dass es gerade *das* war, was sie jetzt, in diesem Augenblick, von ihm hören wollte. Was sie jetzt hören *musste*.

„Ich möchte so gern... alles richtig machen", flüsterte sie.

Er hielt sie ganz fest. „Du *hast* alles richtig gemacht. Alles, was du tust, ist richtig, wenn du mich liebst."

Er langte hinüber zur Lampe, doch sie hielt seinen Arm zurück. „Laß es noch eine Weile dunkel."

„Du brauchst keine Angst zu haben vor dem Licht."

„Ich fühle mich sicherer im Dunkeln. Verstehst du das?"

Er streichelte ihren Rücken. „Natürlich verstehe ich das. Aber eines Tages wirst du begreifen, dass es nicht unsicher macht, den anderen zu sehen und von ihm gesehen zu werden. Im Gegenteil. In seinen Augen, in seinen Bewegungen, in seinem Körper zu lesen, - gerade *das* gibt dir dann Sicherheit und die Gewißheit..."

„Ich möchte so gern sein, wie du mich haben willst."

„Ich will dich so, wie du bist. Du darfst nicht denken, dass ich dich mit Barbara vergleiche. Du bist nicht Barbara, du bist Eva. *Meine Evi*, - und das ist wunderbar. Ich mag keine emanzipierten Frauen, ich mag sanfte anschmiegsame Wesen, wie du eines bist. Du glaubst nicht, wieviel du mir gibst, - genau deshalb, *weil* du so bist, wie du bist."

Er küsste sie noch einmal. „So, und jetzt schlaf noch ein bisschen. Ich werde dich wecken, wenn es Zeit zum Aufstehen ist."

Ganz in der Nähe der Weinhauerstraße, nur wenige Schritte von der Straßenbahnhaltestelle entfernt, gab es ein nettes Restaurant, das Uli schon einige Male aufgesucht hatte, seit er die neue Wohnung bezogen hatte. Dort wollte er mit Eva zu Mittag essen.

Nachdem sie ziemlich spät aufgestanden waren, geduscht und eine Kleinigkeit gefrühstückt hatten, waren sie noch durch die Hauptstraße gelaufen, hatten sich die Schaufenster angesehen und sich für eine Weile gefühlt, als lebten sie schon seit vielen Jahren als Paar zusammen hier in dieser Gegend. Eva versuchte, nicht daran zu denken, dass sie in wenigen Stunden wieder in der Bahn sitzen würde, um nach Hause zu fahren. In das andere Zuhause, zu ihrem Vater. Ohne Uli. Aber morgen nach der Schule würde sie wieder herkommen.

„Es ist so schade, dass du nicht länger bleiben kannst", sagte er zärtlich zu ihr, während sie auf ihr Essen warteten. „Vielleicht kannst du doch einmal mit deinem Vater reden und ihm sagen, dass du jetzt einen Freund hast, mit dem du dich hin und wieder treffen möchtest."

Eva seufzte. „Dann wird er dich kennenlernen wollen."

„Und du glaubst, dass er nicht mit mir einverstanden wäre?"

„Ach Uli, versteh doch. Er erwartet, dass jemand, den ich ihm als meinen Freund vorstelle, etwa in meinem Alter ist."

Er zog ein Gesicht. „Glaubst du nicht, dass wir ein paar Jahre ‚wegschwindeln' könnten?"

Sie lachte und schaute ihn zärtlich an. „Das schon, aber ehrlich gesagt, ich wollte gar keinen dieser Jungs, wie die in unserer Klasse. Irgendwann werde ich das meinem Vater klarmachen, und dann *muß* er es akzeptieren, wenn er mich nicht verlieren will."

Uli strich ihr über die Wange. „Und ich werde ihm klarmachen, dass ich mein Leben für dich geben würde, und dafür, mit dir zusammenzusein."

Nach dem Essen wurde Eva unruhig, sie hatte Angst, sie könnte die Bahn verpassen, die sie zur rechten Zeit nach Hause bringen würde.

„Wie spät ist es denn? Wenn ich nicht pünktlich

bin, könnte er Himmel und Hölle in Bewegung setzen."

Uli schaute auf seine Armbanduhr. „Du hast noch eine Viertelstunde Zeit, bis die richtige Bahn kommt", meinte er, „fünfzehn Minuten, mein Herz. Und jede Minute ist kostbar." Er zückte sein Portemonnaie. „Ich werde jetzt zahlen, dann bringe ich dich zur Haltestelle."

Er stand auf und lief zur Theke hinüber, um bei der Bedienung seine Rechnung zu begleichen. Währenddessen hatte sich auch Eva erhoben und ihre Jacke angezogen, die über der Stuhllehne hing. Nervös lief sie schon ein paar Schritte in Richtung Ausgang. Keinesfalls wollte sie zu spät nach Hause kommen, denn dann würde es in Zukunft noch sehr viel schwieriger werden, ein weiteres Wochenende mit Uli zu verbringen. Sie konnten nicht jedesmal mit der gleichen Ausrede kommen, wenn er anrufen sollte.

Als sie sah, dass Uli die Rechnung bezahlt hatte, seinen Geldbeutel wieder einschob und dann auf sie zukam, öffnete sie die Tür und trat hinaus auf die Straße.

„Evi, Liebes! Du hast noch Zeit", rief er ihr nach, während er ihr folgte. Bevor sie die Straße überqueren konnte, hatte er sie eingeholt und hielt sie am Arm zurück. „Evi, mein Schatz", sagte er zärtlich und nahm sie in den Arm. „Wir haben uns doch noch gar nicht richtig verabschiedet."

„Es tut mir leid, Uli. Aber ich fürchte, er lässt mich nie wieder alleine fort, wenn ich heute nicht pünktlich bin. Aber morgen, nach der Schule sehen wir uns doch wieder, dann komme ich zurück."

Sie erwiderte seinen Kuss, doch nur flüchtig, immer den Blick auf die Biegung der Straße gerichtet, an der in jedem Augenblick die Bahn hinter einem der Gebäude herumkommen mußte. - Und dann kam die Bahn. Sie machte sich von ihm los, und, obwohl er ihr noch zurufen konnte: „Das ist die Falsche, Evi!", hörte sie ihn nicht mehr und rannte los. Über die Fahrbahn, - gerade, als ein silberfarbener Sportwagen mit überhöhter Geschwindigkeit die Straße entlanggebraust kam... Ein Knall, quietschende Bremsen, das dumpfe Schleifen der Räder auf dem Asphalt... Wie eine Puppe war Eva erfasst und von der Motorhaube gegen die Frontscheibe geschleudert worden... Von dort aus rutschte sie herunter und blieb reglos auf dem Pflaster liegen.

Mit einem Aufschrei rannte Ulrich Krüger zu ihr hinüber, ging neben ihr in die Knie, hielt ihren Kopf ein wenig höher... „Evi, Liebling..." Er fuhr ihr sanft über die Wange, seine Hände wurden rot vom Blut, das ihr über die Lippen rann… „Evi, um Gottes Willen!"

Ihre Augen öffneten sich einen Spaltbreit, sie blinzelte, zitterte. „Uli", hauchte sie, er konnte es nicht hören, er sah es nur… Dann schloss sie die Augen und regte sich nicht mehr.

11.

Die Lehrerin Renate Rehberg wurde kurz vor Beginn des Unterrichts ins Sekretariat der Schulleitung gerufen, dort erfuhr sie, was passiert war. Sie war entsetzt, denn sie hatte Eva Haupert als nette, umgängliche und sehr fleißige Schülerin kennengelernt und gerngehabt. Sie überlegte, ob sie mit der Klasse über den Unfall und den Verlust der Mitschülerin reden sollte, entschied sich dann aber dagegen. Sie befürchtete, es könnte die jungen Leute in ihrem Eifer, ihr Aufgabenpensum rechtzeitig für die Prüfung zu schaffen, negativ beeinflussen.

Natürlich würde ihnen auffallen, dass Eva fehlte, doch es kam immer wieder einmal vor, dass jemand die Ausbildung, - warum auch immer, - mitten drin abbrach, ohne dass sie erfuhren, was der Grund dafür war. Meistens fiel es nur denjenigen auf, die mit der fehlenden Person befreundet gewesen waren und viel mit ihr unternommen hatten.

Sie schaute sich in der Klasse um, und ihr Blick fiel auf Leonie Herrmann. Sie schien noch nicht zu wissen, was geschehen war, denn sie alberte mit Rolf und Michael, den beiden Spaßvögeln, herum. Frau Rehberg wußte, dass Eva mit Leonie enger befreundet gewesen war, als mit einem der anderen Mädchen. Sie beschloss, ein Auge auf sie zu haben und für sie da zu sein, wenn sie von dem traurigen Zwischenfall erfahren sollte.

Leonie war enttäuscht gewesen, als sie Eva in der Schule nicht angetroffen hatte. Sie dachte, dass die Freundin doch eigentlich hätte wissen müssen, wie neugierig sie war, und dass sie unbedingt erfahren wollte, wie die Sache mit ihrem Vater gelaufen war. Hatte er den Hinweis auf eine Magenverstimmung akzeptiert, oder hatte er Näheres darüber erfahren wollen, als sie nach Hause gekommen war? Gleichzeitig konnte sie aber auch verstehen, dass sich Eva nach einem solch romantischen Wochenende verspätet hatte. Doch gegen zehn Uhr, als Eva noch immer nicht da war, und als den Schülerinnen und Schülern mitgeteilt wurde, dass der Theorieunterricht bei Herrn Krüger ausfallen würde, weil er krank sei, stutzte sie und eine bedrückende Ahnung überfiel sie. Sie hatte von Anfang an vermutet, dass Ulrich Krüger Evas geheimnisvoller Freund gewesen sein könnte, denn sie hatte doch längst bemerkt, wie verliebt sie in diesen Lehrer war. Sie fing an, sich Sorgen zu machen. Was war passiert?, fragte sie sich. Was war mit Evas Vater? Hatte er herausgefunden, wo sie sich aufgehalten hatte und mit wem? Hatte er ihr etwas angetan?

Schließlich hielt sie die Ungewissheit nicht mehr aus. Sie wartete einen Augenblick ab, in dem die Lehrerin allein an ihrem Pult saß.

„Frau Rehberg, wissen Sie, was mit Eva los ist?," fragte sie. „Sie ist immer noch nicht da. Haben Sie Nachricht, ob sie krank ist?"

Die Angesprochene sah sie einen Augenblick lang schweigend an, dann wies sie auf den Stuhl vor dem Schreibtisch. „Setzen Sie sich, Leonie," sagte sie.

„Ich mach mir wirklich Sorgen um sie, am Samstag habe ich doch noch mit ihr telefoniert, und wir hatten ausgemacht, dass sie mich am Sonntag zurückruft. Das hat sie aber nicht getan. Ist sie tatsächlich krankgemeldet worden? Was hat sie denn?"

„Es ist…", begann Frau Rehberg, „…es ist sogar noch ein bisschen schlimmer."

„Schlimmer?" Leonie war erschrocken. „Mußte sie ins Krankenhaus?" Sie wollte fragen, ob Evas Vater daran schuld war. „Hat er… Ich weiß, dass ihr Vater sehr streng war…"

Als die Lehrerin begriff, was Leonie befürchtete, schüttelte sie schnell den Kopf. „Nein, nein. Wie ich gehört habe, hat ihr Vater nichts damit zu tun. Sie hatte einen Unfall. Sie ist…, ein Auto hat sie beim Überqueren der Straße erfasst."

„Oh mein Gott!" Leonie war alle Farbe aus dem Gesicht gewichen. „Ist es sehr schlimm? In welches Krankenhaus hat man sie denn gebracht? Ich werde gleich zu ihr fahren."

Noch einmal schüttelte Frau Rehberg sacht den Kopf und legte ihr die Hand auf den Arm. „Nein, Leonie, Sie können sie nicht mehr besuchen."

„Warum nicht?" Es dauerte ein paar Sekunden, bis Leonie begriff. „Nein!" Sie schlug die Hände vors Gesicht. „Nein, nein" stammelte sie immer wieder. „Das kann nicht sein. Wir haben doch miteinander telefoniert..."

Frau Rehberg war aufgestanden und nahm sie in den Arm, besänftigend streichelte sie ihren Rücken. Gleichzeitig gab sie den Schülern, die sich ratsuchend an sie wenden wollten und nun die Köpfe zur Tür hereinsteckten, ein Zeichen, um ihnen zu signalisieren, dass sie später wiederkommen sollten. Betreten zogen sie sich zurück. Sie fragten sich, was Leonie widerfahren sein mochte, - keiner von ihnen dachte in diesem Augenblick an Eva.

Frau Rehberg entschloss sich nun aber doch, mit den Schülern zu reden. Sie gab bekannt, dass sie noch einmal in der Klasse zusammenkommen sollten, bevor sie nach Hause gingen. Es waren nicht mehr alle da, einige waren noch bei Außenaufnehmen unterwegs. Doch als sie bekannt gab, was sie von Evas Unfall gehört hatte, waren alle bestürzt und betroffen und gingen schließlich schweigend auseinander.

Leonie wünschte, sie hätte an diesem Abend jemanden zum Reden gehabt, und niemals, seit sie in Berlin war, hatte sie sich so einsam und allein gefühlt. Wenn Hanna noch dagewesen wäre, oder wenigstens eine nette Nachfolgerin, mit der sie sich gut verstand und mit der sie hätte reden können. Sie mochte auch nicht zu Hause anrufen, weil sie fürchtete, weinen zu müssen und ihren Eltern dadurch unnötige Sorgen zu bereiten. Auch die Klassenkameraden würden ihr nicht helfen können, denn die meisten von ihnen fühlten sich ähnlich bedrückt, wie sie selbst. Und ob Ricky sie verstehen würde, wenn sie ihm sagen würde, wie sie sich fühlte? Sie ging deshalb früh schlafen, war noch eine Weile in Gedanken bei Eva und weinte sich schließlich in den Schlaf.

*

Ende März hatte Rolf Geburtstag, es war sein fünfundzwanzigster. Er hatte alle Mitschüler in die *Waldklause*, ein kleines Restaurant im Grunewald, eingeladen. Unter ‚alle' verstand er tatsächlich alle Klassenkameraden einschließlich der Lehrerin, Frau Rehberg. Dass sie nicht kommen konnte, mochte eine Ausrede gewesen sein, vielleicht hatte sie aber wirklich etwas anderes vor. Natürlich war ihr niemand böse deshalb, es gab ganz sicher den einen oder anderen, der sich wohler fühlte, wenn sie nicht dabei war, Leonie hätte sich allerdings nicht an ihrer Gegenwart gestört, denn sie mochte sie.

Rolf bedauerte aufrichtig, dass Eva nicht mehr dabei sein konnte, er wußte, wie eng Leonie mit ihr befreundet gewesen war.

„Warst du eigentlich auf ihrer Beerdigung?", hatte er sie einmal gefragt. Sie hatte nur geschluckt und den Kopf geschüttelt.

„Ich hatte eigentlich gedacht, wir würden alle gemeinsam hingehen", meinte Rolf, „aber dann hat man nichts mehr davon gehört, und Frau Rehberg hat auch nichts gesagt."

„Das lag wohl an Evas Vater. Er wollte es nicht."

„Er wollte es nicht? Aber warum denn nicht? Im Grunde waren wir doch alle ihre Freunde, und es hätte sich gehört…"

„Natürlich wußte er, dass keiner von uns schuld war, aber trotzdem schob er alles auf die Schule. Er hatte ja nie gewollt, dass sie die Foto-Klasse besuchte, er hatte nur zugestimmt, weil Evas Tante ihn ein bisschen unter Druck gesetzt hatte. Jetzt sagt er natürlich, es wäre besser gewesen, wenn er dem Schulbesuch nicht zugestimmt hätte."

„Das ist doch Unsinn."

„Natürlich ist das Unsinn." Leonie seufzte, denn in Wahrheit sah sogar alles doch ein bisschen schlimmer aus. Nach einem langen Gespräch mit Frau Rehberg hatte sie erfahren, dass Evas Vater herausgefunden hatte, mit wem sich Eva getroffen hatte. Sie konnte sich nicht erklären, wie das möglich war, denn sie selbst hatte schließlich mit keiner Menschenseele darüber geredet. Er aber stellte Ulrich Krüger inzwischen als den Schuldigen hin und hatte, weil er ihr Lehrer gewesen war, ein Verfahren wegen Verletzung der Fürsorgepflicht gegen ihn eingeleitet.

„Haben Sie von der Sache mit dem Herrn Krüger gewußt?", hatte Frau Rehberg sie vorsichtig gefragt.

Leonie hatte zaghaft genickt. „Eigentlich habe ich nur vermutet, dass er es war, weil ich wußte, dass sie sich in ihn verliebt hatte. Aber ich kannte keinen konkreten Namen."

„Die beiden scheinen sich mehrmals getroffen zu haben."

Dazu schwieg Leonie.

Frau Rehberg schüttelte bekümmert den Kopf.

„Ich hoffe nur, dass wir den Herrn Krüger nicht als Lehrer verlieren, das wäre wirklich ein großer Verlust für die Fotoschüler."

Leonie nickte. Sie hatte immer noch manchmal ein schlechtes Gewissen, wenn sie daran dachte, dass sie es Eva überhaupt erst ermöglicht hatte, über Nacht bei ihm zu bleiben. Obwohl…, niemand, weder er noch sie waren wirklich schuld gewesen an dem Unfall. Eva hatte nicht aufgepasst, und der Autofahrer war viel zu schnell gefahren. Vielleicht hätte er den Aufprall noch verhindern können, wäre er langsamer gewesen und hätte noch bremsen können. Doch darüber nachzudenken, machte keinen Sinn mehr. Dafür war es jetzt zu spät.

Ursprünglich wollte Rolf Leonie in seinem *Eberhard* in die *Waldklause* mitnehmen, doch da er noch einiges mit dem Chef des Lokals zu klären hatte, beschloß er, früher dort zu sein, - wenn möglich, noch bevor die ersten Gäste kamen. Ihr wiederum war das *zu* früh, sie hatte sich vorgenommen, noch einige Besorgungen zu erledigen, bevor sie zur Feier ging.

Lange Zeit hatte sie nicht gewußt, was sie Rolf schenken sollte, - eine Kleinigkeit mußte man ja mitbringen, wenn man zu einer solch aufwändigen Geburtstagsparty eingeladen war. Zuerst hatte sie an Rasierwasser gedacht, fand es dann aber doch zu intim und persönlich. Er hätte denken können, dass sie sich schon jetzt Gedanken darüber machte, welcher Duft ihr am besten an ihm gefallen würde, sollten sie sich eines Tages doch ein wenig näherkommen… Doch das hatte sie ja nun wirklich nicht vor. In einem Buchladen fand sie dann etwas Passenderes für ihn: Einen Bildband über

Oldtimer, - der würde ihm ganz sicher gefallen. Freilich zählte der *Eberhard* noch lange nicht zu den echten Oldtimern, die inzwischen zu erstaunlichen Preisen gehandelt wurden, doch da Rolf generell Autos liebte, würde er gewiss seine Freude an den Bildern haben, davon war sie überzeugt.

Als sie nach einer Fahrt mit Bus und Bahn in der *Waldklause* ankam, war sie erstaunt, dass schon fast alle Gäste da waren. Traurig wurde ihr wieder bewußt, dass Eva fehlte, dass sie nie wieder dabei sein würde, wenn die Klassenkameraden zusammenkamen und Spaß hatten.

Zur Feier des Tages umarmte sie Rolf, als sie ihm gratulierte und ihm sein Geschenk überreichte, und weil er ein netter Kerl war und sie ihn mochte, gab sie ihm einen flüchtigen Kuss auf die Wange. Das gefiel ihm, doch obwohl er sich den Kuss vielleicht ein bisschen anders gewünscht hätte, gab er sich damit zufrieden und flüsterte nur: „Wir können uns morgen zu einer kleinen Nachfeier treffen, was meinst du?"

Der Gastraum war hübsch zurechtgemacht, mit bunten Lämpchen und Girlanden an der Decke, - sogar die Außenfassade war mit bunten Lichterketten verziert. Das allerdings war nicht allein für Rolf arrangiert worden, diese Ausstattung war vom Frühjahr bis in den Herbst hinein üblich für die *Waldklause,* weil fast an allen Wochenenden die eine oder andere Veranstaltung stattfand.

Rolf hatte Gunther beauftragt, ostzonalen Rotkäppchen-Sekt zu besorgen. Gunther war ein netter Junge und immer bereit, zu helfen, wo er nur konnte. Am Anfang hatte er seinen Klassenkameraden jede Menge Fotomaterial aus Ostberlin mitgebracht, doch eines Tages teilte er ihnen mit, dass das nun nicht mehr möglich sei. Sie hatten befürchteten, dass die Vopos etwas herausgefunden haben könnten und ihm nun Schwierigkeiten machten, doch dann gestand er ihnen hinter vorgehaltener Hand, dass seine Familie beschlossen hatte, Ostberlin eines Tages heimlich zu verlassen, und dass nun jedes Familienmitglied, das im Westteil der Stadt zu tun hatte, täglich etwas aus ihrem Haushalt mitnehmen mußte. Dadurch hatte er für das Fotomaterial natürlich keinen Platz mehr in seinen Taschen. Jeden Tag hatte er Angst, dass es den Vopos auffallen würde, wie vollbepackt er war und wie schwer er zu tragen hatte. Jeden Tag fürchtete er, dass sie ihn herauswinken und kontrollieren könnten. Was hätte er ihnen denn als Ausrede sagen sollen? Welcher junge Mann trug schon Kaffeegeschirr oder elektrische Kleingeräte in seiner Schulmappe mit sich herum? Er hatte auch Angst, von jemandem verraten zu werden. Nicht von seinen Mitschülern, denen vertraute er, doch es gab genügend seiner Nachbarn in Pankow, die ihm und seiner Familie das Gelingen der Flucht nicht gönnten.

Für Rolfs Geburtstag hatte er es dann aber doch noch einmal auf sich genommen, ein paar Flaschen Rotkäppchen-Sekt zu besorgen. Außerdem gab es für die Gaumenfreuden entweder Kaffee und verschiedene Sorten von Kuchen, oder aber ein Kaltes Büfett.

Leonie war gespannt, ob auch Rosie Christ erscheinen würde. Obwohl sie von vornherein angekündigt hatte, nicht lange zu bleiben, war sie dann aber doch für etwas mehr als eine Stunde da. Leonie fragte sich, ob ihr die Feier nicht vielleicht wie ein Kindergeburtstag vorkommen mochte, obwohl sich ihr Verhältnis zu den Mitschülern in der letzten Zeit ein wenig gebessert hatte. Man fragte sich, ob sie inzwischen gemerkt hatte, dass sie alle eigentlich ein ganz netter und patenter Haufen waren und sie auf jeden von ihnen zählen konnte, wenn es nötig sein sollte. Isabell meinte allerdings, es läge daran, dass Frau Rehberg vor kurzem einmal ein ernstes Wort mit ihr geredet hatte.

Elfie hatte sich zur Feier des Tages wie eine Diva zurechtgemacht. Ganz offensichtlich konnten ihre langen knallroten Fingernägel nicht echt sein, - wie hätte sie denn damit arbeiten können, bis sie diese Länge erreicht hatten? Wahrscheinlich war sie auch vorher beim Friseur gewesen, denn ihr Haar war um einen Hauch blonder, als gewöhnlich. Leonie vermutete, dass sie sich am liebsten ein wenig mehr an Rolf herangemacht hätte, weil er von den vier Mannsleuten in der Klasse der Attraktivste war, - Ricky zählte ja nicht für sie. Doch da Rolf auch Gastgeber und der Mittelpunkt der Feier war, schien sie sich zunächst ein wenig zurückzuhalten, hatte aber gewiss schon Pläne für den späteren Abend im Kopf.

Leonie fühlte sich alleine ohne Eva, und instinktiv hielt sie nach Ricky Ausschau. Sie sah ihn jedoch nirgendwo, und sie machte sich Sorgen um ihn, weil es ganz so aussah, als hätte er die Einladung nicht angenommen. Noch immer Evas schrecklichen Unfall im Kopf erschrak sie bei dem Gedanken, auch ihm könnte etwas passiert sein. Sie ärgerte sich, dass sie ihn nicht kurz vorher noch einmal an die Feier erinnert hatte. Auf sie hätte er vielleicht gehört und wäre gekommen. Sie seufzte. - Vielleicht aber auch nicht! Da Ricky zu Rolfs und Michaels Arbeitsgruppe gehörte, hätten vor allem *sie* es ihm noch einmal sagen müssen, dachte sie. Sie wussten doch auch, dass er ein Eigenbrötler war.

„Ricky ist nicht gekommen, vielleicht hättest du ihn im *Eberhard* mit herbringen sollen", sagte sie zu Rolf.

Er zuckte die Schultern. „Das habe ich ihm doch angeboten", meinte er, „aber er wollte nicht."

„Und was war seine Ausrede?"

„Er sagte, er käme mit dem Bus, er hätte sowieso hier in der Gegend zu tun."

„Aber er ist nicht hier."

Rolf zuckte noch einmal die Schultern. „Das ist nicht meine Schuld."

Michael hatte gehört, dass der Name ‚Ricky' gefallen war. „Der Ricky? Der ist doch da, ich habe ihn gesehen."

Leonie fuhr herum. „Wo denn?"

„Da draußen im Garten." Er wies in Richtung Fenster. „Er saß dort auf der Terrasse…"

Doch als er sich nun umwandte und noch einmal hinausschaute, war niemand mehr zu sehen. „Inzwischen scheint er wieder gegangen zu sein", meinte er und zuckte die Schultern.

Obwohl dort draußen niemand war, öffnete Leonie die Terrassentür und ging hinaus. Sie ärgerte sich immer noch. Wenn er hier war, dann hätte er doch hereinkommen können, warum war er nur immer so stur. Schließlich gehörte er doch genauso zur Klasse, wie alle anderen auch.

Doch auf einmal sah sie ihn. Unbeweglich lehnte er an einem Baum am äußersten Rand des Gartens und schaute zum Haus herüber. Auch Leonie rührte sich eine Weile nicht, dann lief sie direkt auf ihn zu. „Hi, Ricky."

Er gab ihr keine Antwort, schaute sie nur an mit einem Blick, den sie nicht deuten konnte.

„Warum kommst du nicht rein, Ricky?"

„Was soll ich denn da?"

„Dasselbe, wie alle anderen auch: Musik hören, tanzen, essen und trinken. Den Abend genießen und Spaß haben."

„Das ist nicht so mein Ding."

„Was ist denn dann dein Ding? Trübsal blasen? Komm, jetzt bist du doch schon mal da."

„Ich wollte sowieso grad wieder gehen."

„Bleib mir zuliebe." Sie wußte nicht, warum sie das gesagt hatte. Ricky wahrscheinlich auch nicht, deshalb gab er ihr gleich wieder Contra. „Dir zuliebe?", fuhr er auf. „Dir ist es doch auch egal, ob ich bleibe oder nicht."

Sie überlegte, was sie ihm darauf antworten sollte.

„Glaubst du, ich hätte nicht gemerkt, dass Rolf genau aufpasst, mit wem du redest?", fügte er hinzu. „Und dass es ihm nicht gefällt, wenn *ich* es bin?"

„So ein Unsinn."

„Das ist kein Unsinn, ich bin doch nicht blind."

Jetzt ärgerte sie sich wieder. „Warum sagst du sowas? Rolf kann nicht bestimmen, mit wem ich rede. Da läuft nichts zwischen mir und ihm, wenn es das ist, was du denkst. Wir verstehen uns gut, ja, aber mehr ist da nicht. Es geht ihn nichts an, was ich mache und mit wem."

„Ach, hast du ihn deshalb vorhin geküsst?"

Sie schaute ihn betroffen an. Was redete er sich da ein? Glaubte er tatsächlich, dass da mehr war zwischen ihr und Rolf..., nur, weil er sie manchmal im *Eberhard* mitnahm? Oder weil sie oft lustig und ausgelassen miteinander herumalberten? Sie hatten sich doch niemals geküsst.

Aber halt, - ihr fiel die Szene ein, als sie ihm das Geschenk überreicht hatte, da hatte sie ihn tatsächlich auf die Wange geküsst.

„Aber Ricky! Das war doch nur ein ganz harmloser Kuss auf die Wange, als ich ihm gratuliert und ihm sein Geschenk überreicht habe. Sozusagen ein Geburtstagskuss…"

„Aha. So kann man das allerdings auch nennen." Er wandte sich um. „Wie gesagt, ich wollte sowieso gerade gehen." Er lief in Richtung Gartentor, das auf die Straße führte. Sie lief ihm nach. „Ricky, warte."

Er wurde schneller.

„Ricky, so warte doch einen Augenblick."

Sie erwischte ihn gerade noch am Ärmel und brachte ihn dazu, dass er stehenblieb.

„Was ist denn? Du kannst doch küssen, wen du willst, das geht mich nichts an. Und das ist mir auch völlig egal."

Sie hielt ihn am Arm fest, stutzte dann und lachte ihm plötzlich ins Gesicht. „Na sowas, du bist ja tatsächlich eifersüchtig."

„Ich? Eifersüchtig?" Er lachte spöttisch auf, aber sie merkte, wie sehr er sich ärgerte. „Ich glaube, du spinnst", warf er ihr noch an den Kopf, dann machte er sich von ihr los und lief weiter.

„Natürlich bist du eifersüchtig."

„Nein, bin ich nicht."

„Bist du doch!"

Zumindest hatte sie erreicht, dass er wieder stehenblieb, - wenn auch nur, weil er sich ärgerte und weil er das, was sie behauptet hatte, nicht auf sich sitzen lassen wollte.

„Ricky, ehrlich, ich find's sogar schön, dass du eifersüchtig bist." Sie sagte das ganz ernst, weil sie wollte, dass auch er es ernst nahm.

„Wieso?"

„Das bedeutet doch, dass du mich magst."

„Nein, ich…" Er war verlegen, schaute auf den Boden und versuchte, ihre Hand abzuschütteln.

„Jetzt behaupte nicht, dass du mich *nicht* magst", sagte sie leise.

„Nein, ich…"

Sie legte ihre Hand auf seinen Mund, um ihn am Weiterreden zu hindern. Was gab es denn da noch zu reden? Es war doch ganz offensichtlich, und das gefiel ihr doch.

Heftig griff er nach ihrer Hand, zog sie von seinem Mund und schleuderte sie ärgerlich weg. „Verdammt noch mal, du mußt nicht immer die Freundliche spielen, die Allesversteherin", fuhr er sie wütend an. „Lass mich einfach in Ruhe. Ich brauche dich nicht! Dich genauso wenig, wie all die anderen. So langsam gehst du mir auf die Nerven." Dann wandte er sich brüsk um und trat auf die Straße hinaus. „Kapier das doch endlich."

Sie stand da und schaute ihm nach. Hatte er das jetzt wirklich gesagt? Und auch so gemeint? Warum war er nur so zu ihr? Warum? Er mußte doch längst gemerkt haben…

Der Abend war eigentlich ganz amüsant, alle waren lustig und gut drauf. Aber Leonie hatte auf einmal keine rechte Lust mehr und wäre am liebsten sofort nach Hause gegangen. Dennoch wußte sie, was sie Rolf als gutem Freund und Kumpel schuldig war und blieb noch eine Weile. Doch irgendwann gab sie Kopfschmerzen vor, um endlich gehen zu können.

„Mensch Leonie, ich weiß, ich sollte dich nach Hause fahren. Aber ich kann doch hier jetzt nicht weg", sagte Rolf. Er suchte verzweifelt nach einer Lösung.

„Ich fahre mit der Bahn, Rolf, das ist ok."

„Aber mir ist gar nicht wohl dabei. Von den anderen hat aber leider nur Elfie ein Auto…"

Sie winkte ab. „Gott bewahre, da würde ich lieber die ganze Strecke zu Fuß laufen…"

„Vielleicht kann dich jemand begleiten, ich werde mal fragen."

„Nein, nein, ich kann von niemandem verlangen, dass er meinetwegen deine Feier verlässt. Das will ich auch gar nicht. Mach dir keine Gedanken. Ich nehme die Bahn, die Haltestelle ist nicht weit, und ich kann bis zum Bayerischen Platz fahren. Von dort aus ist es ein

Katzensprung zu mir nach Hause."

„Also gut, dann treffen wir uns morgen? Nimm dir nichts anderes vor, hörst du? Und sei bloß vorsichtig jetzt auf der Heimfahrt und pass auf dich auf!"

„Mach ich."

Sie beugte sich ein wenig zu ihm hinüber, küsste ihn noch einmal flüchtig auf die Wange und hoffte, ihn damit versöhnt zu haben, wenn sie jetzt einfach ging. Danach ließ sie ihm keine Zeit mehr, sich zu revanchieren und machte sich schleunigst auf den Weg in Richtung Haltestelle.

Es war schon fast dunkel, als sie am Bayerischen Platz ausstieg und in Richtung Bamberger Straße lief. Es hatte ein lustiger Abend werden sollen, stattdessen war sie müde. Und vor allem auch traurig.

Erst kurz bevor sie die Haustüre erreichte, sah sie, dass jemand davor auf den Stufen saß, - den Kopf in die Hände gestützt, als ob er schliefe. Sie kannte niemanden aus dem Haus, vermutete aber, dass es jemand war, der hier wohnte, und der offenbar seinen Schlüssel vergessen oder verloren hatte. Sie dachte, dass sie ihm vielleicht helfen konnte, indem sie ihn ins Haus ließ oder einen Bekannten oder Freund für ihn anrief.

Als sie näherkam, hob der Fremde den Kopf

und…. Sie blinzelte… Es war Ricky. Hastig stand er auf, als er sie erkannte. Sie war erschrocken, weil sie dachte, ihm sei etwas zugestoßen.

„Ricky, was machst du denn hier? Was ist los? Ist was passiert?"

„Nein, nein, es ist nichts. Ich wollte nur…"

„Wartest du schon lange?"

„Schon eine Weile."

„Kann ich dir irgendwie helfen?"

Er schüttelte den Kopf. „Nein, ich wollte mich nur bei dir entschuldigen. Ich habe vorhin so blödes Zeug zu dir gesagt. Das wollte ich gar nicht. Vielleicht könnten wir irgendwohin gehen und reden, damit ich dir erklären kann, warum ich manchmal so bin."

Sie nickte und überlegte, ob sie sich vielleicht in das kleine Lokal in der Grunewaldstraße gegenüber der Bamberger Straße setzten könnten. Doch diese Idee schlug sie sich gleich wieder aus dem Kopf. Sie hatte dort einmal zu später Stunde eine Flasche Mineralwasser gekauft, weil sie nach dem Currywurst-Essen mit Eva schrecklichen Durst bekommen hatte und kein Laden mehr geöffnet gewesen war. Dabei hatte sie festgestellt, dass dort fast nur Männer beisammensaßen, Karten spielten, tranken und lauthals diskutierten. Das war nicht die richtige

Umgebung, wenn Ricky sich nun schon dazu durchgerungen hatte, mit ihr zu reden. Das Café unweit der U-Bahn-Station hatte um diese Zeit allerdings schon geschlosssen. Während sie noch überlegte, wo es in der Nähe vielleicht noch etwas gab, wohin sie sich zurückziehen konnten, schlug er vor: „Wir könnten ein Stück laufen…" Aber sie schüttelte den Kopf. Sie war müde, es war dunkel und inzwischen auch kühler geworden. Da konnten sie besser auf den Treppenstufen sitzenbleiben. Aber nein, dann doch lieber auf der Treppe *im* Hausflur. Sie schloss die Haustüre auf. „Komm rein, wir können uns auch dort auf die Treppe setzen."

„Und wenn jemand kommt?"

„Na und? Wir stören doch niemanden."

„Ich weiß nicht recht… Vielleicht laufen wir doch lieber ein Stückchen die Straße runter."

Sie hatte eine andere Idee. Was wäre, wenn sie ihn einfach mit auf ihr Zimmer nehmen würde? Ganz sicher würde er das nicht falsch deuten, oder? Und wenn sie sich leise verhielten, würde auch das Fräulein von Fischbeck nichts merken. Allerdings… Sie schämte sich ein bisschen für ihr Zimmer. Nicht nur, dass es nicht sehr hübsch war und dass es auch durch die Bravo-Fotos an den Wänden nicht mehr hermachte, sie hatte auch nicht besonders gut aufgeräumt, bevor sie zu Rolfs Geburtstagsfeier aufgebrochen war.

Sie öffnete die Haustüre ein Stückchen weiter. „Komm mit", sagte sie noch einmal und zog ihn am Ärmel ins Treppenhaus.

Er sträubte sich dagegen. „Das ist keine so gute Idee", meinte er.

„Für den Augenblick ist es die beste." Sie schob ihn in Richtung Fahrstuhl. „Das war ein langer Tag heute, Ricky, ich mag jetzt einfach nicht mehr laufen. Ich nehm dich mit rauf, - ich hoffe, du missverstehst das nicht."

„Nein, nein, keine Angst, aber…"

„Sei oben ganz still", raunte sie ihm zu. Und als der Fahrstuhl ruckelnd höherstieg, fügte sie hinzu: „Und wundere dich nicht, wenn ich in meinem Zimmer kein Licht mache. Ich erkläre dir später, warum."

Er nickte.

Oben angekommen vergewisserte sie sich zuerst, dass ihnen niemand im Treppenhaus begegnen würde. Gleichzeitig war ihr aber bewußt, dass es den übrigen Hausbewohnern ganz sicher völlig gleichgültig wäre, wenn sie jemanden mit nach Hause brachte und wen. Kaum jemand von ihnen kannte sie, so, wie ja auch sie niemanden im Haus kannte.

Vorsichtig öffnete sie die Flurtür. „Warte hier einen Augenblick", flüsterte sie ihm zu, schlich die paar Schritte über den Korridor zu ihrem Zimmer und drehte auch dort ganz leise den Schlüssel im Schloss. Das Fräulein von Fischbeck mußte ja nicht unbedingt mitbekommen, dass sie nicht allein war. Und sie würde es wahrscheinlich auch nicht merken, da sie sich um diese Zeit sicher im Dienstbotentrakt aufhielt, wo sie ihr eigenes kleines Zimmerchen hatte. Das Aufschließen der Türen konnte sie unmöglich gehört haben.

Leonie schob Ricky, der ihr nur widerstrebend folgte, über den Flur und in ihr Zimmer, und ohne das Licht anzuknipsen schloss sie die Tür hinterher wieder ab.

„Wir sollten nicht hier sein", sagte Ricky leise.

Sie nickte. „Ich weiß, aber hier können wir in Ruhe reden."

Ricky lief unsicher ein paar Schritte in den Raum hinein. Es war nicht stockdunkel, weil die Scheinwerfer der vorüberfahrenden Autos und Straßenbahnen auf der Grunewaldstraße bizarre Muster aus Licht und Schatten an Wand und Decke warfen. Er lief zum Fenster und schaute auf die Straße hinunter. Leonie war, an die Tür gelehnt, stehengeblieben und sah ihm nach. Sie hatte nicht damit gerechnet, dass Rickys Anwesenheit in ihrem Zimmer sie plötzlich so verwirren würde.

Inzwischen war er langsam zurückgekommen und stand nun vor ihr. Dicht vor ihr. Sie spürte seine Blicke, fühlte sie, als wären es seine Hände. Und dann waren es auf einmal wirklich seine Hände, die sie berührten, und ihr Herz klopfte, als wollte es zerspringen. Im nächsten Augenblick lagen sie sich in den Armen und küssten sich. Ihr war, als gäbe der Boden unter ihnen nach. Eine unbändige Flut von Gefühlen, die bisher von beiden mühselig zurückgehalten worden waren, riß sie nun mit sich. Sie küssten sich wie Ertrinkende und konnten kaum mehr aufhören damit.

„Leonie", flüsterte er mit heiserer Stimme, „mein Gott, Leonie…, ich liebe dich…", und sie flüsterte zurück: „Ich liebe dich auch, Ricky."

„Schon damals in der Bahn, glaube ich…"

Sie nickte. „Ja, schon damals in der Bahn…"

Irgendwann landeten sie auf dem alten Sofa. Für den winzigen Teil einer Sekunde war sie froh, dass es dunkel war und er nicht genau sehen konnte, wie hässlich es war. Doch schon im nächsten Augenblick war es ihr völlig egal, wie es aussah. Sie hatte nicht vorgehabt, dass das passierte, hatte es nicht geplant, - und doch fühlte es sich gut und richtig an.

„Darf ich jetzt das Licht anmachen?", fragte er später. Er hielt sie noch immer im Arm.

„Nein, lieber nicht."

„Warum nicht? Du hast es versprochen."

„Hab ich nicht."

„Aber in Aussicht gestellt. Was für einen Grund gibt es, dass du es nicht willst?"

„Wenn du jemals einen guten Eindruck von mir gehabt hast, wird er sich in Luft auflösen, sobald das Licht angeht und du mein Zimmer siehst."

Er schüttelte den Kopf. „Ganz sicher nicht."

„Es ist auch wegen dem Fräulein von Fischbeck. Ich dachte, wenn ich kein Licht mache, dann weiß sie nicht, dass ich hier bin."

„Warum darf sie das nicht wissen?"

„Ich habe Angst, dass sie rüberkommen könnte."

„Warum? Was sollte sie denn von dir wollen?"

„Mich kontrollieren. Sie hat mir striktes ,Herrenbesuchsverbot' erteilt."

Er lachte leise. „Ich bin doch kein Herr." Dann wurde er ernst. „Oder hätte sie speziell etwas gegen *mich*? Ist es dir lieber, wenn man im Dunkeln meine Hautfarbe nicht sieht...?"

Sie war erschrocken, dass er so etwas sagte und legte ihm schnell wieder die Hand auf den Mund. „Wenn du noch einmal sowas sagst, oder auch nur denkst, dann schmeiß ich dich raus."

„Okay, okay! Aber wenn du jetzt das Licht nicht anmachst, muß ich denken, dass ich recht hatte."

Sie befreite sich aus seinen Armen und stand auf. Zunächst ging sie zum Fenster und zog die Gardinen zu, doch die waren so dünn, dass das Fräulein von ihrem Zimmer aus den Lichtschein auf jeden Fall sehen würde. Da ihr Zimmer und somit auch ihr Fenster ein wenig um die Ecke lag, hatte sie freien Blick auf Leonies Fenster.

Einen Augenblick lang zögerte sie noch, dann lief sie zur Tür und drückte den Schalter hinunter. Es wurde hell. Als sie sich umschaute, stellte sie fest, dass das Zimmer im Schein der altmodischen Lampe, die von der Decke herabhing, gar nicht so schlimm aussah, wie sie es sich vorgestellt hatte.

Ricky hatte sich aufgesetzt, und auch er sah sich nun um. Und plötzlich fing er an zu lachen. Reihum musterte er die Augenpaare, die ihm von der Wand her entgegenschauten: Lachende, freundliche, verwegene, erstaunte Augenpaare…

„Wenn ich gewußt hätte, wer uns da alles zusieht…", meinte er, noch immer lachend. „Aber das Problem ‚hässliche Tapete' hast du meisterhaft gelöst, das muß man dir lassen."

Sie stand noch immer an der Tür neben dem Lichtschalter. Hätte sie vielleicht doch behaupten sollen, der Strom sei abgeschaltet oder der Schalter kaputt? - Nein, nein, es war schon in Ordnung so. Sie wollte ihn ja nicht anschwindeln, wollte doch keine Geheimnisse vor ihm haben. Und trotzdem….

Er stand auf, kam zu ihr herüber und nahm sie in den Arm. „Jetzt guck nicht so bedröppelt. Für mich ist es das schönste Zimmer von ganz Berlin, weil es *dein* Zimmer ist. Weil ich schon seit Ewigkeiten nicht mehr so glücklich gewesen bin, wie hier und jetzt." Und leise fügte er hinzu: „Wenn überhaupt." Das klang so traurig, dass sie sich daran erinnerte, dass er eigentlich mit ihr über sich hatte reden wollen. „Du wolltest mir sagen, warum du manchmal so böse zu mir warst."

Er küsste sie. „Ich war nie böse zu dir. Ich war nur… zurückhaltend, mißtrauisch…"

„Aber warum denn? Ich habe dir nie einen Grund dafür gegeben."

„Nein, du nicht, das ist wahr. Aber ich habe schon zuviel Negatives erlebt, von klein auf, da wird man mit der Zeit vorsichtig."

„Erzähl mir davon. Ich weiß so gut wie gar nichts

von dir. Zum Beispiel ist mir aufgefallen, dass du noch nie dabei gewesen bist, wenn wir nach der Schule zusammen etwas unternommen haben. Ich würde mich zum Beispiel freuen, wenn du bei unseren Spieleabenden bei Isabell mitmachen würdest. Warum wolltest du das nie. War das auch Misstrauen?"

„Ja, anfangs bin ich immer erst mal mißtrauisch. - Jetzt komm." Er schob sie in Richtung Sofa. „Komm von der Tür weg, sonst muß ich glauben, du willst mich wirklich gleich rausschmeißen."

Sie mußte lachen. „Das würde ich doch niemals tun."

„Na, ich weiß nicht. Ich trau dir allerhand zu. - Das Licht kannst du wieder ausmachen, ich hab ja jetzt alles gesehen." Er lachte leise, wurde dann aber wieder ernst. „Es erzählt sich leichter im Dunkeln, und wenn ich dich dabei im Arm halten kann."

Sie schaltete das Licht wieder aus, folgte ihm auf das Sofa und kuschelte sich in seine Arme. „Erzähl mir, was *du* nach dem Unterricht machst."

„Ich bin dann im Laden."

„Im Laden? Was ist das für ein Laden?"

„Ein Fotoladen, er gehört einem Freund von mir."

„Und was machst du da?"

„Alles Mögliche. Es ist schwer zu beschreiben, weil es kein Laden ist, wie du ihn dir vorstellst."

„Du kannst ihn mir ja mal zeigen."

„Ja, vielleicht."

„Und dein Freund? Woher kennst du ihn? War er auch hier auf der Schule?"

Er lachte. „Nein, wie ich schon sagte, es ist kein normaler Laden. Und er ist nicht das, was man sich im Allgemeinen unter einem Fotografen vorstellt."

Sie hatte so viele Fragen an ihn, dass sie gar nicht wußte, womit sie anfangen sollte. Gleichzeitig wollte sie ihn aber auch nicht drängen oder ärgern, indem sie Dinge von ihm wissen wollte, über die er vielleicht gar nicht reden wollte. Noch nicht. „Bist du eigentlich hier in Berlin geboren?", wechselte sie das Thema.

„Nein, in den USA. In Chicago."

„Oh, wie kommt das?"

„Meine Mutter ist als junges Mädchen nach Amerika gegangen, dort hat sie meinen Vater kennengelernt."

„Dann hast du dort also noch Verwandte?"

Er seufzte. „Sicher gibt es dort welche, aber von denen weiß ich nichts. Meine Mutter hat sich von meinem Vater getrennt, und wir sind wieder zurück nach Deutschland gegangen. Hierher, nach Berlin. Da war ich etwa drei." Sie wartete darauf, dass er weitererzählen würde, doch er ließ sich Zeit. „Hier hat sie dann einen amerikanischen Soldaten kennengelernt", fuhr er schließlich fort, und noch einmal seufzte er tief.

Sie fürchtete, dass ihm ihre Fragerei zuviel werden könnte. „Ricky, ein Vorschlag: Erzähl mir einfach nur das, was dir grad einfällt, und was du mir auch erzählen *magst*. Dann muß ich dir keine dummen Fragen stellen." Er gab ihr nicht gleich Antwort. „Von mir aus kannst du ruhig alles fragen", antwortete er dann.

„Gut. Dann erzähl mir von deiner Mutter."

„Sie hat den amerikanischen Soldaten geheiratet, den sie hier in Deutschland kennengelernt hat. Und am Ende seiner Dienstzeit…"

„…seid ihr wieder nach Amerika gegangen?", vollendete sie den Satz.

„Sie ist mit ihm gegangen, ja, aber er war ein Weißer, er wollte mich nicht."

„Heißt das…?"

„Ja, genau, das heißt es."

„…dass du allein hierbleiben musstest? Bei der Familie deiner Mutter? Hattest du Großeltern?"

„Nur eine Großmutter, aber die war schon alt, und von einem farbigen Enkel hat auch sie nicht viel wissen wollen."

‚Oh mein Gott', lag ihr auf den Lippen, aber sie schluckte es hinunter, küsste ihn stattdessen.

„Wer hat denn dann für dich gesorgt, wenn deine Großmutter schon alt war?"

„Ich hatte Freunde. Erwachsene Freunde. Wie beispielsweise Joe, - das ist der, dem der Laden gehört. Bei ihm bin ich quasi aufgewachsen."

„Wirst du den Laden einmal übernehmen, wenn du den Abschluß in der Tasche hast?"

„Ich weiß nicht. Wenn es mein Laden wäre, würde ich vieles anders machen. Jetzt schon. Aber solange ich noch lerne, kann ich ihm nicht reinreden. Für das erste Semester hat nämlich *er* die Schule für mich bezahlt, obwohl er es sich kaum leisten konnte. Zum Glück bekomme ich jetzt ein Stipendium."

Sie lehnte ihren Kopf an seine Brust, wußte nicht, was sie sagen sollte. Welches Glück hatte sie doch, eine funktionierende Familie hinter sich zu wissen, liebevolle Eltern... „Wenn ich etwas für dich tun kann, dann sag es mir einfach..."

„Es bedeutet mir schon so unendlich viel, dass es dich überhaupt gibt." Das sagte er ganz leise, fast hätte sie es nicht verstanden. „Bis jetzt bin ich noch nicht sehr vielen Menschen begegnet, die es gut mit mir meinten."

„Das tut mir sehr leid, Ricky…"

„Ich weiß ja, dass ich eigentlich gar nicht zu dir passe. Auch nicht einfach nur so als Freund." Und wieder ganz leise fügte er hinzu: „Und wenn es dir mal zuviel werden sollte, - mit mir, meine ich, dann…"

„Sei still!", war ihre Antwort, und sie dachte: ‚Warum sagte er mir immer wieder solche Sachen. „Ich liebe dich doch, Ricky." Und dann küsste sie ihn wieder, und zwar so, dass er begriff, dass es ihr ernst war.

„Du bist das schönste Geschenk, dass ich je bekommen habe", sagte er und vergrub sein Gesicht in ihrem Haar.

Leonie schluckte. Das hatte noch nie jemand zu ihr gesagt, und sie spürte, wie ihr die Tränen kamen.

12.

Im April begann mit dem dritten Semester die zweite Hälfte ihrer Ausbildungszeit, und eine Menge neuer Herausforderungen warteten auf die Foto-Schüler. Diesmal reagierten sie nicht mehr ganz so aufgeregt und erschreckt, als Frau Rehberg die Liste mit den neuen Aufgaben austeilte, - einmal, weil sie froh waren, dass sie sie auch weiterhin als ihre Lehrerin behalten durften, zum anderen, weil sie davon ausgingen, dass sie, da sie den ersten Teil geschafft hatten, nun auch mit dem zweiten Teil zurechtkommen würden.

Es gab keine ‚Vergleiche' mehr, die fotografiert werden mussten, denn inzwischen hatten sie gelernt, sie und die verschiedenen Möglichkeiten die ihnen dadurch aufgezeigt worden waren, umzusetzen und in der Praxis anzuwenden. Jetzt kam ihnen auch der Gesichtshälften-Vergleich zugute, und zwar im neu hinzugekommenen Fach ‚Portrait-Fotografie'. Ihre Lehrerin dafür war Helene Häusler, eine der besten und namhaftesten Berliner Portrait-Fotografinnen. Sie unterhielt ein großes Atelier auf dem Ku'damm, und im Laufe ihrer Praxis hatte sie schon unzählige Größen aus Wirtschaft und Politik, sowie aus Film und Fernsehen abgelichtet und sich damit einen Namen gemacht. Kein Wunder, dass die Verwaltung der Johannes-Lichter-Schulen sehr stolz darauf war, sie als Lehrerin für die Foto-Klassen gewonnen zu haben.

Auch von ihr bekamen die Schüler nun eine ausführliche Aufstellung über all die Themen, um die es in ihrem Unterricht ging und das, was sie bei ihr lernen würden. Schon in der ersten Unterrichtsstunde erfuhren sie, auf welch verschiedene Art und Weise man ein Portrait aufnehmen konnte, und dass es manchmal nur eine Kleinigkeit brauchte, um die Besonderheit eines Menschen hervorzuheben. Ein bestimmter Gesichtsausdruck, eine Körperhaltung, oder Beigaben wie beispielsweise ein Hut oder eine Blume in der Hand konnten Wunder wirken. Ein Portrait konnte schlicht und zweckmäßig sein, wenn es für einen Ausweis gedacht war, konnte aber auch Wärme und Herzlichkeit ausstrahlen, wenn es ein Geschenk für einen lieben Menschen werden sollte. Später sollten sie dann auch lernen, worauf man zu achten hatte, wenn man eine Gruppe von zwei, drei oder gar mehr Personen aufnehmen wollte.

Im theoretischen Unterricht wurde ihnen mit Herrn Lothar Reimann ein neuer Lehrer vorstellt. Er war ein Mann um die sechzig, grauhaarig und mit Bart. Obwohl er eigentlich schon in Rente war, war er dem Bitten der Johannes-Stifter-Direktion nachgekommen und hatte sich bereiterklärt, bis zum Ende des laufenden Semesters für Ulrich Krüger einzuspringen. Er war kein Lehrertyp, denn er war viel zu gutmütig seinen Schülern gegenüber, und oft fiel es ihm schwer, Ruhe und Ordnung in die Klasse zu bringen. Am besten gelang ihm das, wenn er von den Jahren erzählte, in denen er in der ganzen Welt als Kriegsberichterstatter herumgekommen war. Dann war es mucksmäuschenstill in der Klasse, und alle hingen gebannt an seinen Lippen.

Einige der Mädchen vermissten Ulrich Krüger, - vor allem war es Elfie, die sich kaum damit abfinden konnte, nun mit Herrn Reimann vorliebnehmen zu müssen, aber auch Jenny war traurig darüber. Doch kaum jemand kannte den wahren Grund für den Lehrerwechsel.

Ein anderes Thema, das neu auf der Aufgabenliste stand, war die Werbung. Dazu gehörte einmal die Herstellung eines Plakats, das für ein bestimmtes Produkt werben sollte, zum anderen eines, auf dem es um eine Handlung ging, die entweder verboten oder empfohlen werden sollte. Sogar im Bereich Architektur kam noch etwas Neues hinzu, nämlich das Foto eines großen Innenraumes, wie beispielsweise eines Saales oder einer Halle.

Die größte Sorge bereitete Leonie allerdings die geforderte ‚Serie', die diesmal nicht nur aus verschiedenen Gegenständen bestehen sollte, sondern bei der es um einen Handlungsablauf ging. Jede einzelne Szene bzw. Aufnahme sollte durch einen ‚sogenannten roten Faden' mit den übrigen verbunden sein. Anfangs konnten sich die Schüler nicht viel darunter vorstellen, doch Frau Rehberg erklärte ihnen auch das anhand eines Beispiels:

„Stellt euch einen Besucher vor, der das erste Mal in Berlin ist. Ihr wollt ihm nun möglichst viele der Berliner Sehenswürdigkeiten zeigen und das auch dokumentieren. Ihr führt ihn durch die ganze Stadt, - das ist die Handlung. Die verschiedenen Stationen, also die einzelnen Fotos mit den Sehenswürdigkeiten, vor denen oder neben denen ihr den Besucher fotografiert, demonstrieren den ‚roten Faden'. Jedes Foto ist

anders, - und doch hängen sie alle zusammen."
Sie zwinkerte ihnen zu. „Natürlich gibt es noch
viel mehr und ganz andere Handlungsabläufe, die
man in Bildern festhalten kann. Aber ich denke,
ihr versteht jetzt, was damit gemeint ist."

Ja, sie hatten es verstanden. Leonie hatte auch
gleich verschiedene Ideen, doch zunächst mußte
sie erst einmal herausfinden, inwieweit sie sich
würden verwirklichen lassen.

*

Das Gebäude wirkte schon ein wenig
heruntergekommen. Ursprünglich war es wohl
eines dieser hübschen verschnörkelten
Stadthäuser in Schmargendorf gewesen, aber
keiner der Menschen, die dort wohnten, hatten
sich nach dem Krieg darum kümmern können,
den alten Glanz von einst wieder aufleben zu
lassen.

Von der Straße aus führten drei Stufen bis zur
Ladentür, rechts und links mit einer Art Geländer
versehen, von denen eines aber so wackelig war,
dass man sich besser nicht daran festhielt.

Neben der Tür war ein Messingschild an der
Hauswand angebracht. ‚Joe Brennigan' stand in
erhabenen Buchstaben darauf, und etwas kleiner

darunter: ‚Fotowerkstatt'.

Ricky mußte schmunzeln. „Für mich ist es immer nur der Laden gewesen, aber für ihn war es von Anfang an seine Werkstatt", erklärte er Leonie. „Er verkauft ja nicht nur, sondern macht auch Aufnahmen, entwickelt Filme, vergrößert Fotos... Eigentlich macht er wirklich alles, was man sich unter dem Begriff ‚Fotografie' vorstellen kann."

„Dann hast du sicher eine Menge von ihm gelernt."

„Irgendwie schon, aber oftmals wußte ich gar nicht, warum man etwas so macht und nicht anders. Jetzt in der Schule lerne ich erst die Zusammenhänge und die Bedeutungen kennen, verstehst du? Und so manches Mal habe ich schon gestaunt und gedacht: ‚Aha, deshalb ist das so'."

Er drückte die Türklinke hinunter, und im nächsten Augenblick erklang ein scheußliches lautes Schnarren. „So kriegt er's auf alle Fälle mit, wenn jemand kommt", erklärte Ricky. „Vor allem, wenn er gerade in der Dunkelkammer steckt oder sonstwo herumwerkelt."

Als sie eintraten, rief er laut: „Ich bin's!" in den Raum hinein.

Leonie sah sich im Laden um. Nein, das war

wirklich kein Laden, wie man ihn kannte oder wie man ihn sich vorstellte, - das war ein kleiner Raum mit Regalen, die bis unter die Decke reichten, und die mit allem Möglichen vollgestopft waren, was man nur irgendwie mit dem Thema Fotografie in Zusammenhang bringen konnte. Man hatte wirklich den Eindruck, als gäbe es nichts, was es hier *nicht* gab: Nagelneue Cameras in Original-Verpackungen, genauso wie unzählige gebrauchte Exemplare, alle Sorten von Filmen, - vom Rollfilm bis zum Kleinbildfilm, - sogar beschichtete Fotoplatten und Planfilme, und außerdem Fotopapier in allen Größen. In einer Art Schaukasten lagen verschiedene Zusatzgeräte, angefangen vom Blitzlicht mit den passenden Birnen dazu bis hin zu Belichtungs- und Entfernungsmessern, dazu verschiedene Filter und Vorsatzlinsen.

Aus jedem Regal sprangen dem Betrachter weltbekannte Markennamen entgegen, die man alle schon vor dem Krieg gekannt hatte: Kodak, Agfa, Adox, Leica...

In einem anderen, gesonderten Regal standen Flaschen mit Chemikalien wie Entwickler und Fixierflüssigkeit für die eigene Herstellung von Fotos, und in einem besonderen Regal gab es auch kleine hübsche Dinge als Zubehör wie

Bilderrahmen, Fotoalben, Ledertaschen und Etuis… Man wußte gar nicht, wo man zuerst hinsehen sollte.

Auch Ricky schaute sich um. Er atmete tief ein und lächelte, ihm war anzusehen, dass er sich hier zu Hause fühlte.

Und dann kam dieser kleine alte dunkelhäutige Mann zwischen den Regalen hervor. Sein Kraushaar war schon fast weiß und stand ihm vom Kopf ab, als sei er gerade unter einem Dunkeltuch hervorgekrochen gekommen. Er griff in die Brusttasche seines grauen Kittels und zog eine Brille heraus, und nachdem er sie aufgesetzt hatte, kam er einen Schritt auf die beiden Besucher zu und betrachtete Leonie eingehend.

„Ist sie das?", fragte er, und Ricky lächelte und antwortete: „Ja, das ist sie. Das ist Leonie."

Der alte Mann nickte. „Sieht nett aus", meinte er, und Ricky nickte. „Ich weiß," und er fügte hinzu: „Sie *ist* auch nett."

Erst dann gab ihr der alte Mann die Hand. „Schön, dich kennenzulernen", sagte er. „Er hat mir schon viel von dir erzählt."

Leonie lachte. „Hoffentlich nur Gutes. Ich glaube, am Anfang hat er mich nicht so besonders gemocht."

„Ja, ja, er braucht immer etwas länger, bis er

einem Menschen vertraut. Aber es ist gut, dass er jemanden wie dich gefunden hat."

Ricky nahm ihren Arm. „Komm mit, ich zeig dir zuerst mal alles", sagte er, und dann führte er sie durch die Räume, die zum Laden gehörten und erklärte ihr, wozu die einzelnen Arbeitsplätze da waren und was im Einzelnen dort gemacht wurde. Es machte ihm sichtlich Spaß, und viele alte Geschichten und Episoden aus den vergangenen Jahren fielen ihm dazu wieder ein, - schließlich hatte er fast sein ganzes bisheriges Leben hier verbracht.

„Kommt ihr mit rauf?", fragte Joe und zeigte an die Decke.

„Über dem Laden haben wir, außer ein paar Abstellräumen, noch ein kleines Zimmer, in dem wir manchmal zusammensitzen und fernsehen", erklärte Ricky. „Aber das zeige ich dir ein anderes Mal." Und an den alten Mann gewandt, sagte er: „Nein Joe, heute nicht. Wir wollen noch weiter."

„Soll ich euch nicht vorher noch einen Kaffee machen? Oder wollt ihr was anderes trinken?"

Er ließ Leonie kaum aus den Augen.

Ricky schüttelte den Kopf. „Nein, Joe, danke", wiederholte er, „wir wollen heute mal in den Treptower Park fahren."

Joe stutzte. „Das ist doch aber *drüben*."

„Ja, das macht doch nichts.“

Der alte Mann hob die Schultern. „Ich weiß nicht recht, ihr solltet nicht dorthin gehen.“

Joe war Amerikaner, deshalb konnte man verstehen, dass er den Treptower Park nicht mochte, weil er im russisch besetzten Teil der Stadt lag. Und mittendrin in der Parkanlage befand sich das berühmte Sowjetische Ehrenmal, das an die 7000 gefallenen Soldaten der Roten Armee erinnern sollte, die um Berlin gekämpft hatten. Das Ehrenmal, in deren Mitte eine riesige Soldatenstatue stand, die ein Kind trug sowie ein zerbrochenes Hakenkreuz, war mit einer Höhe von dreißig Metern das größte seiner Art in Deutschland. Leonie hatte es bis dahin nur auf Bildern gesehen, hatte sich aber sagen lassen, dass es ein Muß sei, es zu besuchen, wenn man in Berlin war.

Ricky legte den Arm um die Schultern seines alten Freundes. „Das ist eine grandiose Parkanlage, Joe, mal was Neues, was anderes. Das muß man gesehen haben.“

„Hast ja recht.“

Als Ricky kurz vorausgegangen war, kam Joe an Leonies Seite. „Du darfst ihm nicht wehtun“, raunte er ihr zu.

Sie schüttelte den Kopf. „Nein, ich werde ihm

nicht wehtun", antwortete sie ihm.

„Versprochen?"

„Versprochen."

‚Ich liebe ihn doch', hatte sie noch hinzufügen wollen, aber… War das eine Garantie dafür, dass man jemandem nicht wehtat?

„Komm nicht so spät nach Hause", rief er Ricky nach, als sie das Haus verließen. „Weil ich mir sonst eben *doch* Sorgen mache, wenn du dort drüben warst."

„Das brauchst du nicht, Joe, wirklich nicht."

„Versprochen?", fragte Joe wieder. Er meinte Ricky, aber er sah auch Leonie dabei an. Und auch Ricky antwortete ihm: „Klar doch, Joe! Versprochen."

*

Für die beiden Plakate, die zu machen waren, hatte Leonie von Anfang an ein paar gute Ideen. Einmal hatte sie eine bekannte Porzellanmarke im Kopf, von der ihr eines der Muster besonders gut gefiel. Es hieß zwar ‚Bunte Blätter', hatte aber mit dem, was man sich normalerweise darunter vorstellte, nichts zu tun: Es waren zarte Zeichnungen abstrakter pastellfarbene Blätter in Türkis, Rosé und Grau auf weißem Grund, und hätte ihr zu jener Zeit jemand ein Service schenken wollen, dann hätte sie sich für genau dieses Dekor entschieden. Man konnte es als Ess- und als Kaffee-Service bekommen. Für ihre Aufnahme besorgte sie sich im KaDeWe allerdings nur verschiedene Teile des Kaffee-Services. Im Aufnahmeraum baute sie eine wunderschöne Kaffeetafel auf, auf der neben den Tellern und Tassen auch Kaffeekanne, sowie Milchkännchen und Zuckertöpfchen gut zur Geltung kamen. Ein Stück Kuchen auf einem Teller im Hintergrund und ein Väschen mit Blumen in der Mitte waren ein reizvoller Blickfang.

Zufrieden atmete sie auf, als die Fotos im Kasten waren. Diese Aufgabe hatte sie nicht als besonders schwierig empfunden, denn während der Zeit, als sie sich mit den Vergleichen beschäftigen mussten, hatten sie gelernt, worauf es bei den Materialaufnahmen ankam.

Die Kaffeetafel hatte sie aus verschiedenen Richtungen und aus den unterschiedlichsten Blickwinkeln aufgenommen, - einmal das ganze Gedeck, dann wieder nur einzelne Teile des Porzellans als Nahaufnahme. Doch erst, wenn sie die fertigen Fotos in Augenschein nehmen konnte, würde sie sehen, welche der Aufnahmen am wirkungsvollsten war und ihr am besten gefiel. Dann erst wollte sie entscheiden, welche für ihr Plakat in Frage kam.

„Tolle Idee", lobte Isabell, und die kleine Vera Dahlmeyer meinte: „Ich hoffe doch, es gibt wirklich Kaffee und Kuchen, wenn du damit fertig bist."

Daran hatte Leonie natürlich auch schon gedacht, aber... „Ich weiß nicht, ob es heute noch dazu reicht. Wenn nicht, dann holen wir das auf jeden Fall irgendwann nach."

Das zweite Plakat würde schwieriger werden, das war ihr von Anfang an klar, doch auch diesbezüglich gab es bereits eine bestimmte Vorstellung in ihrem Kopf. Es sollte um den Aufruf ‚Augen auf im Straßenverkehr' gehen, und dazu brauchte sie Rolf und seinen *Eberhard.* Das allerdings war kein Problem, im Gegenteil. Rolf war sofort Feuer und Flamme, als sie ihm erklärte, wie sie sich das Foto vorstellte.

Sie hatten beim Essen in der Mensa darüber geredet. Um die Angelegenheit zu besprechen, hätte Rolf sie zwar lieber in ein Café eingeladen, doch das wollte sie nicht. Sie wußte, dass Ricky eifersüchtig sein konnte, vor allem, wenn es um Rolf ging, - obwohl er doch inzwischen wissen mußte, dass es dafür überhaupt keinen Grund gab. Aber keinesfalls wollte sie ihn verärgern oder gar traurig machen, denn sie wußte, dass sein Selbstbewusstsein in früheren Jahren sehr gelitten hatte, dass er erst jetzt, seit er die Schule besuchte, dabei war, es mühselig aufzubauen und zu begreifen, dass auch er jemand war, der etwas bedeutete, der etwas konnte, der sich vor niemandem zu verstecken brauchte. Auch nicht vor Menschen mit heller Hautfarbe. Er hatte sich in Leonie verliebt, und er war stolz und glücklich darüber, dass er ihr Herz erobert hatte, doch nun lebte er ständig in der Angst, jemand wie Rolf könnte sie ihm wieder wegnehmen.

Aus diesem Grund war Leonie mit Rolf, anstatt in einem Café, in der Kantine gelandet, saß vor ihrer Kohlroulade mit Kartoffelbrei und hatte sich vorgenommen, ihm klarzumachen, dass sie ihn zwar mochte, dass sie Ricky seinetwegen aber niemals aufgeben würde.

Im Allgemeinen hatten die Klassenkameraden inzwischen verstanden und akzeptiert, dass Ricky eine besondere Rolle für Leonie spielte, und im Grunde war das auch Rolf klar. Ganz sicher wollte er Ricky weder kränken noch provozieren, wenn er Leonie den Hof machte. Es war wohl eher eine Art Jagdfieber, das viele Männer ergriff, wenn sie eine Frau mochten und feststellen mussten, dass auch noch ein anderer ein Auge auf sie geworfen hatte.

Rolf hatte sich nur einen Nachtisch genommen. Er war schnell damit fertig, hatte aber keine Lust, aufzustehen und zu gehen.

„Wann fangen wir denn nun an mit den Aufnahmen für dein Plakat?", fragte er. „Soll *ich* hinter dem Steuer sitzen, und du läufst erschreckt vor das Auto?"

Leonie lachte. „Nein, das geht doch nicht, wie stellst du dir das vor. Auf dem Foto darf ich doch gar nicht erscheinen, ich bin doch der Fotograf."

„Ach ja, richtig!" Auch Rolf lachte. „Dann nehmen wir einen anderen aus meiner Gruppe, entweder Michael oder Ricky. Am besten setzen wir Ricky hinter das Steuer und tun so, als hätte er mich fast überfahren."

Sie schüttelte den Kopf. „Das geht auch nicht. Überleg doch mal, wie das aussieht: Ein Farbiger überfährt um ein Haar einen Weißen."

„Er bremst doch rechtzeitig."

„Schon. Aber dann gilt *ihm* der Hinweis ‚Augen auf im Straßenverkehr'. So, als hätte *er* nicht aufgepasst."

„Dann machen wir es umgekehrt: Ich sitze hinter dem Steuer und hätte Ricky fast überfahren.“

Sie schüttelte wieder den Kopf. „Dann heißt es, du hättest fast einen Farbigen überfahren.“

„Na und? Ich hab's ja nicht getan.“

Sie seufzte. „Wir müssen denjenigen, die etwas gegen Ricky vorbringen könnten, rechtzeitig den Wind aus den Segeln nehmen, verstehst du? Er darf nicht derjenige sein, der einen anderen fast umfährt, er darf aber auch nicht derjenige sein, der fast umgefahren wird, weil er im Straßenverkehr nicht aufpasst.“

„Glaubst du, dass er so empfindlich ist?“

„Nicht empfindlich, Rolf. Aber er hat schon sein Leben lang gegen Vorurteile zu kämpfen gehabt. Ich will nicht, dass mein Foto manch einem Gelegenheit gibt, irgendetwas gegen ihn vorzubringen.“

Rolf sah sie nachdenklich an. „Du magst ihn sehr, stimmt's?“

Sie nickte und schaute von ihrem Kartoffelbrei auf, ihm direkt in die Augen. „Ich *liebe* ihn, Rolf.“

„Du... liebst ihn?“ Er schien fassungslos zu sein, weil sie das gesagt hatte.

„Ja, ich liebe ihn, und ich würde nie etwas tun, was ihm schadet, was ihn ärgert oder diskriminiert. Und auch nichts, was ihn traurig machen oder verletzen könnte...“

„Heißt das..., da ist mehr zwischen euch? Gehst du mit ihm?"

Sie mußte lachen, wurde aber gleich wieder ernst. „Ja, das heißt es. Das bedeutet aber nicht, dass wir beide, du und ich, die Aufnahmen für mein Plakat nicht zusammen machen können."

„Verstehe." Er überlegte, aber irgendwie schien ihm das, was sie gesagt hatte, nicht so schnell aus dem Kopf zu gehen. „Gut", meinte er nach einer Weile, „dann setzen wir Michael hinter das Steuer, und ich spiele den Verkehrssünder."

„Ja, so könnte es klappen. Am besten, du nimmst noch eine Zeitung in die Hand, damit es so aussieht, als hättest du gelesen, anstatt auf den Verkehr zu achten. Und dabei hast du dann beinahe das Auto übersehen..."

„Klingt gut. Wann fangen wir an?"

„Gleich morgen früh, falls du Zeit hast?", schlug sie vor.

Er zwinkerte ihr zu. „Die Zeit nehme ich mir. Ich helfe dir doch gerne, das weißt du." Dann fuhr er sich nachdenklich mit der Hand über die Stirn und sagte kopfschüttelnd: „Na sowas! Du und der Ricky! Das habe ich nicht gewußt."

*

Auch in der Retuschestunde bekamen sie eine ganz neue Aufgabe: Sie sollten eine Person auf einem Foto einfach verschwinden lassen.

„Stellt euch eine Gruppe von vier Musikern vor", sagte Frau Mosbacher, um ihnen zu erklären, worum es ging. „Einer von ihnen verlässt die Gruppe, und sie sind nur noch zu dritt. Natürlich können sie die alten Werbefotos, auf denen sie noch zu viert sind, nicht mehr verwenden, für eine ganz neue Aufnahme ist aber nicht genügend Geld da. Also wird der abtrünnige Musiker einfach wegretuschiert. Das ist gar nicht so schwer, man muß sich nur den Hintergrund genau ansehen. Und an der Stelle, an der der vierte Mann stand, passt man den Hintergrund einfach an, indem man ‚aufmalt', was fehlt."

Die meisten in der Klasse stöhnten, doch Leonie fand diese Aufgabe eigentlich recht interessant. Für jeden, der gern malte und kreativ sein konnte, war das eine schöne Aufgabe, fand sie, eine großartige Herausforderung. Sobald sie zwischen den anderen Arbeiten ein bisschen Zeit hatte, fing sie an, darüber nachzudenken, wie und was sie machen könnte, um auch diese Aufgabe zu meistern. Eine passende Idee dafür kam ihr, als sie Rolf einmal zum Parkplatz am

Marie-Luise-Platz gefolgt war, wo er für gewöhnlich den *Eberhard* abstellte. Dort, wo jetzt die Autos parkten, hatte früher ein Haus gestanden, das man abgerissen hatte, weil sich die Renovierungsarbeiten wahrscheinlich nicht gelohnt hätten. Der Abriss hatte eine Art ‚Narbe' am Nebenhaus hinterlassen, und soweit vormals das andere Gebäude hinaufgereicht hatte, war nun rohes, unverputztes Mauerwerk zu sehen.

Leonie traf Isabell im Aufziehraum. „Ist dir schon was für die neue Retusche-Arbeit eingefallen?", fragte sie sie und blieb, ausgestattet mit einer der Schul-Cameras und mit passendem Stativ, vor ihr stehen. „Hättest du nicht Lust, *mich* einfach verschwinden zu lassen?"

Isabell lachte. „Kommt drauf an, von wo." Und nachdenklich fügte sie hinzu: „Ich glaube, es ist gar nicht so einfach, den richtigen Platz dafür zu finden."

„Ich habe ihn!" Leonie strahlte und nahm ihren Arm. „Komm mit mir, ich zeige ihn dir."

„Wo willst du denn hin? Sollten wir uns nicht abmelden?"

„Nein, nein, nicht nötig", war Leonies Antwort, und sie lachte wieder. „Warum denn in die Ferne schweifen…?" Sie zog die Klassenkameradin in

Richtung Fahrstuhl. „Komm, das wird dir gefallen."

Isabell folgte ihr nur widerstrebend, doch inzwischen wußte sie, wenn Leonie eine Idee hatte, dann konnte sie so schlecht nicht sein. Sie nahm ihr den Camera-Koffer ab und fragte neugierig: „Wo führst du mich denn hin?"

Auf dem Parkplatz angekommen, hatte sie noch immer keine Ahnung, was Leonie vorhatte, im Gegenteil, sie missverstand die Situation und dachte, Leonie hätte Rolf angeheuert, um sie mit dem *Eberhard* irgendwohin zu fahren.

„Nein, nein, weder Rolf noch der *Eberhard* haben etwas damit zu tun", erklärte ihr Leonie und führte sie durch die Reihen der parkenden Autos. Vor der nackten hässlichen Wand baute sie die Camera auf. „Stell dich mal dorthin, ich werde eine Aufnahme von dir machen."

Isabell stutzte, schaute die Mauer hinauf und wieder zurück. „Aha", meinte sie dann, sie hatte verstanden. „Du hast recht, so schwierig dürfte es nicht sein, ein paar hässliche Steine nachzumalen."

„Ganz recht, das schaffen wir." Leonie lachte. „Das machen wir doch mit links, oder?"

Zuerst wurde also Isabell vor der Mauer aufgenommen, dann war Leonie dran.

Zurück in den Fotoräumen machten sie sich gleich daran, die Platten zu entwickeln. Und ja, ihre Aufnahmen waren gut geworden, genauso, wie sie es sich vorgestellt hatten. Und gleich am nächsten Tag, als die Platten trocken waren, begannen sie damit, sich gegenseitig mit dem Retuschiermesserchen von den Negativen zu entfernen. Dabei mussten sie natürlich so vorsichtig wie möglich vorgehen, um nicht zuviel der schwarzen Schicht abzutragen, deshalb ließen sie sich viel Zeit dafür. Danach würde es darauf ankommen, wie gut sie darin waren, mit Farbe und Pinsel das Mauerwerk nachträglich wieder dort entstehen zu lassen, wo vorher sie als Person gestanden hatten.

Eine andere Möglichkeit bestand darin, von der Fotoplatte, von der die Person bereits entfernt worden war, ein Papierfoto herzustellen, und dort die Steine mit Retuschierfarbe ‚aufzumalen‘, wo sie fehlten. Sie wollten beides versuchen, Glasplatte *und* Papier, und sich dann entscheiden, welche der Ausführungen sie zur nächsten Prüfung vorlegen würden. Vielleicht sogar beide? Möglicherweise konnte ihnen das zu einem Extrapunkt verhelfen.

13.

„Schade, dass man hier im Zentrum der Stadt durch die vielen Lichter den Sternenhimmel nicht erkennen kann", sagte Ricky, als sie Hand in Hand über den Ku'Damm schlenderten. „Man kann weder die Sterne noch den Sputnik sehen."

„Den Sputnik? Ist das nicht der Satellit, den die Russen ins Weltall geschossen haben?", fragte Leonie.

„Ja."

„Ist das der, in dem angeblich ein Hund sitzen soll? Hieß er nicht *Laika*?"

„Ja, im Sputnik 2. Keine Ahnung, ob das der ist, der im Augenblick da oben rumfliegt." Ricky hob die Schultern. „Soviel ich weiß, hat es mehrere Ausführungen des Sputniks gegeben, und ich habe gelesen, dass man sogar in einigen davon Tiere in den Weltraum geschossen haben soll. Wer weiß, ob sie die Reise überhaupt überlebt haben."

„Was für ein trauriges Schicksal für einen kleinen Hund", meinte Leonie. „Vielleicht sollten wir mal bei sternklarem Himmel in den Tiergarten gehen, weil es dort dunkel genug ist. Dort müsste man den Sputnik auf jeden Fall sehen können, aber... Glaubst du, dass man ihn zwischen all den Sternen überhaupt erkennen kann?"

„Ich denke schon, weil er sich bewegt. Jedenfalls schneller, als ein Stern. Man darf ihn nur nicht verwechseln mit einem Flugzeug, das sich ja auch bewegt, und das auch sehr klein ist, wenn es in großer Höhe fliegt."

Sie nickte. „Also gut, das nächste Mal fahren wir in den Tiergarten. Abgemacht?"

Ricky lachte. „Von mir aus. Aber jetzt sind wir erst mal auf dem Ku'damm, und hier will ich dir heute auch was zeigen, was du ganz sicher noch nie gesehen hast."

„Hier? Auf dem Ku'damm?"

„Ja."

Nach wenigen Metern blieb er vor einem ziemlich unscheinbaren Gebäude stehen. Das Besondere daran war, dass es zwei Eingänge hatte. Der eine gehörte zu einer kleinen Pension, doch daran ging er vorüber. Stattdessen wandte er sich der anderen Tür zu, die man vom Bürgersteig aus über zwei hinabführende Stufen erreichte. Leonie wunderte sich, als er sich dieser kleinen Treppe zuwandte und die Hand nach ihr ausstreckte. „Komm", meinte er lächelnd.

„Was ist das?"

Er nahm ihren Arm. „Wie gesagt, ich will dir etwas zeigen." Und weil sie zögerte, fügte er hinzu: „Es wird dir gefallen. - Und wenn nicht, dann können wir zu jeder Zeit wieder gehen."

Sie hatte keine Ahnung, wohin diese Tür führte. Wohnte hier auch jemand, den Ricky gut kannte? Ein weiterer Freund von ihm, den er ihr vorstellen wollte? Hatte er tatsächlich Freunde, die reich genug waren, um auf dem Ku'damm zu wohnen?

Die Tür war nicht verschlossen, und als er sie einen Spaltbreit öffnete, waren im schwachen Schein einer Lampe eine Reihe weiterer Stufen zu erkennen, die noch weiter hinabführten bis zu einer Pendeltür. Und von dort unten herauf war Musik zu hören.

Nun war Leonie doch neugierig geworden.

Als sie unten ankamen, drückte Ricky die Pendeltür auf und..., im nächsten Augenblick standen sie im ,Uncle Lou's', - nur, dass Leonie in diesem Moment noch nicht wußte, wo sie gelandet waren. Vor ihnen, auf einem Podium, spielten drei farbige Musiker auf ihren Instrumenten: Auf einem Saxophon, einem Contrabass und einem Schlagzeug. Das war Swing. - War das nicht dieselbe Musik wie auf

Rickys Schallplatte, die er damals im KaDeWe gekauft hatte? Musik, die Leonie vom AFN her kannte, und die sie sehr mochte? Vor allem das Saxophon. Es brachte ihr Innerstes regelrecht zum Schwingen.

Die drei Musiker schauten ihnen neugierig entgegen, und der Saxophonist riß während seines Spiels die Augen auf und brachte Ricky damit zum Lachen, - sie kannten sich.

Vor dem Podium waren kleine runde Tischchen aufgestellt, an denen nur jeweils zwei oder drei Gäste sitzen konnten. Dazwischen auf einer winzigen Tanzfläche tanzte engumschlungen ein älteres Paar.

Das ‚Uncle Lou's' war ein kleiner Tanzclub, von dem nur die wenigsten wussten, dass es ihn gab. Er galt mehr oder weniger als Geheimtipp unter den Amerikanern, die Berlin besuchten, und wenn man ihn nicht kannte, konnte man auf der Straße leicht daran vorübergehen, weil es nichts gab, was darauf hingewiesen hätte, was sich hinter der Tür verbarg. Auch Leonie hatte nie zuvor davon gehört. Verwundert schaute sie sich nun um. Obwohl die Bar- und Ausschanktheke hinter den Tischen genauso aussah, wie sie es schon auf Fotos gesehen hatte, war es doch das erste Mal in ihrem Leben, dass sie ein solches

Lokal betreten hatte. Sie mußte an Jenny denken, die sich diesbezüglich wahrscheinlich viel besser auskannte, als sie, die sich in einer solchen oder ähnlichen Umgebung mit gutbetuchten älteren Herren traf und versuchte, nett zu ihnen zu sein... Hier schien es solche Herren nicht zu geben, dachte sie erleichtert, und es war gut, stattdessen Ricky an ihrer Seite zu wissen.

Sie beobachtete die Musiker. Obwohl auch sie Farbige waren, sahen sie ganz anders aus, als Ricky. Der Saxophonist erinnerte an Louis Armstrong, den Trompeter, dessen Foto inzwischen jeder kannte, aber auch die beiden anderen hatten dunklere Haut und andere Gesichtszüge, als Ricky. Dass er trotz seiner dunkleren Hautfarbe so hübsch aussah, mochte daran liegen, dass seine Mutter eine Weiße war.

Er wies auf den Saxophonisten. „Das ist Lionel, auch ein Freund von mir", erklärte er ihr. Damit sie ihn verstand, mußte er sich dicht zu ihr hinunterbeugen. „Er ist der Bruder von Joe aus dem Laden."

Sie nickte und lachte dem Musiker zu, damit er merkte, dass Ricky ihr von ihm erzählt hatte, und er nickte zurück und, ohne sein Spiel zu unterbrechen, rollte er wieder mit den Augen, und auch Leonie mußte lachen.

Ricky führte sie an einen der kleinen Tische und machte dem Barkeeper hinter der Theke ein Zeichen. „Was trinkst du?", fragte er Leonie. „Ich nehme meistens einen Bourbon, wenn ich hier bin. Aber vielleicht möchtest du etwas anderes?"

Sie hob die Schultern. „Ich weiß nicht... Gibt's hier auch Cola?"

Ricky lachte. „Klar gibt's hier auch Cola. Aber wie wäre es denn vorher mit einem kleinen Likör?"

„Likör? Das ist doch auch was Alkoholisches, oder?"

„Ja, schon, aber da ist nur ganz wenig Alkohol drin. Likör ist was Süßes, das es in verschiedenen Geschmacksrichtungen gibt. Amaretto zum Beispiel, oder Mokka. Ich könnte mir auch vorstellen, dass du Orangenlikör magst..."

„Ja, vielleicht..."

„Hast du denn noch nie einen Likör getrunken?"

Sie schüttelte den Kopf. „Nein. Bei meinen Eltern gibt's nie Alkohol, höchstens zur Feier des Tages mal einen Wein, wenn sie Besuch haben, oder bei ganz außergewöhnlichen Anlässen. Aber ich mag diese Sachen nicht."

„Trinkt denn dein Vater kein Bier?"

„Doch, schon, aber ganz selten."

Leonie glaubte zu wissen, warum es zu Hause

nur selten Alkohol gab. Spirituosen waren teuer. Sie hatte ihre Eltern einmal belauscht, als es um die Einladung von Papas Geschäftskollegen ging. „Du mußt ja nicht unbedingt den teuersten Wein besorgen", hatte sie Mama sagen hören. „Da gibt es doch auch günstigere Sorten, die auch sehr gut sind."

Ihr Vater hatte heftig aufbegehrt. „Wie stellst du dir das vor, sie sind Weinkenner, ich will mich doch nicht blamieren. Was sollen sie denn von mir denken, wenn ich ihnen irgend so ein billiges Zeug vorsetze."

„Und wenn du nur einen Kasten Bier besorgst?"

„Dann können wir gleich in die nächste Kneipe gehen. Nein, das wäre nicht angemessen. Es geht schließlich um etwas sehr Wichtiges."

„Gut", hatte Mama geantwortet, „dann werde ich versuchen, „das demnächst beim Mittagessen wieder einzusparen."

Papa hatte genickt. „Das kriegen wir schon irgendwie hin", hatte er gesagt.

Damals war Leonie erneut klargeworden, wie wichtig es war, mit dem Geld, das ihnen zur Verfügung stand, sparsam umzugehen. Sie wußte, ihre Eltern hatten sie auf die Schule nach Berlin geschickt, obwohl sie sich das eigentlich gar nicht hatten leisten können, deshalb war sie nun auch stolz darauf, dass ihre Noten so gut waren, dass ihr ein Stipendium gewährt werden konnte.

„Einen Bourbon, wie immer?", hörte sie den jungen Barkeeper fragen, als er von der Theke zu ihnen herüberkam. Ricky begrüßte auch ihn, wie einen alten Bekannten. „Ja, wie immer", sagte er.

„Und für die Lady?"

„Einen Orangenlikör." Ricky lächelte, und an Leonie gewandt meinte er: „Keine Angst, von Orangenlikör kriegst du keinen Schwips. Probier einfach mal, du wirst ihn mögen."

Und er hatte recht. Nachdem sie daran genippt und gemerkt hatte, wie gut er schmeckte, wurde sie mutiger.

Ricky lachte. „Noch einen?" Doch da schüttelte sie energisch den Kopf. „Nein, nein, vielleicht das nächste Mal..."

Inzwischen hatten die Musiker aufgehört zu spielen. Die wenigen Gäste klatschten. Der Saxophonist legte sein Instrument zur Seite und kam zu ihnen herüber.

„Na, so eine Überraschung!" Er legte den Arm um Ricky und drückte ihn kurz an sich. „Du warst schon lange nicht mehr hier."

„Du weißt ja, die Schule!"

„Ja, Joe hat mir erzählt, dass du die Sache sehr

ernst nimmst."

„Klar, wenn man einen guten Abschluss will, muß man auch etwas dafür tun."

Lionel nickte und wandte sich dann an Leonie. Er nahm ihre Hand und ließ sie eine ganze Weile nicht mehr los.

„Ich habe davon gehört, dass du ein nettes Mädchen kennengelernt hast", sagte er lachend zu Ricky. „Ich freu mich für dich, du hast es verdient." Dann setzte er sich zu ihnen an den Tisch und fing an, Leonie kleine Episoden aus Rickys Kindheit zu erzählen. Und aus jedem Satz hörte man heraus, wie gern er ihn hatte.

*

Gleich morgens, nachdem sie aufgewacht war und die Vorhänge aufgezogen hatte, sah Leonie, was draußen los war: Nebel! Schöner, dicker, grauer Nebel! Mit Müh und Not konnte sie die U-Bahnstation *Bayerische Platz* erkennen, und der obere Teil des Schöneberger Rathauses über den Dächern war gar nicht mehr zu sehen. Sie seufzte tief, allmählich mußte man sich damit abfinden, dass auch die schönen, warmen und sonnigen Herbsttage bald der Vergangenheit angehören würden. - Doch halt! War das nicht ein tolles

Motiv für eine Herbstaufnahme?

Sie beeilte sich mit der Morgentoilette, lief so schnell sie konnte zur Schule, um ihre Rollei aus dem Spint zu holen und fuhr mit der Straßenbahn zum Teltow-Kanal. Sie mußte sich beeilen, denn stellenweise versuchte schon die Sonne, sich durch den Nebel durchzumogeln. Doch am Kanal zog er noch immer in dicken Schwaden über das Wasser dahin. Sie hatte Glück, denn es gelang ihr, die Szenerie mit ihrer Camera einzufangen, bevor die Sonne ganz die Oberhand gewann.

Als sie zur Schule zurückkam, hatte der Unterricht bereits begonnen, doch als Frau Rehberg erfuhr, was der Grund für ihre Verspätung gewesen war, als sie das Strahlen in Leonies Augen sah, freute es sie, dass sie beim Anblick des Nebels keine schlechte Laune bekommen, sondern das Beste daraus gemacht hatte. „Ich drück Ihnen die Daumen, Leonie. Doch wie ich Sie kenne, werden Sie uns ganz sicher eine wunderschöne stimmungsvolle Aufnahme präsentieren."

Nachdem der Film entwickelt war, zog sich Leonie damit in die Dunkelkammer zurück, - diesmal mußte sie mit der großen zufrieden sein, weil die kleine schon besetzt war.

„Leonie? Hast du einen Augenblick Zeit?"

Es war Michael, der herüberkam und ihr über die Schulter schaute. „Was machst du gerade?"

„Ich habe heute früh das Glück gehabt, meine Herbstaufnahme in den Kasten zu kriegen. Eine wunderschöne Nebelaufnahme, - ich glaube jedenfalls, dass sie wunderschön geworden ist."

„Laß mal sehen."

Eines der Fotos schwamm bereits im Entwickler, und sie schwenkte die Schale in der Hoffnung, dass es dadurch ein bisschen schneller ging.

„Wo hast du das aufgenommen?"

„Am Teltow-Kanal."

Das Foto wurde immer klarer und deutlicher, man konnte inzwischen schon gut erkennen, was es darstellte.

Michael war ganz nah an sie herangekommen, als würde er sich tatsächlich für das Foto interessieren, doch dicht an ihrem Ohr sagte er: „Ich muß dir was erzählen."

Sie hatte eine Vermutung, worum es gehen könnte. „Bist du sicher, dass ich es auch hören will?"

„Eigentlich schon."

Sie geriet ins Straucheln und dachte, dass es vielleicht doch nicht um Kim ging, sondern viel eher um Ricky. Wußte er etwas, was sie noch nicht wußte? Hatte jemand versucht, ihn in ein schlechtes Licht zu rücken?

„Dann red schon."

Michael schaute sich in der Dunkelkammer um, ihm war noch immer zuviel los. „Doch nicht hier!", meinte e. „Komm am besten mit raus, du kannst doch auch nachher hier weitermachen."

Ungeduldig wartete er, bis das Foto fertig entwickelt war, und er lief schon zur Tür, während sie es noch im Fixierbad schwenkte. Doch sie folgte ihm erst, als es unbeschadet im Wasserbad lag und nichts mehr damit passieren konnte. Er lief zum Fahrstuhl.

„He, wo willst du denn hin? - Mach's doch nicht so spannend."

Er blieb stehen, sah sich nach ihr um und konnte kaum warten, bis sie ihn eingeholt hatte. Als es abwärts ging, sagte er zu ihr: „Leonie, ich habe mit ihr geschlafen."

Im ersten Augenblick begriff sie nicht gleich. Meinte er etwa Kim? Sie sah ihn völlig entgeistert an. „Was hast du?"

„Ja, ich habe mit ihr geschlafen."

„Bist du denn verrückt?"

„Ich habe das gar nicht gewollt. Ehrlich!"

„Pah!" Sie war ärgerlich. „Das sagen sie immer."

„Ich wollte nur mal sehen, ob sie sich küssen

lässt."

„Das hat sie dann ja wohl, oder?"

„Ja, sie hat gar nicht mehr aufhören wollen. Dabei konnte sie überhaupt nicht richtig küssen, sie hat nur dauernd..."

„Michael!"

„Was soll ich denn jetzt machen?"

„Bis jetzt hast du doch auch gewußt, was zu machen war, oder?"

„Das hat sich so ergeben. - Sie war bei mir zu Hause, weißt du? Ich wollte, dass sie wieder geht, aber sie hat mich einfach nicht mehr losgelassen. Sie hat sich richtig an mich geklammert..."

„Jetzt sag bloß noch, sie hat dich vergewaltigt."

„Nein! Natürlich nicht! Aber so habe ich mir das auch nicht vorgestellt, so war das nicht geplant."

Er machte einen völlig verzweifelten Eindruck. Sie dachte: ‚Das geschieht dir recht.' Aber zu ihm sagte sie: „Vielleicht überlegst du dir das nächste Mal *vorher*, wie weit du gehst. - Was hast du mich neulich gefragt? Ob es was bringt? - Und? Hat es was gebracht?"

„Leonie! Was soll ich denn jetzt machen?", wiederholte er verzweifelt.

„Hast du wenigstens verhütet? Sonst bringt's vielleicht tatsächlich was."

In diesem Augenblick kam ihnen Rolf über den

Innenhof entgegen. „Schön, dass wir dich treffen", sagte sie zu ihm. „Dein Freund Michael hat dir nämlich etwas zu erzählen. Vielleicht kannst *du* ihm aus der Patsche helfen."

Und dann machte sie kehrt, ließ die beiden verblüfft stehen und fuhr mit dem Fahrstuhl einfach wieder nach oben.

„Diese Idioten", sagte sie kopfschüttelnd vor sich hin. Doch dann fiel ihr der Abend mit Ricky in ihrem Zimmer ein. - Nein, nein, das war etwas anderes gewesen. Etwas ganz anderes. Sie liebte Ricky doch, und er liebte sie. - Aber war es nicht möglich, dass Kim genauso verliebt in Michael war, wie sie in Ricky? Und doch… Sie mußte es doch gemerkt haben, wenn er nicht mit dem Herzen dabei gewesen war. Oder?

Einen Augenblick lang dachte sie daran, mit Kim zu reden, doch dann schüttelte sie den Kopf. Warum eigentlich? Kim war erwachsen und hätte wissen müssen…

Sie schloss einen Moment lang die Augen und hielt sich die Ohren zu. Nein, nein, nein! Sie wollte nichts davon hören. Sollten sie sehen, wie sie da wieder rauskamen. Das alles ging sie nichts an.

Und dann kam ihr Kim leibhaftig entgegen, als sie sich in der Dunkelkammer weiter um ihre

Herbstfotos kümmern wollte.

„Hallo, Leonie. Wo warst du denn heute früh? Ich habe mindestens fünf Minuten lang auf dich gewartet."

„Oh, das tut mir leid, Kim, ich bin gleich an den Teltow-Kanal gefahren, als ich den schönen dicken Nebel gesehen habe."

„Gute Idee!", meinte sie anerkennend.

Leonie schaute sie prüfend an. „Und du? Wie geht's dir?"

„Gut. Warum fragst du?"

„Du siehst irgendwie... zufrieden aus."

Kim lachte. „Findest du?"

„Läuft alles so, wie's laufen soll?"

Nun schaute sie Leonie doch ein wenig mißtrauisch an. Ahnte sie, dass Michael mit ihr geredet haben könnte? Sie wußte doch, dass sie sich gut mit ihm verstand. „Es ist alles in Ordnung", sagte Kim. „Ich habe meine Herbstaufnahme gestern schon gemacht. Ohne Nebel, aber mit einer Reihe Bäume voller hübscher bunter Blätter." Sie erwähnte Michael nicht, und Leonie fragte nichts. Vielleicht hatte sie ja Glück, und es war nichts passsiert. - Und was war mit Ricky und ihr? - Sie war sich ziemlich sicher, dass auch bei ihnen alles gutgehen würde. Und wenn nicht...? Sie liebten sich doch!

An den kommenden Wochenenden unternahm sie viel zusammen, Leonie und Ricky. Sie entdeckten nicht nur andere interessante Gegenden in Ostberlin, sie verbrachten auch fast einen ganzen Sonntag im Zoo, und einen der letzten schönen warmen Herbsttage nutzten sie sogar für eine Rundfahrt auf dem Wannsee. Mit Ricky lernte sie Berlin auf eine ganz andere Art kennen.

Neben all den bekannten Sehenswürdigkeiten gab es auch einige interessante Ausstellungen und Museen in der Stadt, die Leonie sich gern angesehen hätte, doch leider blieb ihnen nicht genügend Zeit für alles. Eines aber wollte sie sich auf keinen Fall entgehen lassen, solange sie in Berlin war: Den Besuch bei der Nofretete. Seit Jahren hatte sie sich schon für die ägyptische Königin und ihr Leben interessiert, und sie hatte auch Ricky schon vieles von dem erzählt, was sie in ihren Büchern über sie gelesen und erfahren hatte. Lächelnd und ohne müde zu werden hatte er ihr zugehört, deshalb freute es sie ganz besonders, dass er sie in das Charlottenburger Schloss begleitete, wo die berühmte Büste zu bewundern war.

„Ist sie nicht wunderschön?", fragte sie ihn, und er nickte lächelnd und zog sie zärtlich an sich. „Ja, sie ist sehr schön. Aber ich bin froh, dass es dich nicht nur als Steinbüste, sondern wirklich und wahrhaftig und aus Fleisch und Blut für mich gibt."

*

Leonie und Ricky beschlossen, auch Evas Grab zu besuchen, doch sie wussten nicht, wo sie es finden würden. Zunächst fragte Leonie Frau Rehberg, doch auch sie konnte ihnen keine Auskunft darüber geben, denn Evas Vater hatte jeden Kontakt zu Schülern und Lehrern abgeblockt. Leonie beschloss, mit ihm zu reden, und obwohl es ihr schwerfiel, rief sie ihn an. Im ersten Augenblick glaubte sie, er würde gleich wieder auflegen, doch dann schien er sich zu besinnen und sich an sie zu erinnern. Er wußte ja nicht, dass ihr Zuhause nur ein möbliertes Zimmer in der Bamberger Straße war, stattdessen glaubte er noch immer, dass sie mit ihren Eltern, von denen sie ihm erzählt hatte, in der Nähe der Unfallstelle wohnte. Von der Polizei hatte er erfahren, dass es nicht Leonie gewesen war, die Eva zur Straßenbahnhaltestelle begleitet hatte, sondern Ulrich Krüger, der Lehrer. Das bedeutete für ihn, dass er der Schuldige war, nicht aber Leonie. Trotzdem machte sie sich noch immer Vorwürfe, und sie mußte weinen, als sie dem Mann am Telefon versicherte, wie sehr ihr Eva fehlte. Eine Weile schwieg er, dann verriet er ihr mit rauer Stimme, wo sie das Grab finden würde.

Am nächsten Wochenende fuhr sie mit Ricky auf den Friedhof. Es gab noch keinen Grabstein, auf dem Erdhügel lagen noch immer zwei Kränze, - einer von ihrem Vater, der andere von ihrer Tante, die sich im Namen aller Verwandten mit liebevollen Worten auf der Schleife von Eva verabschiedet hatte. Daneben gab es nur vereinzelt ein Blumengesteck, - inzwischen schon fast verwelkt.

Leonie legte die Rose, die sie mitgebracht hatte, daneben. Sie weinte wieder. Ricky nahm sie in den Arm, und sie vergrub ihr Gesicht an seiner Brust. „Es war auch meine Schuld", schluchzte sie. Bisher hatte sie niemandem von dem Geheimnis erzählt, das sie mit Eva geteilt hatte. - Auch Ricky nicht.

„Warum sollte es denn deine Schuld gewesen sein? Du bist doch nicht dabei gewesen", sagte er und strich ihr zärtlich über das Haar.

„Wir haben ihren Vater belogen, sie war gar nicht bei mir, um meinen Geburtstag zu feiern, wie wir ihm erzählt haben. Ich hatte gar keinen

Geburtstag, das haben wir nur gesagt, damit sie die Nacht mit ihrem Freund verbringen konnte."

„Wie ist es denn passiert? Hieß es nicht, sie sei von einem Auto überfahren worden?"

„Ja, am nächsten Tag, als sie wieder nach Hause fahren wollte. Auf dem Weg zur Haltestelle."

„Aber dafür konntest doch *du* nichts."

„Nein. Aber hätte ich ihr kein Alibi gegeben, hätte sie wahrscheinlich gar nicht über Nacht wegbleiben können." Sie weinte noch immer. „Ich habe ihr doch nur helfen wollen..."

„Nein, Leonie, trotz allem war es nicht deine Schuld. Im Grunde war es sogar die Schuld ihres Vaters, denn hätte sie offen mit ihm reden können, wäre es nicht notwendig gewesen, dass sie ihn anschwindelt. Hast du eigentlich ihren Freund gekannt? War er bei ihr, als es passiert ist?"

„Ich war mir nie ganz sicher, wer er war, ich hatte immer nur eine Vermutung. Und ja, nachdem, was Frau Rehberg erfahren hat, war er bei ihr."

Ricky nickte. „Das muß sehr schlimm für ihn gewesen sein." Er drückte einen Kuss auf Leonies Haar. „Aber du warst nicht dabei, als es passiert ist, Leonie. Du darfst dir keine Schuld geben. Es hätte überall geschehen können, auch zu einer

ganz anderen Zeit, an einem ganz anderen Ort…"
Sie nickte und schluchzte wieder. „Ich weiß,
aber trotzdem…! Sie war meine Freundin."

14.

Inzwischen rückte Weihnachten immer näher,
und für die Ferien stand Leonies Fahrt nach
Hause wieder an, nach Oldenburg. Ihre Eltern
hätten es ihr sehr übelgenommen, wenn sie nicht
gekommen wäre, und für sie selbst wäre es kein
richtiges Weihnachtsfest gewesen ohne sie. Am
liebsten hätte sie Ricky mitgenommen, doch das
war unmöglich. Einmal, weil ihre Eltern noch gar
nichts von ihm wussten, zum anderen, weil er Joe
keinesfalls alleinlassen wollte, - schon gar nicht
über Weihnachten.

Leonie graute ein bisschen vor der langen Fahrt,
denn vor den Feiertagen war die Eisenbahn
besonders voll. Zum Glück wurde ihr Zug am
Bahnhof Zoo eingesetzt, und meistens war der
Kurswagen nach Hannover nicht ganz so

überfüllt, wie die übrigen Waggons. Doch je früher sie sich am Bahnhof einfand, desto sicherer war ihr auch ein Sitzplatz.

Die Volkspolizisten, die für den Dienst in den Interzonenzügen eingeteilt waren, verhielten sich ganz unterschiedlich. Manche waren nett, höflich und zurückhaltend, andere aber genossen die Macht, die in ihre Hände gelegt worden war. Nicht an alle Heimfahrten während der Ferien hatte Leonie gute Erinnerungen. Im letzten Sommer hatten die Vopos einer jungen Frau den Kuchen weggenommen, den sie ihren Großeltern hatte bringen wollen, und im letzten Jahr kurz vor Weihnachten versetzten sie ein altes Mütterchen so in Angst und Schrecken, dass man fürchten mußte, ihr Herz würde das nicht verkraften können. Betont lange hatten die uniformierten jungen Männer ihre Papiere zurückgehalten, hatten dann versucht, ihr weizumachen, dass sie auf der Suche nach einer Frau seien, deren Beschreibung genau auf sie passte. Zuguterletzt inspizierten sie noch den einfachen schwarzen Filzhut der alten Dame, drehten ihn auf links, untersuchten ihn akribisch und gaben ihn ihr später zurück, ohne ihn wieder in Form gebracht zu haben. Die alte Frau war leichenblass gewesen und hatte wie Espenlaub gezittert, und ganz offensichtlich hatten die jungen Vopos ihren Spaß gehabt, denn man hörte sie noch lachen, als sie schon auf dem Weg ins nächste Abteil waren. Die Mitreisenden hatten sich bedrückt gefühlt, - doch was hätten sie denn tun können? Keiner von ihnen hatte den nötigen Mut, die nötige Zivilcourage, denn während der Fahrt durch die sogenannte DDR saßen die Vopos am längeren Hebel, und es hätte genügend Möglichkeiten für sie gegeben, jedem einzelnen der Reisenden, der den Mund nicht gehalten hätte, das Leben schwer zu machen.

Leonie hoffte, dass sie so etwas dieses Mal nicht erleben mußte.

Am Abend bevor sie abreiste, machten sie mit Ricky noch einen Bummel durch das weihnachtliche Stadt-Zentrum. Am Fuße der Gedächtniskirche war ein kleiner Markt aufgebaut worden mit festlich geschmückten Buden und Ständen und mit einem Karussell. Das KaDeWe, das eigentlich das ganze Jahr hindurch für außergewöhnliche Dekorationen bekannt war, erstrahlte in ganz besonderem Glanz, der die Kunden schon beim Eintreten vor Staunen verstummen ließ. Doch auch all die anderen Geschäfte entlang des Tauentzien waren nicht nur in ihren Verkaufsräumen, sondern auch an den Fassaden auf Weihnachten eingestellt. Aus Lautsprechern erklangen Weihnachtslieder, und die Weihnachtsmänner und Weihnachtsengel waren vollauf damit beschäftigt, Klein und Groß auf die Festtage einzustimmen. Überall gab es Christbäume, kleine und große, geschmückt mit bunten Lichtern und Sternen, und ein ganz besonders stattliches Exemplar stand vor dem Eingang zur U-Bahnstation *Wittenbergplatz.*

Natürlich freute sich Leonie auf Weihnachten und zu Hause, auf Mama und Papa und das Wiedersehen mit ihren Freunden, - und doch... Sie war traurig, dass sie sich für einige Tage von Ricky trennen mußte. Sie fragte ihn, was er über die Feiertage vorhatte, wie sein Plan aussah.

„Das Übliche eben", antwortete er, „so, wie all die Jahre zuvor. Joe wird den Laden zumachen, - es sei denn, es kommt noch jemand, der ganz dringend etwas braucht." Er lachte und fügte erklärend hinzu: „Dann kann er natürlich nicht Nein sagen."

„Und feiert Ihr auch ein bisschen?" Sie hatte gesehen, dass Joe Tannenzweige besorgt hatte, mit dem er den Laden und die Räume darüber ein wenig ausschmücken wollte.

Ricky lachte wieder, aber es war ein trauriges Lachen. „Feiern? Naja, ein bisschen schon. An einigen Tagen wird auch Lionel bei uns sein und vielleicht auch noch der eine oder andere unserer Freunde. Joe besorgt uns dann was Gutes zu essen und zu trinken, - sowas, was man nicht alle Tage haben kann."

„Zur Kirche geht ihr wahrscheinlich nicht, oder?"

„Nicht direkt. In Tempelhof gibt es eine kleine Methodistengemeinde, die wir dann sicher wieder besuchen werden. - Und ihr? Was macht ihr an den Feiertagen?"

„Bei uns ist es immer sehr feierlich am Heiligen Abend. Eigentlich sind wir keine Kirchgänger, aber an Weihnachten gehört das einfach dazu. Wenn wir dann nach dem Gottesdienst nach Hause kommen, werden die Lichter am Christbaum angezündet, Papa legt eine Weihnachtsplatte auf, und dann erhält jeder seine Geschenke. Danach gibt es dann das Heiligabend-Essen, das Mama schon vorbereitet hat, bevor wir in die Kirche gegangen sind: Kartoffelsalat und Würstchen. Das ist jedes Jahr so. Ein richtiges weihnachtliches Festessen gibt es dann erst am nächsten Tag."

Ricky seufzte. „Das stell ich mir schön vor."

Sie legte ihre Arme um seinen Hals und küsste ihn. „Das ist auch sehr schön. Schade, dass ich dich nicht mitnehmen kann."

„Du mußt mir davon erzählen, wenn du zurück bist."

Sie nickte. „Ich werde dich vermissen", sagte sie und lehnte ihren Kopf an seine Brust.

„Ja," sagte er nur, aber sie wußte, dass sie ihm genauso fehlen würde.

Er brachte sie zum Zug und sah traurig aus, obwohl er wußte, dass sie in den ersten Januartagen schon wieder zurück sein würde.

Bevor sie in den Zug einstieg, küssten sie sich noch einmal, dann lief er in schnellen Schritten die Treppe hinunter. Er hatte ihr schon beizeiten angekündigt, dass er nicht warten würde, bis der Zug abfuhr, weil er Abschiedsszenen nicht ertragen konnte. Doch zuvor hatte er ihr etwas in die Hand gedrückt, und als sie, noch immer mit Tränen in den Augen nachsah, lag ein kleiner goldglänzender Anhänger darin: Die Nofretete. Ohne Kettchen, nur der kleine weltberühmte Kopf der ägyptischen Königin, die sie so sehr verehrte. Nun fiel es ihr noch schwerer, mit dem Weinen aufzuhören.

Diesmal waren außer ihr noch zwei weitere Schülerinnen der Johannes-Lichter-Schulen im Abteil, zwei Mädchen von der Hauswirtschaft. Die anderen drei Mitreisenden waren Studenten der TU. Sie waren weniger aufgeregt, als die Mädchen, wahrscheinlich waren sie die Strecke zwischen Berlin und Westdeutschland schon so oft gefahren, dass es für sie zur Routine geworden war. Bei Leonie schlich sich dann aber doch wieder dieses eigenartige Gefühl ein, als der Zug, kaum, dass er Berlin verlassen hatte, - am Checkpoint *Dreilinden*, dem Beginn der Transitstrecke, - wieder stehenblieb und sich über lange Zeit nichts tat. Keiner der Reisenden traute sich zu sprechen, und besonders bedrückend war es, als sie gewahr wurden, dass ein Trupp von Volkspolizisten wieder am Zug entlanglief und alle Waggons abschloss. Leonies Herz klopfte heftig, als erwartete sie, in den nächsten Minuten für etwas bestraft zu werden, obwohl sie gar nichts getan hatte. Sie war doch ganz regulär im Bahnhof Zoo eingestiegen, weder hatte sie Geheimdokumente bei sich noch schmuggelte sie etwas, und ihre Fahrkarte war bezahlt und gültig. Und doch... Dann hörte man Stimmen auf dem Gang, - eine Gruppe Vopos kam näher, sie waren schon in den angrenzenden Abteilen. Leonie hielt den Atem an. Schließlich war ihr Abteil dran. Einer der Volkspolizisten öffneten die Tür mit einem Ruck, blieb dann aber stehen und setzte nur einen Fuß ins Abteil, um zu zeigen, dass jetzt er hier das Sagen hatte. „Die Ausweise bitte", sagte er mit lauter strenger Stimme und ernstem Gesicht, während ein zweiter hinter ihm stand und die Reisernden nur beobachtete. Es waren junge Männer, die eigentlich recht nett aussahen, sie mochten Mitte zwanzig sein. Leonie versuchte, sie sich in Freizeitkleidung vorzustellen, beim Sport oder im Kreise ihrer Familie. Ohne diese Uniform, die eine gewisse Schärfe und Härte ausstrahlte, die doch eigentlich weder nötig noch angebracht war. Mit einem kleinen Lächeln und ein paar netten Worten hätten sie alle Spannung von den Reisenden nehmen können, - doch das durften sie wohl nicht. Leonie hätte gern gewußt, was sie dachten und was sie fühlten. Sahen sie in den Menschen vor sich tatsächlich Feinde? Sie waren doch alle Deutsche. Oder verhielten sie sich nur so, weil ihnen das vorgeschrieben worden war?

Nachdem sie alles gründlich überprüft hatten, - Ausweise, Schulbescheinigungen, wie auch die Studentenausweise der jungen Männer, - als sie alle Fotos genauestens mit den Originalen verglichen hatten, tippten sie sich mit dem Finger an die Schläfe. „Danke schön! Gute Weiterreise."

Die Tür rollte wieder zu, und sie gingen zum nächsten Abteil. Man hörte sie noch eine Weile, bevor es wieder still war. Und irgendwann ging dann die Fahrt weiter. Ohne Stopp durch die ‚Russische Zone', in Richtung Westen. Erst in Marienborn, der letzten Station vor der Grenze wurden die Waggons wieder aufgeschlossen. Erleichtert sahen die Reisenden einander an und atmeten auf.

*

Die Ferien waren viel zu schnell vorüber. Leonie hatte es genossen, wieder ein paar Tage mit ihren Eltern zu verbringen, Freunde und Nachbarn zu treffen und ihnen von ihrem Leben in Berlin zu berichten. Doch irgendwie vermisste sie auch die Schule und freute sich darauf, die Mitschüler wiederzusehen und mit den auf ihrer Liste noch offenen Arbeiten weiterzumachen. Und vor allem freute sie sich auf Ricky.

Diesmal war *er* es, der sie am Bahnhof Zoo abholte, und ihm war anzusehen, wie froh er war, sie wiederzuhaben. Er nahm sie in den Arm und es schien, als wolle er sie gar nicht mehr loslassen.

An den Tagen zuvor hatte es in Berlin ziemlich heftig geschneit. Obwohl in den viel befahrenen Straßen nur wenig von der weißen Pracht liegengeblieben war, fuhr die Bahn doch streckenweise immer noch durch wunderschöne Schneelandschaften, und sie nahmen sich vor, sich so schnell wie möglich um ihre Winteraufnahmen zu kümmern: ‚Schnee im Januar'. Sie mussten sich beeilen, bevor er wieder weggetaut war.

Vom Bahnhof Zoo aus fuhren sie direkt zum Laden, wo Joe sie zum Abendbrot eingeladen hatte. Leonie hatte beiden ein Andenken von zu Hause mitgebracht. Für Ricky einen kleinen Bildband über Oldenburg, damit er wußte, was das für eine Stadt war, aus der das Mädchen kam, in das er sich verliebt hatte, und für Joe eine Keramikkachel, auf der ein Pferdekopf abgebildet war. Sie erklärte ihm, was es damit auf sich hatte.

„Oldenburg ist bekannt für seine Pferde", erzählte sie ihm. „Die Oldenburger Rasse ist sehr elegant und ausdrucksstark, diese Pferde werden gern für den Turniersport genommen, weil sie stark, mutig und freundlich sind. In Oldenburg gibt es einen Platz, der noch heute ‚Pferdemarkt' heißt, weil dort früher Pferde angeboten und verkauft worden sind."

Obwohl sie nicht glaubte, dass sich Joe sonderlich für Pferde interessierte, - schließlich stammten seine Vorfahren nicht aus dem Wilden

Westen, sondern aus Missouri, wie ihr Ricky erzählt hatte, - schien er sich doch sehr darüber zu freuen, dass sie überhaupt an ihn gedacht und ihm etwas mitgebracht hatte.

Nach dem Essen stand Ricky auf und sagte zu Joe: „Wir sind dann oben."

Sie wußte inzwischen, dass es über dem Laden noch verschiedene Räume gab, aber Ricky hatte sie bisher noch nie dorthin mitgenommen. Sie vermutete, dass jeder der beiden dort sein eigenes Zimmerchen hatte, wo er ganz für sich sein konnte, wenn ihm danach zumute war.

„Wollen wir Joe nicht zuerst helfen, das Geschirr abzuräumen und abzuwaschen?", schlug Leonie vor, doch bevor Ricky antworten konnte, winkte Joe ab. „Nein, nein, für die Küche bin ich zuständig. Geht ihr nur rauf."

Sie folgte Ricky eine schmale steile Treppe hinauf. Es war ziemlich dunkel dort oben, weil nur durch ein kleines Dachfenster ein wenig Licht von draußen hereinfiel. Am Ende der Treppe blieb er plötzlich hinter ihr stehen, legte seine Arme um sie und küsste ihren Nacken. „Wundere dich nicht, wenn ich kein Licht anknipse", sagte er dicht an ihrem Ohr. Das war genau das, was sie ihm damals auch gesagt hatte, als sie ihn das erste Mal mit auf ihr Zimmer genommen hatte.

Sie ging davon aus, dass er an jenen Tag erinnern wollte. „Hast du etwa auch nicht aufgeräumt?", fragte sie zurück und lachte leise. „Oder darf irgendjemand nicht sehen, dass du zu Hause bist?" Sie küsste ihn. „Vielleicht ist es aber auch deine Tapete, die du mir nicht zeigen magst?"

Sie standen noch immer auf den letzten Stufen der Treppe, und langsam drehte er sie zu sich herum und nahm sie so fest in seine Arme, dass sie sich kaum mehr rühren konnte. Dadurch begriff sie, dass das, was er gesagt hatte, nicht spaßig gemeint war.

„Ich liebe dich, Leonie." Er vergrub sein Gesicht in ihrer Halsbeuge. „Ich weiß, dass ich eigentlich gar nicht zu dir passe. Ich habe dich nicht verdient..."

Sie war erschrocken. „Was sagst du denn da schon wieder. Du weißt doch, dass du sowas nicht mal denken darfst."

Sie suchte nach seinem Mund, doch sein Gesicht war noch immer in ihrer Halsbeuge vergraben. „Sag mir, warum du das denkst."

„Hast du deinen Eltern von mir erzählt?", fragte er, anstatt ihr zu antworten. „Wenn ja, dann aber sicher nicht alles. Sie wissen nicht, dass ich schwarz bin, stimmt's? Was würden sie sagen, wenn sie es wüßten?"

„Du bist nicht schwarz, Ricky."

„Du weißt, was ich meine."

„Ich habe mit meinen Eltern über niemanden von der Schule oder aus der Klasse gesprochen."

Dennoch hatte sie plötzlich ein schlechtes Gewissen. Ja, vielleicht hätte sie ihnen sagen sollen, dass sie sich verliebt hatte. Natürlich hätten sie dann auch wissen wollen, in wen, und Mama hätte ganz sicher solange gebohrt, bis sie restlos alles über Ricky in Erfahrung gebracht hätte. Dann hätte sie seine Hautfarbe nicht verschweigen können. - Hatte sie deshalb nichts von ihm erzählt?

„Als deine Mutter hier war, hast du ihr Rolf vorgestellt."

„Aber doch nur, weil er uns mit dem *Eberhard* gefahren hat. Das war praktischer, als wenn wir den Bus oder die Bahn hätten nehmen müssen."

Er richtete sich auf. „Ich kann nichts dafür, dass ich mich so sehr in dich verliebt habe. Aber Leonie, du mußt es mir sagen, wenn..."

„Ja, Ricky", sie küsste ihn schnell. „Ja, ich sage dir jetzt etwas. Und höre mir gut zu!" Sie holte tief Luft. „Ich liebe dich auch! Und es gefällt mir, dass du ein bisschen eifersüchtig bist, weil das ein gutes Zeichen ist. Weil mir das zeigt, dass deine Gefühle für mich echt sind. Inzwischen solltest du aber längst wissen, dass du keinen Grund zur Eifersucht hast." Und ganz leise fügte sie hinzu: „Deshalb…, ich bitte dich, mach' nicht alles kaputt, indem du immer und immer wieder an mir zweifelst."

Er schwieg und hielt sie nur fest.

„Hast du gehört, was ich gesagt habe?"

„Ja."

„Und?"

„Ich würde dir gern die Sterne vom Himmel holen, wenn ich könnte."

„Das mußt du nicht! Ich will keine Sterne! Ich will einfach nur mit dir zusammensein. Und du sollst mir nie wieder sagen, dass wir nicht zusammenpassen! - Nie wieder! Hast du gehört?"

Anstelle einer Antwort seufzte er nur tief, dann führte er sie den Rest der Treppe hinauf. Oben angekommen standen sie vor zwei Türen, und er drückte auf den Lichtschalter, der zwischen diesen beiden Türen angebracht war. Die Lampe an der Decke verbreitete nur ein schwaches Licht, es fiel auf ein Blatt Papier, das an einer der Türen klebte. Es war eine bunte Zeichnung, von Kinderhand gemalt und beschrieben: ‚*Rickys Welt*' stand darauf.

„Rickys Welt", wiederholte sie leise.

„Das habe ich gemalt, als ich in die zweite Klasse ging."

„Du hast meine Welt kennengerlernt, es ist schön, dass ich nun auch deine Welt kennenlernen darf." Sie wußte nicht, was sie erwarten würde, aber sie war neugierig.

Er öffnete die Tür, in dem Zimmer vor ihnen war es dunkel. Einen Augenblick lang blieb er stehen. „Ich glaube, ich werde nun doch das Licht anknipsen", sagte er leise. „Lieber gleich, als später. Aber du wirst enttäuscht sein. - So oder so!"

Sie hatte weder Zeit, enttäuscht oder *nicht* enttäuscht zu sein, weil sie sich zuerst einmal orientieren und das erfassen mußte, was sie vor sich sah. Sie standen in einem spärlich beleuchteten Raum, der vollgestopft war mit Schachteln und Kartons, mit Koffern, Kisten und alten Möbelstücken. Der Tür gegenüber gab es ein kleines Fenster, vor dem ein großes Stück Stoff hing, das als Gardine dienen sollte, das aber vor allem wohl dazu da war, um den Nachbarn den Einblick zu verwehren.

Und dann fiel ihr Blick auf etwas, was sie zum Staunen brachte, etwas, womit sie hier oben nicht gerechnet hatte. Nicht in dieser Rumpelkammer, und nicht in dieser Art: An der

Wand links vom Fenster stand eine Liege, als Bett zurechtgemacht. Ein Bett, das nicht hierher passte. Es war mit hübscher, sauberer Seersucker-Bettwäsche bezogen, Kissen und Zudecke waren ordentlich zusammengelegt. Das Stückchen Wand, vor dem das Bett stand, war mit weißer Raufasertapete beklebt, darauf war ein Regal angebracht, auf dem eine Lampe, verschiedene Bücher, ein kleines Radio und eine Uhr standen, - auf einer Truhe am Fußende entdeckte sie einen Plattenspieler und einen Stoß verschieden großer Schallplatten.

Doch das Seltsamste war: Am Kopf- und am Fußende des Bettes hing, hüben und drüben, wie eine Gardine ein dunkler Vorhang von der Decke herab. Und plötzlich zog sich dieser dunkle Vorhang von beiden Seiten um das Bett herum zu, blieb nur vorn ein wenig offen und gab den Blick frei in das Innere, das nun wie ein Zelt, wie eine kleine Höhle wirkte. Das also war sie: ‚Rickys Welt'.

Sie sah ihn fragend an. „Wie hast du das gemacht?"

Lächelnd schaute er an die Decke hinauf und sie folgte seinem Blick, und dann sah sie die Schiene, die dort oben angebracht war, über die der Vorhang auf- und zugezogen werden konnte.

„Genial", murmelte sie, dennoch war sie auch betroffen. Was mochte in einem Kind vorgegangen sein, das sich eine solche Höhle bauen mußte, um seine eigene kleine Welt zu haben? Sie mußte schlucken.

„Ich habe es noch nie jemandem gezeigt. Außer denen, die mir dabei geholfen haben, kannte es niemand."

„Es ist das Schönste, was ich in Berlin gesehen habe," sagte sie zu ihm und lehnte ihre Stirn an seine Brust.

Er zog den Vorhang wieder ein wenig weiter auf und knipste das kleine Lämpchen auf dem Regal an. „Darf ich dich einladen in meine kleine Welt?", fragte er. „Erst wenn man drinsitzt, merkt man, wie gemütlich es dort ist."

Sie nickte, streifte die Schuhe ab und setzte sich im Schneidersitz auf das Bett, und Ricky tat es ihr gleich, setzte sich neben sie und nahm sie in den Arm.

„Erzähl mir von der Zeit, in der du nach Berlin gekommen bist, wie du dich gefühlt und wovon du geträumt hast. Wer hat dich verstanden und hat dir dabei geholfen, diese kleine Welt zu schaffen?"

„Das waren vor allem Joe und seine Brüder Lionel und Will. Will war der Jüngste, er war nicht sehr viel älter als ich. Mit sechzehn ist er bei einem Unfall ums Leben gekommen, und ich vermisse ihn noch immer. Seither kümmern sich die beiden anderen noch viel mehr um mich, aus Angst, dass sie mich auch noch verlieren könnten."

„Woher kanntest du die Brüder? Oder woher haben sie *dich* gekannt? Seid ihr weitläufig miteinander verwandt? Vielleicht vonseiten deines Vaters?"

„Nein, in Deutschland gab es keine Verwandten außer meiner Großmutter, sie war die Mutter meiner Mutter. Sie wohnte ganz in der Nähe von Joe's Laden. Aber wie ich schon sagte, sie wollte mich nicht, und weil sie sich nicht um mich gekümmert hat, lungerte ich den ganzen Tag lang in der Gegend herum. Und besonders interessant fand ich es in Joes Laden. Ich war erst vier oder fünf damals, sicher bin ich ihm oft auf die Nerven gegangen, aber er hatte Mitleid mit mir und brachte es nicht fertig, mich immer wieder wegzuschicken."

Er machte eine kleine Pause, dann erzählte er weiter. „Es gefiel ihm, dass ich alles wissen wollte über die Dinge, die er im Laden verkaufte und über das, was er tat. Er wurde nicht müde, mir alles so gut wie möglich zu erklären, und später durfte ich ihm dann bei vielem helfen. Bis er eines Tages meinte, ich könnte doch eigentlich auch ganz bei ihm bleiben. Er besorgte mir diese Liege für die Rumpelkammer, gab mir jeden Tag genügend zu essen, und später passte er auf, dass ich regelmäßig zur Schule ging. Ich weiß nicht, was ohne ihn aus mir geworden wäre."

Seine Geschichte ging ihr so zu Herzen, dass sie nicht wußte, was sie dazu sagen sollte. Und wieder war ihr bewußt geworden, wie gut sie es mit ihren Eltern getroffen hatte. - Doch war das *ihr* Verdienst, dass sie als Kind gerade *dieser* Eltern zur Welt gekommen war? Nein! - Genauso wenig war es Rickys Schuld, dass man ihn als kleines Kind alleingelassen hatte. Welch ein Glück, dass Joe ihn rechtzeitig getroffen und zu sich genommen hatte.

„Es ist so schön hier", sagte sie leise. „Danke, dass du es mir gezeigt hast."

Obwohl sie sich im Arm hielten, ging jeder von ihnen seinen eigenen Gedanken nach.

Irgendwann fiel ihr Blick auf den Plattenspieler am Fußende. „Spielst du mir jetzt deine Platte vor, die du damals im KaDeWe gekauft hast?", bat sie ihn.

„Du meinst ‚Flamingo'?"

„Ja, ich glaube, ich kenne es vom AFN"

„Schön, dass du diese Musik auch magst."

„Oh ja, sehr. Überhaupt das Saxophon."

Er öffnete den Plattenspieler, suchte die entsprechende Platte aus dem Stapel heraus und legte sie auf. Leonie schloss die Augen und lehnte sich in seine Arme zurück.

„Lionel spielt auch sehr gut, findest du nicht auch? Ich denke er könnte sich ganz sicher mit Earl Bostic messen."

Sie dachte wieder an den kleinen Club und an die Musiker dort. „Ja", sagte sie, „das glaube ich auch."

Das Saxophon ging ihr durch und durch, brachte ihr Innerstes zum Schwingen. Und Ricky brachte ihr Herz zum Schmelzen. Oh mein Gott, dachte sie, wie sehr ich ihn doch liebe. Und in diesem Augenblick stand für sie fest, dass sie ihn mitnehmen würde nach Oldenburg, wenn die Schule vorbei war. Sie wollte immer mit ihm zusammenbleiben, unbedingt, - sie mussten einen Weg finden. Einen gemeinsamen Weg...

Gleich am nächsten Tag schrieb Leonie einen langen Brief an ihre Eltern, in dem sie ihnen erzählte, dass sie sich verliebt hatte, dass sie den Mann gefunden hatte, mit dem sie ihr ganzes Leben verbringen wollte. Und sie schrieb ihnen auch, dass er ein Farbiger war.

Gespannt wartete sie auf Mamas Antwort, - sie wußte, es konnte eine Weile dauern, bis die kam, denn sie würde zuerst alles mit Papa besprechen müssen.

Während dieser Zeit arbeitete sie auch in der Schule viel mit Ricky zusammen, - inzwischen war es ihr gleichgültig, was die Mitschüler dazu sagten. Gemeinsam suchten sie sich ein hübsches Motiv in der Winterlandschaft und halfen sich gegenseitig bei der Fertigstellung der Arbeiten für die Prüfung. Ihre Abende verbrachten sie bei Joe im Laden, oder bei Lionel im Club, und manchmal auch bei Isabell bei Mensch-ärgere-dich-nicht oder Canasta, den Spielen also, die sie Ricky inzwischen beigebracht hatte, und die ihm auch Spaß machten. Am Ende eines Tages zogen sie sich entweder in ihr Zimmer in der Bamberger Straße oder in Rickys kleine Welt zurück.

Der Brief ihrer Mutter war nur kurz und klang recht neutral und unverbindlich, - am Schluss stand: „Ruf uns an, wenn möglich am Freitag gegen 17 Uhr." Sie schrieb nicht ‚mich', sondern ‚uns', und die Zeitangabe sagte Leonie, dass es vor allem ihr Vater war, der mit ihr reden wollte. Sie hatte befürchtet, er könnte ungehalten oder ärgerlich sein, als sie zu Hause anrief, doch er war erstaunlich ruhig.

„Du hast dich also verliebt?", begann er. „Du bist neunzehn, Leo, natürlich haben wir damit gerechnet, dass das eines Tages passieren würde. Du bist ein hübsches und überaus liebenswertes und gescheites Mädchen."

Sie schluckte, was sollte sie dazu sagen?

„Aber… Es ist nicht so einfach, in diesem Alter jemanden zu finden, der wirklich zu einem passt und auf den man sich verlassen kann", fügte er hinzu.

Sie schluckte noch einmal, schwieg aber auch weiterhin. Zuerst wollte sie hören, was er ihr zu sagen hatte.

„Wir kennen dich gut genug, um zu wissen, dass du dich niemals leichtfertig für jemanden entscheiden würdest, Leonie. Aber du bist noch nicht weit genug herumgekommen, hast erst jetzt, seit du in Berlin bist, das erste Mal mit fremden Menschen zu tun. Möglicherweise fehlt es dir noch ein bisschen an Weitblick, um zu entscheiden, was wirklich gut für dich ist, und was nicht."

Sie fuhr auf. „Du meinst also, Ricky sei nicht gut genug für mich? Warum sagst du sowas? Du kennst ihn doch gar nicht."

„Nein, nein, *das* habe ich nicht gesagt, Leo", beschwichtigte er sie. „Ich denke nur, du solltest nicht zu schnell entscheiden, wie es mit euch weitergeht. Du hast dich in ihn verliebt, das verstehe ich, aber du solltest nicht jetzt schon feste Pläne für deine spätere Zukunft machen. Was sagt *er* denn dazu? Wie stellt denn *er* sich euer gemeinsames Leben vor?"

„Er…, ich…" Sie fing an zu stottern, weil sie mit Ricky noch gar nicht darüber geredet hatte. Sah er ihre Zukunft genauso wie sie? Sah er überhaupt eine gemeinsame Zukunft für sie beide? Warum hatte sie bisher Angst gehabt, mit ihm darüber zu reden?

„Es gibt noch keine festen Pläne, Papa. Jetzt stehen wir ja zuerst einmal kurz vor unserer Abschlussprüfung. Danach sehen wir weiter."

„Das ist vernünftig."

„Ich wollte nur, dass ihr wisst, dass es ihn gibt und wie ich zu ihm stehe. Obwohl er farbig ist. Ich liebe ihn, und ich kann mir nicht vorstellen, wie mein Leben nach der Schule *ohne* ihn weitergehen soll."

Ihr Vater schwieg einen Augenblick lang, dann fuhr er fort: „Das heißt also, dass du nichts überstürzen wirst? Dass ihr nichts unternehmen werdet, solange die Schule noch nicht abgeschlossen ist?"

„Ja, das heißt es. Aber das dauert ja nicht mehr lange, Papa, und natürlich machen wir uns jetzt schon einmal Gedanken darüber..." Ihr war klar, dass das so eigentlich gar nicht stimmte. *Sie* war es, die sich Gedanken darüber machte, aber Ricky? Sie beschloß, nun doch so schnell wie möglich das Thema Zukunft bei ihm anzuschneiden, um herauszufinden, wie *er* darüber dachte.

„Ich bitte dich nur um eines, Leonie", hörte sie ihren Vater sagen, „trefft keine vorschnellen oder endgültigen Entscheidungen. Das hat später noch Zeit. Wenn ihr euch wirklich so sehr liebt, wie du schriebst, dann kommt es auf ein paar Wochen oder Monate nicht an."

Auf der einen Seite fand sie, dass er recht hatte, auf der anderen Seite fürchtete sie aber, dass er darauf hoffte, ihre Liebe könnte nachlassen, wenn erst die Schule vorbei war und sie sich aus den Augen verloren. Oder dass sie einander im Laufe der Zeit vergessen oder gar jemand anderen kennenlernen würden. „Du hast recht, Papa, wir werden uns Zeit lassen. Ich wollte nur, dass ihr wisst, dass es ihn gibt", wiederholte sie, „und dass ich mit ihm zusammensein und zusammenbleiben möchte."

„Es war gut, dass du uns geschrieben und uns davon erzählt hast, Leonie. Wir reden später noch einmal darüber, in Ordnung?"

„Ja, Papa. Gib Mama einen Kuss von mir. Ich bin froh, dass ich euch habe."

„Wir haben dich auch sehr lieb, Leonie."

15.

Verschiedene wichtige Sachen fehlten ihr noch, die sie bis zur Abschlussprüfung fertighaben mußte: Einmal die ‚Innenarchitektur-Aufnahme', zum anderen die ‚Serie mit dem Roten Faden'.

Die Innenarchitektur war kein Problem: Sie entschied sich für die Mensa der Schule, die aus zwei ineinander verschachtelten Speisesälen bestand. An den Samstagnachmittagen hatte nur die Putzkolonne, die aus Schülerinnen der Hauswirtschaft bestand, darin zu tun, und nach kurzer Absprache mit ihnen zogen sie sich eine Weile zurück, und Leonie konnte in Ruhe die Aufnahmen machen. Es war nicht schwer, die Säle so zu fotografieren, dass man durch den großen Durchgang von einem in den anderen Teil schauen und auf diese Weise die Weite der Räumlichkeiten zeigen konnte.

Mit der Serie war es schwieriger. Eigentlich hatte sie schon längst damit fertig sein wollen, doch bevor sie überhaupt anfangen konnte, war etwas dazwischengekommen, was nicht zu ändern gewesen war.

Sie hatte beschlossen, über die Hutmacherei in der Grunewaldstraße zu berichten, wollte dort die einzelnen Schritte des spannenden Werdegangs eines Hutes bildlich festhalten und dokumentieren.

Frau Rehberg hatte ihnen in ihrem Beispiel beschrieben, wie man einen Berlin-Besucher von einer Sehenswürdigkeit zur nächsten begleiten konnte. Warum sollte man nicht auch einmal über die verschiedenen Stationen eines Hutes berichten? Angefangen von der Wolle, die zu einem Stückchen Filz wird, bis hin zum fertigen Traumgebilde?

Die Chefin Frau Herzog, eine nette ältere Dame, war sofort einverstanden, - sie war sogar ein wenig stolz, weil Leonie ihren Betrieb ausgewählt hatte, um von der Arbeit dort zu erzählen. Doch dann lief nicht alles so, wie sie es sich vorgestellt hatten, denn die große Hutpresse hatte plötzlich den Geist aufgegeben und stand plötzlich still, und solange die Fachleute damit beschäftigt waren, sie zu reparieren und wieder zum Laufen zu bringen, mußte der Betrieb geschlossen werden, und die meisten der Angestellten wurden nach Hause geschickt.

Zum Glück klappte es dann aber doch noch rechtzeitig. Leonie wußte, dass ihr nicht mehr viel Zeit blieb. Sie hielt sie sich zwei volle Tage lang in der Hutmacherei auf, und zwei Tage lang kam sie aus dem Staunen nicht heraus.

Obwohl sie selbst nie den Wunsch verspürt hatte, einen eigenen Hut zu besitzen oder gar zu tragen, war sie doch von den verschiedenen Modellen im Schaufenster beeindruckt und fasziniert gewesen. Allerdings hatte sie nicht geahnt, dass so viel Arbeit dahintersteckte, bis sie tatsächlich das geworden waren, was man dort bewundern konnte.

Wie ihr Frau Herzog erklärt hatte, mußte die Wolle, aus der der Hut gemacht werden sollte, zuerst Schritt für Schritt verfilzt und zu einem ‚Hutstumpen' verarbeitet werden, der dann durch bestimmte Flüssigkeiten appretiert und durch Erhitzen in Wasserdampf plattiert wurde. Unter dem Plattieren verstand man das Aufziehen des feuchten Stumpens auf einen

Hutblock aus Holz oder Metall, der einem Kopf nachempfunden war, wo er schließlich seine Form bekam. Danach mußte er trocknen, wurde zugeschnitten, und schließlich sorgte die Presse dafür, dass die Form beständig blieb. Doch mit diesem Rohling wäre wohl keine Frau zufrieden gewesen, denn erst, wenn das Futter eingenäht war, wenn die Verzierung des Modells abgeschlossen und ein kleines Wunderwerk entstanden war, das das Herz einer jeden Frau höherschlagen ließ, erst dann hatte ein Hut sein Traumziel erreicht.

Es machte Leonie Spaß jede einzelne dieser Stationen, die ein Hut durchlief, in Bildern festzuhalten, - auch wenn es oft mit langen Wartezeiten und mit viel Hitze und Feuchtigkeit verbunden war.

Das Ausschmücken zum Schluß wäre das einzige gewesen, was ihr an diesem Beruf wirklich gefallen hätte, doch der Weg bis dahin war hart und anstrengend, - da blieb sie doch lieber bei der Fotografie.

Etwa eine Woche vor der Abschlussprüfung erwähnte Leonie Ricky gegenüber das erste Mal die Zukunft. Bisher hatten sie dieses Thema gemieden, obwohl es ihnen, wie sie bemerkt hatte, beiden schwer auf der Seele lag, - ihm genauso wie ihr. Sie hatte sich einiges überlegt, hatte aber Angst, er könnte ihre Vorstellungen von vornherein ablehnen. Und ihm schien es mit ihr ähnlich zu gehen.

Sie wußte, dass ihre Tage in Berlin gezählt waren, und dass sie, sobald sie den Gesellenbrief in der Hand hielt, wieder nach Oldenburg zurückkehren mußte. Ihre Eltern ließen keinen Zweifel darüber, dass sie es kaum erwarten konnten, sie endlich wieder bei sich zu haben. Ihr Vater wollte sich dann, mit Hilfe von Herrn De Vries, darum bemühen, eine geeignete Stelle in Oldenburg für sie zu finden. Zwar hatte sie das Ricky gegenüber einmal kurz erwähnt, doch er war nicht darauf eingegangen.

Nun saßen sie wieder einmal in *Ricky's Welt* zusammen, doch obwohl sie einander im Arm hielten, ging doch jeder seinen eigenen Gedanken nach.

„Warum bleibst du nicht einfach in Berlin?", fragte Ricky plötzlich.

„Das geht nicht."

„Warum nicht?"

„Ich kann von meinen Eltern nicht verlangen, dass sie weiterhin Unterhalt für mich bezahlen. Der Gesellenbrief bedeutet nicht, dass ich schnell eine Arbeit finde und alles selbst bezahlen kann."

„Glaubst du nicht, dass du hier in Berlin eher eine Arbeitsstelle findest, als in Oldenburg?"

„Mein Vater wird mit dem Fotografen reden, bei dem ich vor der Schulzeit gearbeitet habe, und der wird es nicht ablehnen, mich wieder einzustellen."

„Ich kann mir nicht vorstellen, dass es dir dort gefallen wird. Inzwischen bist du eine Fachkraft, kannst gewisse Ansprüche stellen. Sagtest du nicht, sein Betrieb sei nur ein Fotolabor gewesen? Dort kannst du doch gar nicht alles zeigen, was du gelernt hast."

Leonie nickte, daran hatte sie auch schon gedacht. „Aber wahrscheinlich hat er genug Verbindungen zu Fotoateliers und anderen, auch größeren, Fotobetrieben."

„Leonie, du bist ein bescheidenes Leben gewöhnt. Wenn du vorerst hier in deinem Zimmer in der Bamberger Straße wohnen bliebst, wäre es, wie bisher, nur die Miete, die für deine Eltern anfallen würde, und die wäre nicht sehr hoch. In Bezug auf alles andere, würde sich nichts ändern, denn Essen und Aufwand für das tägliche Leben fiele in Oldenburg genauso an, wie hier in Berlin."

Sie nickte. „Aber es sind meine Eltern, Ricky, sie

vermissen mich."

„Das verstehe ich. Aber sie würden dir sicher nicht im Wege stehen, wenn du hier in Berlin einen tollen Job finden würdest. Wir müssten nur ernsthaft danach suchen."

„Hast *du* denn schon mal daran gedacht, Berlin zu verlassen?"

„Ja, ich habe früher schon mal im Sinn gehabt, woandershin zu gehen. Nach Hamburg oder München zum Beispiel. Jetzt, wo ich einen abgeschlossenen Beruf habe, würde es mich schon reizen, mit etwas ganz Neuem anzufangen, etwas ganz Neues kennenzulernen und auszuprobieren. Aber…"

„Aber?"

„Mir geht es mit Joe ähnlich wie dir mit deinen Eltern."

„Was glaubst du denn, was er von dir erwartet? Was war der Grund dafür, dass er dich zur Johannes-Lichter-Schule geschickt hat? Wollte er, dass du eines Tages den Laden übernimmst?"

Er hob die Schultern. „Ich glaube, er wollte eigentlich nur, dass ich einen abgeschlossenen Beruf habe, damit ich eines Tages ein gutes und normales Leben führen kann."

„Du hast mal gesagt, wenn du den Laden übernehmen würdest, würdest du vieles anders machen. Vielleicht sogar alles. Wäre das in seinem Sinne? Würde ihm das wirklich gefallen?"

„Keine Ahnung, aber vielleicht hat er im Geheimen ja auch schon manchmal darüber nachgedacht."

Sie überlegte. „Wie wär's, wenn du mit mir nach Oldenburg gingst? Wenn wir dort zusammen so einen kleinen ‚Laden' aufmachen würden?", schlug sie vor. „Ähnlich wie Joe's Laden hier, nur eben ein bisschen moderner. Anfangs müsste es nichts Großes sein, einfach nur ein Platz, wo Fotofreaks wüßten, dass sie zu jeder Zeit willkommen sind und letztendlich auch alles bekommen, was sie sich vorstellen."

Ricky nickte dazu, sagte aber kein Wort.

„Wir müssten ja nicht konkurrieren mit den großen Fotogeschäften, wir könnten eher so ein Insider-Tipp sein", erklärte sie weiter. „Ganz klein anfangen, und je nach Bedarf unser Angebot Schritt für Schritt erweitern."

„Das kostet trotzdem Geld. Selbst wenn der Laden klein ist, müssten wir Miete zahlen. Und damit man uns überhaupt wahrnimmt, brauchten wir Werbung." Er seufzte resigniert. „Und ein gewisses festes Sortiment müssten wir uns auch zulegen."

„Meine Eltern würden uns ein Darlehen geben,

da bin ich mir ganz sicher. Zumindest könnte mein Vater mit der Bank reden."

„Ehrlich gesagt, ich möchte nicht so sehr von deinen Eltern abhängig sein. Du sagst zwar, dass sie mich akzeptieren würden, aber wir wissen nicht, ob und wie lange das so bleibt. Wenn eines Tages etwas nicht mehr so laufen sollte, wie es geplant war, könnten sie mich dafür verantwortlich machen."

„Nein, Ricky, bestimmt nicht, dafür würde ich sorgen. Aber…, wir könnten es auch so machen, dass der Laden vorerst auf *meinen* Namen läuft, dass *ich* diejenige bin, der mein Vater das Darlehen gewährt."

„Dann wäre ich so etwas wie dein Angestellter?", fragte er zweifelnd.

„Ja, warum denn nicht? Wir gehören zusammen, Ricky, wie wir intern die Rollen verteilen, ist unsere Sache und geht niemanden etwas an."

„Deine Eltern schon, wenn sie die Geldgeber wären."

Sie dachte nach. „Und wenn wir meine Eltern ganz aus dem Spiel ließen? Wenn ich selbst zur Bank ginge, um ein Darlehen zu beantragen?"
„Dann werden sie aus Sicherheitsgründen deine Eltern mit ins Boot holen."

„Ja, wahrscheinlich." Sie seufzte. „Das bedeutet also, dass wir doch zuerst einmal mit meinem Vater darüber reden müssten. Vielleicht sieht er noch ganz andere Möglichkeiten für uns, vielleicht hat er Ideen, an die wir im Augenblick noch gar nicht denken."

Sie sah ihm an, dass ihm dieser Vorschlag nicht gefiel. „Ich wünschte, es gäbe eine Möglichkeit für mich, das Geld zu beschaffen", sagte er, „wenigstens den größten Teil. Aber wo soll ich es hernehmen?" Er küsste sie auf die Wange und fuhr dann fort: „Ich bin nun mal keine gute Partie für dich. In keiner Beziehung."

„Ricky, hör auf damit, wir haben oft genug darüber geredet."

Sie überlegte. „Vielleicht könntest du jetzt, wenn mit der Schule Schluß ist, auf jeden Fall zuerst mal mit mir nach Oldenburg kommen, damit wir in aller Ruhe mit meinen Eltern reden können. Auch über einen kleinen Laden. Wie gesagt, mein Vater hätte vielleicht noch die eine oder andere Idee für uns. Möglicherweise könnten wir auch beide in Oldenburg erst mal versuchen, einen ganz normalen Job in einem Fotoatelier oder Fotobetrieb zu bekommen, um zunächst Geld zu verdienen. Wenn wir das dann zusammenlegen, würde es vielleicht auch eines

Tages mit dem Laden klappen."

„Ich muß aber auch an Joe denken. Er hat ein Leben lang so viel für mich getan. Jetzt kann ich es ihm nicht dadurch danken, dass ich weggehe und ihn alleinlasse? Jetzt, wo er alt ist."

„Und wenn es vorerst nur mal für ein Gespräch mit meinem Vater wäre? - Sollten wir eine Lösung finden und du in Zukunft zusammen mit mir in Oldenburg bleiben, dann könntest du Joe eines Tages nachholen."

Ricky hob die Schultern. „Ich weiß nicht, was ich dazu sagen soll. Ich habe Angst, Leonie. Einfach Angst, dass unser Traum, immer zusammenzubleiben, zerplatzen könnte."

„Noch ist nicht sicher, dass er zerplatzen muß, Ricky. Wir müssen zuerst einmal alles versuchen. *Alles,* verstehst du?"

„Vielleicht hast du recht."

„Komm mit mir nach Oldenburg, damit wir erst mal mit meinem Vater darüber reden können. Einfach nur darüber reden, danach sehen wir weiter."

Er seufzte, dann nickte er. „Vielleicht wäre das wirklich das Beste, aber…"

„Aber?"

„Wenn ich merken sollte, dass ihm unser Vorschlag nicht gefällt, oder dass *ich* ihm nicht gefalle, dann hat sich die Sache für mich erledigt, und ich werde gehen."

„Sei optimistisch, Ricky. Vielleicht läuft alles viel besser, als wir es uns jetzt vorstellen können."

Er seufzte tief. „Vielleicht", sagte er. „Versuchen wir's, dann werden wir sehen."

16.

Die Prüfungskommission bestand aus zwei Damen und drei Herren, die der Berliner Fotografeninnung angehörten. Frau Rehberg hatte ihren Schülern genau erklärt, wie es ablaufen würde: Der Prüfling würde an der Stirnseite eines langen Tisches sitzen, und sie als Lehrerin mit der sogenannten ‚Schatulle' neben ihm. Und während die Innungsherrschaften fachliche Fragen stellten, - jeder aus einem anderen Bereich, - würde Frau Rehberg dafür sorgen, dass die Fotoarbeiten des Prüflings von einem zum anderen weitergereicht würden.

Da auch die Prüfer nach dem Alphabet

vorgingen, wußte Leonie, dass sie etwa in der Mitte drankommen würde. Es fiel ihr schwer, so lange warten zu müssen und ruhig zu bleiben, bis sie an der Reihe war.

Die Klassenkameraden reagierten ganz unterschiedlich. Während Jenny wie ein aufgescheuchtes Huhn umherrannte und dauernd auf die Toilette mußte, war Kim die Ruhe selbst. Rolf und Michael taten zwar so, als mache ihnen das alles nichts aus, doch Leonie kannte sie inzwischen gut genug, um zu merken, dass es in ihnen ganz anders aussah. Die kleine Dahlmeier ließ sich noch einmal von Gunther abhören, während Elfie tat, als könnte sie mit ein paar gekonnten Augenaufschlägen alles Übel von sich abwenden.

Leonie und Ricky saßen auf den Treppenstufen, die in das untere Stockwerk führte, ihr Kopf an seine Schulter gelehnt, ihre Hand in der seinen. Sie standen nicht einmal auf, als Isabell, die als erste drangekommen war, wieder herauskam aus der Höhle der Löwen und umringt und ausgefragt wurde. Ja, sie seien sehr nett und freundlich gewesen, hörten sie sie sagen, die Fragen waren ihr nicht ganz so schwer vorgekommen, wie sie befürchtet hatte, doch bei der Ausführung der Foto-Arbeiten seien sie allerdings ziemlich streng und sehr pingelig gewesen.

Ricky und Leonie schauten einander seufzend an und küssten sich, - inzwischen war es ihnen gleichgültig, ob ihnen jemand dabei zusah oder nicht. Die Schulzeit gehörte für sie nun schon der Vergangenheit an, und von keinem der Mitschüler würden sie wahrscheinlich je wieder etwas hören oder sehen.

Eigentlich hatten sie während der Wartezeit noch einmal über das Thema ‚Zukunft' reden wollen, nun waren sie aber doch viel zu aufgeregt, um einen klaren Gedanken zu fassen.

Die Zeit verging, - einer nach dem anderen kam aus dem Prüfungszimmer wieder heraus auf den Flur, froh, es hinter sich gebracht zu haben.

Und dann war es soweit. „Als nächstes Leonie Herrmann bitte!"

Am liebsten hätte sie Ricky mitgenommen. Sie wußte, er fühlte mit ihr, denn als sie aufstand, in Richtung Prüfungszimmer ging und sich noch einmal nach ihm umschaute, hatte er seine Hände mit den gedrückten Daumen gehoben.

Mit klopfenden Herzen betrat sie den gefürchteten Raum und nahm neben Frau Rehberg Platz. Die Lehrerin hatte ihre geöffnete Schatulle vor sich, und da die Schüler angehalten worden waren, den Inhalt nach einem ganz bestimmten Schema zu ordnen, wussten die Prüfer immer ganz genau, was ihnen als Nächstes vorgelegt werden würde.

Während sie sich Leonies Fotoarbeiten ansahen, stellten sie ihre Fragen quer durch alle Gebiete der Fotografie, und einer der Herren hatte tatsächlich ein Lineal in der Hand und kontrollierte hin und wieder die vorgegebenen Maße. Ein anderer schien nicht alles ganz so ernst zu sehen, denn er machte zwischendurch sogar die eine oder andere spaßige Bemerkung.

Dass Leonie irgendwann die ganze Prüfungs-Gesellschaft zum Lachen bringen würde, war eigentlich nicht ihre Absicht gewesen, trug aber dazu bei, dass sich die Atmosphäre plötzlich ein wenig auflockerte, und dass bis zum Schluß ein Lächeln auf den Gesichtern der Prüfer zurückblieb. Es war um das Heim-Portrait gegangen, das sie bei Isabell zu Hause von Rolf aufgenommen hatte. Sie hatten, weil ihnen im Augenblick nichts Besseres eingefallen war, die Briefmarkensammlung von Isabells Bruder vor Rolf auf den Tisch gelegt und ihn angehalten, sich darin zu vertiefen und den Eindruck zu erwecken, es handle sich um seine eigene Sammlung, die ihm unendlich viel bedeutete. Er spielte seine

Rolle sehr gut, seine Begeisterung wirkte echt, und Leonie hatte die Stimmung auch recht gut auf dem Portrait eingefangen. Die Prüfer schienen ihm seine Hingabe abzunehmen, mit der er die wertvollen Marken in seinem Album betrachtete. Eine der Innungsdamen schaute sich das Foto sehr genau an.

„Wer ist denn das?", fragte sie, „ist das ihr Freund?"

Leonie schüttelte den Kopf, und Frau Rehberg erklärte: „Das ist der Herr Lutz, er gehört auch in diese Klasse. Seine Arbeiten werden Sie später noch bewundern dürfen."

Daraufhin nickte einer der Herren mit einem Blick auf das Foto und sagte mit ernster Miene: „Ein richtiger Philatelist."

Leonie war erschrocken. Sie hatte das Wort nicht richtig verstanden, und da der Prüfer ein so ernstes Gesicht machte, hatte sie den Eindruck, als sei es um eine nicht sehr schmeichelhafte Bemerkung gegangen. „Nein, nein...", warf sie dazwischen. Was immer er gemeint haben mochte, das konnte sie doch nicht auf Rolf sitzen lassen. Dann aber lachten plötzlich alle, und sie wußte nicht, was sie davon halten sollte.

„Was glauben Sie denn, was ein Philatelist ist, Fräulein Herrmann?", fragte einer der Herren, als er sah, wie verwirrt sie war. Sie hob die Schultern, erst jetzt hatte sie begriffen, wovon die Rede gewesen war, doch nun wußte sie nicht, was sie antworten sollte. Und dann wurde sie auch noch rot. „Das ist kein schmutziges Wort, für jemanden, der etwas Schmutziges im Sinn hat", sagte der Herr mit dem Lineal und lachte immer noch. „Es ist ganz einfach die Bezeichnung für jemanden, der sich für Briefmarken begeistert."

Ricky war der Letzte, sie hoffte, dass die gute Laune, die sie bei den Prüfern ausgelöst hatte, anhalten würde, bis sie auch mit ihm fertig waren.

Er sah jedoch weder glücklich noch unglücklich aus, als er wieder herauskam, nur grenzenlos erleichtert.

Eine Viertelstunde nach ihm kam auch Frau Rehberg heraus, und alle scharten sich aufgeregt um sie. „Also, eines kann ich schon mal mit Sicherheit sagen", meinte sie und ihre Augen strahlten, „keiner ist durchgefallen. Es haben *alle* bestanden! Und nun… Für heute dürfen Sie nach Hause gehen. Wir sehen uns dann morgen um zehn Uhr in der Klasse, dann werde ich Ihnen die Noten mitteilen und die Gesellenbriefe aushändigen."

Daraufhin rannten nun alle durcheinander, -

erleichtert und überglücklich.

Ricky schaute sich nach Leonie um und griff nach ihrer Hand. „Was machen wir?"

„Lass uns irgendwohin fahren, wo wir ganz alleine sind."

„In den Grunewald? Oder in den Tiergarten?"

Sie nickte. „Am liebsten auf den Mond…"

Hand in Hand liefen sie die Treppe hinunter. Einen wichtigen Punkt in ihrem Leben hatten sie erreicht: Nun durften sie sich Fotografen nennen, und die ganze Welt stand ihnen offen.

Die ganze Welt? - War das wirklich so?

Wie würden sie sich entscheiden? - Das war gar nicht so einfach.

Den letzten Abend verbrachten sie mit Joe. Nicht oben in Ricky's Welt, sondern unten in seinem Laden. Man merkte ihm an, wie traurig er war, dass Ricky beschlossen hatte, mit Leonie nach Oldenburg zu fahren, und dass er Angst hatte, er könnte nicht zurückkommen. Er wollte ihm keinesfalls im Wege stehen, wollte ihn nicht zurückhalten, und da er Leonie mochte, vertraute er darauf, dass alles gutgehen würde, solange die beiden zusammen waren.

Am Morgen war Leonie zum Bahnhof Zoo gefahren und hatte eine Fahrkarte für Ricky gekauft, am nächsten Morgen wollte sie ihm beim Packen helfen. Ihr Zug ging erst kurz nach dem Mittagessen.

Leonie hatte ihren Eltern geschrieben, dass sie Ricky mitbringen würde, - ganz unverbindlich, einfach nur für ein Gespräch, und damit sie ihn kennenlernen konnten. Sie war sicher, dass sie ihn mögen würden.

Natürlich war auch Ricky traurig, aber das verstand sie. Ihr selbst war das Herz ja auch schwer, weil sie die Stadt in den vergangenen zwei Jahren liebgewonnen hatte und nun gehen mußte.

Etwas später kam Lionel in den Laden, gerade rechtzeitig, um noch etwas von dem Kuchen abzubekommen, den Joe besorgt hatte. Danach half Leonie dem alten Mann, das Geschirr zusammenzustellen und zu spülen. Irgendwann fiel ihr auf, dass Ricky und Lionel nicht mehr unten bei ihnen in der Küche saßen.

„Sie wollten ein paar Schritte laufen", meinte Joe, als sie nach ihnen fragte. „Lionel wird Ricky sicher noch jede Menge guter Ratschläge mit auf den Weg geben wollen."

Das verstand sie.

Als die Küche einigermaßen in Ordnung war, sagte sie zu Joe: „Falls du mich hier nicht mehr brauchst, gehe ich schon mal rauf.“

„Ja, ja, geh nur,“ antwortete er und ließ sich schweratmend auf einen Stuhl fallen. Er tat ihr leid, sie wußte, wie sehr ihm Ricky fehlen würde. Aber wie hätte sie ihn trösten sollen? Irgendwie waren sie doch alle traurig an diesem Tag.

„Wenn sie zurückkommen, sag Ricky, wo ich bin.“

„Sicher doch, das mach' ich.“

Sie stieg die schmale Treppe hinauf, und…, oben angekommen, wurde sie Stimmen gewahr, die aus einem der Räume kamen. Nicht aus ‚Ricky's Welt‘, sondern von weiter hinten. Die Türen waren alle geschlossen, daher waren sie nur leise und gedämpft zu hören, und nur ab und zu kam ein einzelnes Wort etwas lauter herüber. Sie wollte nicht lauschen, doch zwischen den Kammern da oben war alles so hellhörig, dass sie wohl oder übel mitbekam, worüber sie redeten, als sie an der entsprechenden Tür vorüberkam.

„Was glaubst du, wie lange das dauern wird?“ hörte sie Ricky fragen.

„Das weiß niemand so genau. Es ist eine schwierige OP, da ist man nicht nach einer Woche wieder fit.“

„Aber warum will er nicht hier in Berlin bleiben, die Charité hat einen guten Ruf. Und die

Betreuung danach wäre auch optimal."

„Ricky, er ist ein alter Mann. Er will nach Hause, in seine alte Heimat, verstehst du das nicht?"

„Aber dort ist niemand mehr, der sich um ihn kümmern kann."

„Doch, dort ist Sheila…"

„…die inzwischen auch alt ist."

„Das macht nichts. Die Hauptsache ist, er weiß sie an seiner Seite."

Leonie hörte Ricky tief seufzen. „Warum hast du mir nicht schon viel früher gesagt, dass er so krank ist."

„Er hat es nicht gewollt. Wahrscheinlich hat er fest damit gerechnet, dass er schnell wieder gesund wird. Außerdem wollte er dich nicht mit hineinziehen in die Sache, er wollte unbedingt warten, bis du mit der Schule fertig bist." Auch er seufzte tief. „Im Grunde war er ja glücklich, dass du das Mädchen gefunden hast… Deshalb wollte er erst fliegen, wenn du schon weg gewesen wärst. Er hatte nicht damit gerechnet, dass es so schnell gehen würde. Aber jetzt hat es sich so ergeben, dass sein Flieger schon übermorgen geht…"

„Ich werde bleiben."

„Damit, dass du ihn zum Flughafen bringst, ist es nicht getan, Ricky."

„Ja, du hast recht, ich muß bei ihm bleiben. Ich werde mit ihm fliegen. "

„Vielleicht kann sie auch mitfliegen…"

„Sie könnte nicht einmal hier in Berlin bleiben, wenn er sich in der Charité behandeln ließe." Er seufzte tief. „Und dann noch Amerika…"

Leonie hatte genug gehört, um zu verstehen. Ihr Traum war geplatzt, - früher, als vorgesehen. Viel zu früh. Sie hatte begriffen, dass ihnen das Schicksal einen Strich durch die Rechnung machte. Sie setzte sich auf die Treppenstufen und weinte. Natürlich auch um Joe, - aber vor allem um die verlorene Chance, mit Ricky zusammenzubleiben und mit ihm eine gemeinsame Zukunft aufzubauen."

Sie erschraken, als sie herauskamen und sie dort sitzen sahen.

„Leonie, was machst du hier?", fragte Ricky. Er setzte sich neben sie auf die Stufen und nahm sie in den Arm.

„Ich wollte nicht lauschen, es war Zufall…, ich wollte in der Rumpelkammer auf dich warten."

Er küsste sie zärtlich und wurde ganz nass von ihren Tränen. „Ja, ich weiß, Leonie. Unsere Pläne… Wir verschieben sie einfach ein bisschen", versuchte er, sie zu trösten. „Alles, was wir vielleicht hätten tun können, das verschieben wir nun einfach auf später, und irgendwann wird es klappen. Da bin ich ganz sicher, eines Tages wird es klappen…"

Sie wollte ihn fragen: ‚Was sollen wir denn verschieben?' Unser Zusammensein? Unser Glück? Unsere Liebe? - Und wie lange? - Bis du aus Amerika zurückkommst? Bis Joe wieder gesund sein wird? Oder bis er gestorben ist? - Wird dann nicht alles anders sein?

Joe kam von unten die Treppe herauf. Er hatte Stimmen gehört und wollte wissen, was los war. Lionel ging ihm entgegen

„Laß sie eine Weile allein", sagte er zu seinem Bruder. „Er hat es ihr gerade gesagt."

Ricky brachte sie zum Zug.

„Kannst du nicht doch mit nach Amerika kommen? Red mit deinen Eltern. Wenn sie einverstanden wären, dann kommst du einfach nach."

Leonie schüttelte den Kopf. „Es ist ihnen nicht leichtgefallen, mich für zwei Jahre hierher nach Berlin zu schicken. Und nun können sie es kaum erwarten, bis ich wieder bei ihnen zuhause bin. Sie haben alles für mich getan, ich kann sie jetzt nicht alleinlassen. Genauso wenig, wie du Joe jetzt alleinlassen kannst."

„Ich werde dir schreiben. Und ich werde dich so oft wie möglich anrufen."

„Was glaubst du, wie teuer das ist..."

„Ich werde versuchen, Arbeit zu finden. Egal, was. Und sobald Joe überm Berg ist, werden wir zurückkommen. Das hat er auch Lionel versprochen..."

„Wenn er in die Charité gegangen wäre, hättest du hierbleiben können, um den Laden zu übernehmen."

„Und du? Hättest du in dem Fall bei mir hier in Berlin bleiben können?"

„Nein."

„Na, siehst du!" Er küsste sie noch einmal zärtlich und hielt sie ganz fest. „Leonie. Ich liebe dich. Es war die schönste Zeit meines Lebens, in der ich mit dir zusammen war. Wenn sie auch viel zu kurz war... Ich wünschte auch, es hätte ewig so weitergehen können." Vorsichtig wischte er ihr die Tränen weg. „Aber wir holen das nach, Leonie. Irgendwann, das verspreche ich dir."

Sie konnte nur nicken. Irgendwann, - wann war das?

Der Zeiger der Uhr auf dem Bahnsteig lief viel zu schnell weiter, sie mußte einsteigen, wenn sie den Zug nicht verpassen wollte. Sie küssten sich noch einmal, legten all ihre Liebe in diesen Kuss.

Dann stieg sie ein, und Ricky lief eilig die Treppen hinunter.

Sie bekam kaum mit, was das für Leute waren, die bei ihr im Abteil saßen, sie wollte es auch gar nicht wissen. Irgendwann wurden die Waggons wieder abgeschlossen, die Vopos kamen und kontrollierten die Reisenden. Was sie dachten, als sie sie weinen sahen, - auch das war ihr egal.

‚Wir holen das nach', hatte Ricky zu ihr gesagt, ‚irgendwann.' - Ja, Ricky. Irgendwann...

Über die Autorin:

Schon in jungen Jahren begann die Autorin Doris Bühler mit der Schreiberei, und schon während ihrer Schulzeit wurden ihre kleinen selbst verfassten „Fortsetzungsgeschichten" heimlich unter den Schulbänken weitergegeben. Doch erst, seit sie Rentnerin geworden ist, seit Berufsleben, Haus und Familie ihr nicht mehr ganz so viel abverlangen, hat sie sich verstärkt um die Schriftstellerei kümmern können.
Inzwischen ist eine Reihe sehr unterschiedlicher Romane entstanden, - von realistisch und lebensnah bis mystisch und geheimnisvoll, - doch immer voller Spannung.

DoBuehler@t-online.de
Wer Lust hat, kann ihr gerne schreiben, sie freut sich über jedes Feedback und jede Nachricht!

Weitere von Doris Bühler erschienene Romane:
(Alle Bücher bei Amazon und in vielen anderen Buchläden.)

Queenie (2011)

Ramy und Chris (2013)

Irrlichter (2013)

Der Andere (2014)

Wechselspiel (2015)

Das Haus im Nirgendwo (2016)

Im Netz der Lügen (2019)

Dark Moon (2020)

Timeflyer-Trilogie (2021/22):
 I - Goodbye Charly
 II- So long Ronnie
 III- Lebwohl Mellie

Das Mädchen und der Gitarrist (2022)

X-MH46 - Die andere Welt (2023)

Maja - Der Weg zurück (2023)

So oder so, oder anders? (2023)

Eine Woche im Mai (2024)

Begegnung in Paris (2012) (12 Kurzgeschichten)

Unter dem Pseudonym Verena Ramin:
Music Lovers